陈忠实
经典散文

大家经典

原上原下樱桃红

陈忠实　著

扫码免费听本书

山东文艺出版社

图书在版编目（CIP）数据

原上原下樱桃红/陈忠实著.—济南:山东文艺出版社,
2024.1
ISBN 978-7-5329-7058-2

Ⅰ.①原… Ⅱ.①陈… Ⅲ.①散文集—中国—当代 Ⅳ.
①I267

中国国家版本馆 CIP 数据核字（2023）第 230783 号

原上原下樱桃红
陈忠实经典散文
YUANSHANG YUANXIA YINGTAOHONG
CHENZHONGSHI JINGDIAN SANWEN

陈忠实 著

主管单位	山东出版传媒股份有限公司	
出版发行	山东文艺出版社	
社　　址	山东省济南市英雄山路 189 号	
邮　　编	250002	
网　　址	www.sdwypress.com	

读者服务	0531-82098776（总编室）	
	0531-82098775（市场营销部）	
电子邮箱	sdwy@sdpress.com.cn	

印　　刷	山东临沂新华印刷物流集团有限责任公司	
开　　本	890 毫米×1240 毫米　1/32	
印　　张	9	
字　　数	194 千	
版　　次	2024 年 1 月第 1 版	
印　　次	2024 年 1 月第 1 次印刷	
书　　号	ISBN 978-7-5329-7058-2	
定　　价	49.00 元	

目　录

辑四　白墙无字　　　　　　辑五　文学无封闭

辑一

儿时的原

麦 饭

——关中民间食谱之一

按照当今已经注意营养分析的人们的观点，麦饭属于真正的绿色食物。

我自小就有幸享用这种绿色食物。不过不是具备科学的超前消费的意识，恰恰是贫穷导致的以野菜代粮食的饱腹本能。

早春里，山坡背阴处的积雪尚未退尽消去，向阳坡地上的苜蓿已经从地皮上努出嫩芽来。我掐苜蓿，常和同龄的男女孩子结伙，从山坡上的这一块苜蓿地奔到另一块苜蓿地，这是幼年记忆里最愉快的劳动。

苜蓿芽儿用水淘了，拌上面粉，揉、搅、搓、抖均匀，摊在木屉上，放在锅里蒸熟。出锅后，用熟油拌了，便用碗盛着，整碗整碗地吃，拌着一碗玉米糁子熬煮的稀饭，可以省下一个两个馍来。母亲似乎从我有记忆能力时就擅长麦饭技艺。她做得从容不迫，干、湿、软、硬总是恰到好处。我最关心的是，拌到苜蓿里的面粉是麦子面还是玉米面。麦子面俗称白面，拌就的麦饭软绵可口，玉米面拌成的麦饭就相去甚远了。母亲往往会说，白面断顿了，得用玉米面拌；你甭不高兴，我会多浇点熟油。我从解知人言便开始习惯粗茶淡饭，从来不敢也不会有奢望寄予；从来不会要吃什么或想吃什么，而是习惯于母亲做什么就吃什么。没有道理也没有解释，贫穷造就的吃食的贫乏和单调是不容选择或挑剔的，也不宽容娇气和任性。

麦子面拌就的头茬苜蓿蒸成的麦饭，再拌进熟油，那种绵长的香味的记忆是无法泯灭的。

按照家乡的风俗禁忌，清明是掐摘苜蓿的终结之日。清明之前，任何人家种植的苜蓿，尽可以由人去掐去摘，主人均是一种宽容和大度。清明一过，便不能再去任何人家的苜蓿地采掐了，苜蓿要作为饲草生长了。

苜蓿之后，我们便盼着槐花。山坡和场边的槐花放白的时候，我便用早已备齐的木钩挑着竹笼去采捋槐花了。

槐花开放的时候，村巷屋院都是香气充溢着。

槐花蒸成的麦饭，另有一番香味，似乎比苜蓿麦饭更可口。这个季节往往很短暂，家家男女端到街巷里来的饭碗里，多是槐花麦饭。

按照今天已经开始青睐绿色食品的先行者们的现代营养意识，我便可以耍一把阿Q式的骄傲，我们祖宗比你阔多了，他们早早都以苜蓿槐花为食了。

到了难忘的六十年代，被史称"三年困难"的六十年代初，家乡的原坡和河川里一切不含毒汁的野菜和野草，包括某些树叶，统统都被大人小孩挖、掐、拔、摘、捋回家去，拌以少许面粉或麸皮，蒸了，食了，已经无油可拌。这样的麦饭已成为主食，成为填充肚腹的坐庄食物。男人女人老人小孩都别无选择，漂亮的脸蛋儿和丑陋的黑脸也无法挑剔，都只能赖此物充饥，延续生命。老人脸黄了肿了，年轻人也黄了肿了，小孩子黄了肿了，漂亮的脸蛋儿黄了肿了时尤为令人叹惋。看来，这种纯粹以绿色野菜野草为食物的实践，却显示出残酷的结果，提醒今天那些以绿色食物为时尚为时髦的先生太太们切勿矫枉过正，以免损害贵体。

近日和朋友到西安大雁塔下的一家陕北风味饭馆就餐，一道名为"洋芋叉叉"的菜令人费解。吃了一口便尝出味来，便大胆探问，可是洋芋麦饭？延安籍的女老板笑答，对。关中叫麦饭，陕北叫洋芋叉叉。把洋芋擦成丝，拌以上等白面，蒸熟，拌油，仍然沿袭民间如我母亲一样的农家主妇的操作规程。陕北盛产洋芋，用洋芋做成麦饭，原也是以菜代粮，变换一种花样，和关中的麦饭无本质差别。不过，现在由服务生用瓷盘端到餐桌上来的洋芋叉叉或者说洋芋麦饭，却是一道菜，一种商品，一种卖价不低的绿色食品，一种城里人乐于掏腰包并赞赏不绝的超前保健食品了。

家乡的原野上，苜蓿种植已经大大减少。已经稀罕的苜蓿地，不容许任何人涉足动手掐采。传统的乡俗已经断止。主人一茬接着一茬掐采下苜蓿芽来，用袋装了，用车载了，送到城里的蔬菜市场，卖一把好钱。乡俗断止了，日子好过了，这是现代生活法则。

母亲的苜蓿麦饭槐花麦饭已经成为遥远而又温馨的记忆。

2001 年 7 月

原下的日子

一

新世纪到来的第一个农历春节过后，我买了二十多袋无烟煤和吃食，回到乡村祖居的老屋。我站在门口对着送我回来的妻女挥手告别，看着汽车转过沟口那座塌檐倾壁残颓不堪的关帝庙，折回身走进大门进入刚刚清扫过隔年落叶的小院，心里竟然有点酸酸的感觉。已经摸上六十岁的人了，何苦又回到这个空寂了近十年的老窝里来。

从窗框伸出的铁皮烟筒悠悠地冒出一缕缕淡灰的煤烟，火炉正在烘除屋子里整个冬天积攒的寒气。我从前院穿过前屋过堂走到小院，发现南窗前的丁香和东西围墙根下的三株枣树苗子，枝头尚不见任何动静，倒是三五丛月季的枝梢上爆出小小的紫红的芽苞，这显然是春天的讯息。然而整个小院里太过沉寂太过阴冷的气氛，还是让我很难转换出回归乡土的欢愉来。

我站在院子里，抽我的雪茄。东邻的屋院差不多成了一个荒园，兄弟两个都选了新宅基建了新房搬出许多年了。西邻曾经是这个村子有名的八家院，拥挤如同鸡笼，先后也都搬迁到村子里新辟的宅基地上安居了。我的这个屋院，曾经是父亲和两位堂弟三分天下的"三国"，最鼎盛的年月，有祖孙三代十五六口人进进出出在七八个或宽或窄的门洞里。在我尚属朦胧混沌的生命区段里，看着村人把装着奶奶和被叫作厦屋爷的黑色棺材，先后抬出这个屋院，再在街门外用粗大的抬杠捆绑起来，在儿孙们此起彼伏的哭号声浪里抬出村子，抬上原坡，沉入刚刚挖好的墓坑。我后来也沿袭这种大致相同的仪程，亲手操办我的父亲和母亲从屋院到墓地这个最后驿站的归结过程。许多年来，无论有怎样紧要的事项，我都没有缺席由堂弟们操办的两位叔父一位婶娘最终走出屋院走出村子走进原坡某个角落里的墓坑的过程。现在，我的兄弟姊妹和堂弟堂妹及我的儿女，相继走出这个屋院，或在天之一方，或在村子的另一个角落，以各自的方式过着自己的日子。眼下的景象是，这个给我留下拥挤也留下热闹印象的祖居的小院，只有我一个人站在院子里。原坡上漫下来寒冷的风。从未有过的空旷，从未有过的空落，从未有过的空洞。

我的脚下是祖宗们反复踩踏过的土地。我现在又站在这方小小的留着许多代人脚印的小院里。我不会问自己也不会向谁解释为了什么离开又为了什么重新回来，因为这已经是行为之前的决计了。丰富的汉语言文字里有一个词儿叫龌龊。我在一段时日里充分地体味到这个词儿的不尽的内蕴。

我听见架在火炉上的水壶发出"噗噗噗"的响声。我沏下一杯上好的陕南绿茶。我坐在曾经坐过近二十年的那把藤条已经变灰的藤椅上，抿一口清香的茶水，瞅着火炉炉膛里炽红的炭块，耳际似乎萦绕着见过面乃至根本未见过面的老祖宗们的声音，嘿！你早该回来了。

第二天微明，我搞不清是被鸟叫声惊醒的，还是醒来后听到了一种鸟的叫声。我的第一反应是斑鸠。这肯定是鸟类庞大的族群里最单调最平实的叫声，却也是我生命磁带上最敏感的叫声。我慌忙披衣坐起，隔着窗玻璃望去，后屋屋脊上有两只灰褐色的斑鸠。在清晨凛冽的寒风里，一只斑鸠围着另一只斑鸠团团转悠，一点头，一翘尾，发出连续的"咕咕咕……咕咕咕"的叫声。哦！催发生命运动的春的旋律，在严寒依然裹盖着的斑鸠的躁动中传达出来了。

我竟然泪眼模糊。

二

傍晚时分，我走上灞河长堤。堤上是经过雨雪浸淫沤泡变成黑色的枯蒿枯草。沉落到西原坡顶的蛋黄似的太阳绵软无力。对岸成片的白杨树林，在蒙蒙灰雾里依然不失其肃然和庄重。河水清澈到令人忍不住又不忍心用手撩拨。一只雪白的鹭鸶，从下游悠悠然飘落在我眼前的浅水边。我无意间发现，斜对岸的那片沙地上，有个男子挑着两只装满石头的铁丝笼走出一个偌大的沙坑，把笼里的石头倒在石头垛子上，又挑起空笼走回那个低陷的沙坑。那儿用三脚架撑着一张钢丝罗筛。他把刨下的沙石一锨一锨抛向罗筛，发出连续不断千篇一律的声响，石头和沙子就在罗筛两边分流了。

我久久地站在河堤上，看着那个男子走出沙坑又返回沙坑。这儿距离西安不足三十公里。都市里的霓虹此刻该当缤纷，各种休闲娱乐的场所开始进入兴奋期。暮霭渐渐四合的沙滩上，那个男子还在沙坑与石头垛子之间往返。这个男子以这样的姿态存在于世界的这个角落。

我突发联想，印成一格一框的稿纸如同那张罗筛。他在他的罗筛上筛出的是一粒一粒石子。我在我的"罗筛"上筛出的是一个一个方块汉字。现行的稿酬标准无论高了低了贵了贱了，肯定是那位农民男子的石子无法比的。我自觉尚未无聊到滥生矫情，不过是较为透彻地意识到构成社会总体坐标的这一极。这一极与另外一极的粗细强弱的差异。

这是新世纪的第一个早春。这是我回到原下祖屋的第二天傍晚。这是我的家乡那条曾为无数诗家墨客提供柳枝，却总也寄托不尽情思离愁的灞河河滩。此刻，三十公里外的西安城里的霓虹灯，与灞河两岸或大或小村庄里隐现的窗户亮光；豪华或普通轿车壅塞的街道，与田间小道上悠悠移动的架子车；出入大饭店小酒吧的俊男倩女打蜡的头发涂红（或紫）的嘴唇，与拽着牛羊缰绳背着柴火的乡村男女；全自动或半自动化的生产流水线，与那个在沙坑在罗筛前挑战贫穷的男子……构成当代社会的大坐标。我知道我不会再回到挖沙筛石这一极中去，却在这个坐标中找到了心理平衡的支点，也无法从这一极上移开眼睛。

三

村庄背靠白鹿原北坡。遍布原坡的大大小小的沟梁奇形怪状。在一条阴沟里该是最后一坨尚未化释的残雪下，有三两株露头的绿色，淡淡的绿，嫩嫩的黄，那是青蒿，长高了就是蒿草，或卑称臭蒿子。嫩黄淡绿的青蒿，不在乎那坨既残又脏经年未化的雪，宣示了春天的气象。

桃花开了，原坡上和河川里，这儿那儿浮起一片一片粉红的似乎流动的云。杏花接着开了，那儿这儿又变幻出似走似住的粉白的云。泡桐花开了，无论大村小庄都被骤然爆出的紫红的花帐笼罩起来了。洋槐花开的时候，首先闻到的是一种令人总也忍不住深呼吸的香味，然后惊异庄前屋后和坡坎上已经敷了一层白雪似的脂粉。小麦扬花时节，原坡和河川铺天盖地的青葱葱的麦子，把来自土地最诱人的香味，释放到整个乡村的田野和村庄，灌进庄稼院的围墙和窗户。椿树的花儿在庞大的树冠和浓密的枝叶里，只能看到绣成一团一串的粉黄，毫不起眼，几乎没有任何观赏价值，然而香味却令人久久难以忘怀。中国槐大约是乡村树族中最晚开花的一家，时令已进入伏天，燥热难耐的热浪里，闻一缕中国槐花的香气，顿然会使焦躁的心绪沉静下来。从农历二月二龙抬头迎春花开伊始，直到大雪漫地，村庄、原坡和河川里的花儿便接连开放，各种奇异的香味便一波迭过一波。且不说那些红的黄的白的紫的各色野草和野花，以及秋来整个原坡都覆盖着的金黄灿亮的野菊。

五月是最好的时月，这当然是指景致。整个河川和原坡都被麦子的深绿装扮起来，几乎看不到巴掌大一块裸露的土地。一夜之间，那令人沉迷的绿野变成满眼金黄，如同一只魔掌在翻手之瞬间创造出来神奇之景。一年里最红火最繁忙的麦收开始了，把从去年秋末以来的缓慢悠闲的乡村节奏骤然改变了。红苕是秋收的最后一料庄稼，通常是待头一场浓霜降至，苕叶变黑之后才开挖。湿漉漉的新鲜泥土的垄畦里，排列着一行行刚刚出土的红艳艳的红苔，常常使我的心发生悸动。被文人们称为弱柳的叶子，居然在这河川里最后卸下盛妆，居然是最耐得霜冷的。柳叶由绿变青，由青渐变浅黄，直到几番浓霜击打，通身变成灿灿金黄，张扬在河堤上河湾里，或一片或一株，令人钦佩生命的顽强和生命的尊严。小雪从灰蒙蒙的天空飘下来时，我在乡间感觉不到严冬的来临，却体味到一缕圣洁的温柔，本能地仰起脸来，让雪片在脸颊上在鼻梁上在眼窝里飘落、融化，周围是雾霭迷茫的素净的田野。直到某一日大雪降至，原坡和河川都变成一抹银白的时候，我抑制不住某种神秘的诱惑，在黎明的浅淡光色里走出门去，在连一只兽蹄鸟爪的痕迹也难觅踪的雪野里，踏出一行脚印，听脚下的雪发出"铮铮铮"的脆响。

我常常在上述这些情景里，由衷地咏叹，我原下的乡村。

四

漫长的夏天。

夜幕迟迟降下来。我在小院里支开躺椅，喝一杯茶或一瓶啤酒，自然不可或缺一支烟。夜里依然有不泯的天光，也许是繁密的星星散发的。白鹿原刀裁一样的平顶的轮廓，恰如一张简洁到只有深墨和淡墨的木刻画。我索性关掉屋子里所有的电灯，感受天光和地脉的亲和，偶尔可以看到一缕鬼火飘飘忽忽掠过。

有细月或圆月的夜晚，那景象就迷人了。我坐在躺椅上，看圆圆的月亮浮到东原头上，然后渐渐升高，平静地一步一步向我面前移来，幻如一个轻摇莲步的仙女，再一步一步向原坡的西部挪步，直到消失在西边的屋脊背后。

　　某个晚上，瞅着月色下迷迷蒙蒙的原坡，我却替两千年前的刘邦操起闲心来。他从鸿门宴上脱身以后，是抄哪条捷径便道逃回我眼前这个原上的营垒的？"沛公军灞上。"灞上即指灞陵原。汉文帝就葬在白鹿原北坡坡畔，距我的村子不过十六七里路。文帝陵史称灞陵，分明是依着灞水而命名。这个地处长安东郊自周代就以白鹿得名的原，渐渐被"灞陵原""灞陵""灞上"取代了。刘邦驻军在这个原上，遥遥相对灞水北岸骊山脚下的鸿门，我的祖居的小村庄恰在当间。也许从那个千钧一发命悬一线的宴会逃跑出来，在风高月黑的那个恐怖之夜，刘邦慌不择路翻过骊山涉过灞河，从我的村头某家的猪圈旁爬上原坡直到原顶，才舒出一口气来。无论这逃跑如何狼狈，并不影响他后来打造汉家天下。

　　大唐诗人王昌龄，原为西安城里人，出道前隐居白鹿原上滋阳村（亦称芷阳村）。他下原到灞河钓鱼，提镰在菜畦里割韭菜，与来访的文朋诗友饮酒赋诗，多以此原和原下的灞水为叙事抒情的背景。我曾查阅资料企图求证滋阳村村址，毫无踪影。

　　我在读到一本名为《历代诗人咏灞桥》的诗集时，大为惊讶，除了人皆共知的"年年柳色，灞陵伤别"所指的灞桥，灞河这条水，白鹿（或灞陵）这道原，竟有数以百计的诗圣诗王诗魁都留了绝唱和独唱。

　　　　宠辱忧欢不到情，任他朝市自营营。
　　　　独寻秋景城东去，白鹿原头信马行。

　　这是白居易的一首七绝，是诸多以此原和原下的灞水为题的诗作中的一首，是最坦率的一首，也是最通俗易记的一首。一目了然，可知白诗人在长安官场被蝇营狗苟的龌龊惹烦了，闹得腻了，倒胃口了，想呕吐了，却终于说不出口呕不出喉，或许是不屑于说或吐，干脆骑马到白鹿原头逛去。

还有什么龌龊能淹没脏污这个以白鹿命名的原呢？断定不会有。

我在这原下的祖屋生活了两年。自己烧水沏茶。把夫人在城里擀好切碎的面条煮熟。夏日一把躺椅冬天一抱火炉。傍晚到灞河沙滩或原坡草地去散步。一觉睡到自来醒。当然，每有一个短篇小说或一篇散文写成，那种愉悦，相信比白居易纵马原上的心境差不了多少。正是原下这两年的日子，是近八年以来写作字数最多的年份，且不说优劣。

我愈加固执一点，在原下进入写作，便进入我生命运动的最佳气场。

2003 年 12 月 11 日于二府庄

在河之洲

汽车驶出古城西安东门，不久就进入麦深似海的关中平原的腹地。时令刚交上五月，吐穗扬花的小麦一望无际，眼前是嫩滴滴的密密匝匝的麦叶麦穗，稍远就呈现为青色了。放开眼远眺，就是令人心灵震颤的恢宏深沉的气象了。东过渭河，田堰层叠的渭北高原，在灰云和浓雾里隐隐呈现出独特的风貌，无论立陡的险垴，无论舒缓的慢坡，都被青葱葱的麦子覆盖着，如此博大深沉，又如此舒展柔曼。无法想象仅仅在两个月之前的残破与苍凉，顿然发生对黄土高原深蕴不露的神奇伟力的感动。

我的心绪早已舒展欢愉起来，却不完全因为满川满原的绿色的浸染和撩拨，更有潜藏心底的一个极富诱惑的企盼——即将踏访两千多年前那位"窈窕淑女"曾经生活和恋爱的"在河之洲"了。确切地说，早在几天之前朋友相约的时候，我的心里就踊跃着期待着，去看那块神秘莫测的"在河之洲"。

我是少年时期在初中语文课本上，初读那首被称作中国第一首爱情诗的作品的。无须语文老师督促，一诵我便成记了，也就终生难忘了。"关关雎鸠，在河之洲；窈窕淑女，君子好逑。"许是少年时期特有的敏感，对那位好述的君子不大感兴趣，甚至有莫名的逆反式的嫉妒，一个什么样的君子，竟然能够赢得那位窈窕淑女的爱？"在河之洲"，在哪条河边的哪一块芳草地上，曾经出现过一位窈窕淑女，而且演绎出千古诵唱不衰的美丽的爱情诗篇？神秘而又圣洁的"在河之洲"，就在我的心底潜存下来。后来听说这首爱情绝唱就产生在渭北高原，却不敢全信，以为不过是传说罢了，而渭河平原的历史传说太多太多了。直到朋友约我的时候，确凿而又具体地告诉我，"在河之洲"，就是渭北高原合阳县的洽川，这是大学问家朱熹老先生论证勘定的。朱熹著《诗集传》里的"关雎"篇，以及《大雅·大明》的注释，有"在洽之阳，在渭之涘"可佐证，更有"洽，水名，本在今同州郃阳、夏阳县"，指示出不容置疑的具体方位。郃阳即今日的合阳县，二十世纪五十年代还沿用古体合字作为县名，后来为图得简便，把右边的耳朵削减省略了，郃阳县就成今天通用的合阳县了。洽水在合阳县投入黄河，这一片黄河道里的滩地古称洽川，就是千百年来让初恋男女梦幻情迷的"在河之洲"。我现在就奔着那方神秘而又圣洁的芳草地来了。

远远便瞅见了黄河。黄河紧紧贴着绵延起伏的群山似的断崖的崖根，静静地悄无声息地涌流着。黄河冲出禹门，又冲出晋陕大峡谷，到这里才放松了，温柔了，也需要抒情低吟了，抖落下沉重的泥沙，孕育出渭北高原这方丰饶秀美的河洲。这是令人一瞅就感到心灵震颤的一方绿洲，顿然便自惭想象的狭窄和局限。这里坦坦荡荡铺展开的绿莹莹的芦苇，左望不见边际，右眺也不见边际，沿着黄河也装饰着黄河，竟有三万多亩，那一派芦苇的青葱的绿色所蕴聚的气象，在人初见的一瞬便感到巨大的摇撼和震颤。我站在坡坎上，久久说不出一句话来，那方自少年时代就潜存心底的"在河之洲"，完全不及现实的洽川之壮美。

芦苇正长到和我一般高，齐刷刷，绿莹莹，宽宽的叶子上绣积着一层茸茸白毛，纯净到纤尘不染。我漫步在芦苇荡里青草铺垫的小道上，似可感到正值青春期的芦苇的呼吸。我自然想到那位身姿窈窕的淑女，也许在麦田里锄草，在桑树上采摘桑叶，在芦苇丛里聆听鸟鸣。高原的地脉和洽川芦荡的气韵，孕育出窈窕壮健的身姿和洒脱清爽的质地，才会让那个万众景仰的周文王一见钟情，倾心求爱。我便暗自好笑少年时期自己的无知与轻狂，"好逑"的君子可是西周的周文王啊，哪里还有比他更能称得起君子的君子呢！一个君王向一个锄地割麦采桑养蚕的民间女子求爱，就在这莽莽苍苍郁郁葱葱的芦苇荡里，留下《诗经》开篇的爱情诗篇，萦绕在这个民族每一个子孙的情感之湖里，滋润了两千余年，依然被诵着吟着品着咂着，成了一种永恒。

雨下起来了。芦苇荡里白茫茫一片铺天盖地的雨雾，腾起排山倒海般雨打苇叶的啸声，一波一波撞击人的胸膛。走到芦苇荡里一处开阔地时，看到一幅奇景，好大的一个水塘里，竟然有几十个人在戏水，男人女人，年轻人居多，也有头发稀落皮肉松弛的上了年岁的人。这个时月里的渭北高原，又下着大雨，气温不过十度，那些人只穿泳衣在水塘里嬉闹着，似乎不可思议。这是一个温泉，名处女泉，大约从文王向民间淑女求爱之前就涌流到今天了。温泉蒸腾着白色的水汽，像一只沸滚的大锅，一团一团温热湿润的水汽向四周的芦苇丛里弥漫，幻如仙境。洽川人得了这一塘好水，冬夏都可以尽情洗浴了。自古形成一个风俗，女子出嫁前夜，必定到处女泉净身，真是如诗如画。洽川这种温泉在古籍上有一个怪异的专用汉字——灊。自地下冒涌出来，冲起沙粒，对浴者的皮肤冲击搓磨，比现代浴室超豪华设施美妙得远了。在洽川，这样的泉有多处，细如蚁穴，大如车轮，《水经注》等多种典籍都有生动具体的描绘，现在成了各地旅客观赏或享受沙浪浴的好去处了。

这肯定是我见过的最绝妙的温泉了，也肯定是我观赏到的最壮观最有气魄的芦苇荡了，造化赐予缺雨干旱的渭北高原这样迷人的一方绿地一塘好水，弥足珍贵。我在孙犁的小说散文里领略过荷花淀和芦苇荡的诗意美，前不久从媒体上看到它们有干涸的危机，不免扼腕；从京剧《沙家浜》里知道江南有一气可藏匿新四军的芦苇荡，不知还有芦苇否？芦苇丛生的湿地沙滩，被誉为地球的肺。无须特意强调，谁都知道其对于人类生存不可或缺的功能。

我便庆幸，在黄河滩的洽川，芦苇在蓬勃着，温泉在涌着冒着，现代淑女和现代君子，在这一方芳草地上，演绎着风流。

2004 年 9 月 21 日于雍村

父亲的树

又有两个多月没有回原下的老家了。离城不过五十华里的路程，不足一小时的行车时间，想回一趟家，往往要超过月里四十的时日，想来也为自己都记不清的烦乱事而丧气。终于有了回家的机会，也有了回家的轻松，更兼着昨夜一阵小雨，把燥热浮尘洗净，也把心头的腻洗去。

进门放下挎包，先蹲到院子拔草。这是我近年间每次回到原下老家必修的功课。或者说，每次回家事由里不可或缺的一条。春天夏天拔除院子里的杂草，给自栽的枣树柿树和花草浇水；秋末扫落叶，冬天铲除积雪。每一回都弄得满身汗水灰尘，手染满草的绿汁。温习少年时期割草以及后来从事农活的感受，常常获得一种单纯和坦然，甚至连肢体的困倦都是另一番滋味的舒悦。

前院已铺盖了砖地，草无疑都是从砖缝里冒出来的。两月前回家已拔得干干净净，现在又罩满了，有叶子宽大的草，有秆子颇高的草，有顺地扯蔓的草，吓得孙子旦旦不敢下脚，只怕有蛇。他生在城里，至今尚未见过在乡村土地上爬行的蛇，只是在电视上看过。他已经吓得这个样子，却不断问我打过蛇没有，被蛇咬过没有。乡村里比他小的孩子，恐怕没有谁没见过蛇的，更不会有这样可笑的问题。我的哥哥进门来，也顺势蹲下拔草，和我间间断断说着家里无关紧要的话。我们兄弟向来就是这样，见面没有夸张的语言行为，也没有亲热的动作，平平淡淡里甚至会让生人产生其他猜想，其实大半生里连一句伤害的话都没有说过，更谈不到脸红脖子粗的事了。世间兄弟姊妹有种种相处的方式，我们却是于不自觉里形成这种习惯性的状态。说话间不觉拔完了草，堆起偌大一堆，我用竹笼纳了五笼，倒在门前的场塄下，之后便坐在雨篷下说闲话，懒得烧水，幸好还有几瓶啤酒，当着茶饮，想到什么人什么事，有一搭没一搭地聊着。还有一位村子里的兄弟，也在一起喝着扯着闲话。从雨篷下透过围墙上方往外望去，大门外场塄上的椿树直撑到天空。记不清谁先说到这棵树，是说这椿树当属村子里现存的少数几棵最大的树，却引发了我的记忆，当即脱口而出："这是咱伯栽的树。"这话既是对哥说的，也是对那位弟说的。按当地习俗，兄弟多的家族，同一辈分的老大，被下辈的儿女称伯，老二被称爸，老三老四等被称大。有的同一门族的人丁超常兴旺，竟有大伯二伯三伯大爸二爸三爸和大二大三大到八大的排列。这里的乡俗很不一般，对长辈的称呼只有一个字，伯、爸、大、叔、妈、娘、姨、舅、爷等，绝对没有伯伯、爸爸、大大、妈妈、娘娘、姨姨、爷爷、舅舅等的重复啰唆……我至今也仍然按家乡习惯称父亲为伯。父亲在他那一辈本门三兄弟里为老大，我和同辈兄弟姐妹都叫一个字：伯。如此说来，这文章的标题该当是"伯的树"。

我便说起这棵椿树的由来。大约是最困难的 1960 年或 1961 年，我正上高中，周日回到家，父亲在生产队出早工回来，肩上扛着镢头，手里攥着一株小树苗。我在门口看见，搭眼就认出是一株椿树苗子。坡地里这种野生的椿树苗子到处都有，那是椿树结的荚角随风飘落，在有水分的土壤里萌芽生根，一年就可以长到半人高的树秧子。这种树秧如长在梯田塄坎的草丛中，又有幸不被砍去当柴烧，就可能长成一棵大椿树；如若生长在坡地梯田里，肯定会被连根挖除晒干当作好柴火，人们怕其占地影响麦子生长。父亲手里攥着的这根椿树苗子是一个幸运者，它遇到父亲，不是被扔在门前的场地上晒干了当柴烧，而是要被郑重地栽植，正经当作一棵望其成材的树了，进入郑重的保护禁区了——也自这一刻起，它虽是普通不过平凡不过的一种树，却已经有主了，就是父亲。父亲吩咐我："你去担水。"他说着就在我家门前的场塄边上挖坑。树只是个秧儿，无须大坑，三镢头两铁锨就已告成，我也就没有要替父亲动手，而是按他的指令去担水。那时候我们村里吃的是泉水，从村子背后的白鹿原北坡的东沟流下来，清凌凌的，干净无染。泉水在村子最东头，我家在村子顶西边，我挑一回水，最快也需半小时。待我挑水回来，父亲早已挖好坑，坐在场塄边上抽旱烟。他把树苗置入一个在我看来过大的土坑里。我用铁锨铲土填进坑里，他把虚土踩踏一遍，让我再填，他再踩踏。他教我在土坑外沿围一圈高出地面的土梁，再倒进水去。我遵嘱一一做好，看着土坑里的水一层一层低下去，渗入新填的新鲜土坑里，成活肯定是毫无疑义。父亲又指示我，用酸枣刺棵子顺着那个小坑围成一圈栽起来，再用铁丝围拢固定，恰如篱笆，保护小椿树秧子，防止猪拱牛抵羊啃娃娃掐折。我从场边的柴堆上挑选出一根一根较高的业已晒干的酸枣棵子（这是父亲平时挖坡顺手捡回来的），做着这项防护措施。父亲坐在地上抽烟，看着我做。我却想到，现在属于父亲领地的，除了住房的庄基，就是附属于庄基地门前的这一小片场地了，充其量有二厘地。下了这个场塄，就是统归集体的土地了。父亲要在他可以自主掌控的二厘场地上，栽种一棵椿树。

我对父亲的一个尤为突出的记忆，就是他一生爱栽树。他是个农民，种玉米种麦子务弄棉花是他的本职主业，自不必说，而业余爱好就是栽树。我家在河川的几块水地，地头的水渠沿上都长着一排小叶杨树。水渠里大半年都流淌着从灞河里引来的自流水，杨树柳树得了沃土好水的滋养，迎着风如手提般长粗长高。随意从杨树或柳树上折一根枝条，插到渠沿的湿泥里，当年就长得冒过人头了，正如民间说的"三年一根椽，五年长成檩"的速度。二十世纪五十年代中期以前，我的父亲就指靠着他在地头渠沿培植的这些杨树，供给先后考上高小和初中的哥和我的学杂费用。那时的小学高年级，我都是住宿搭灶的学生。父亲把杨树齐根斫下来，卖了椽子，七八毛钱一根。再把树根刨出来，剁成小块，晒干，用两只大老笼装了，挑过灞河，到对岸的油坊镇上去卖，每百斤可卖一块至一块两毛钱。我至死都不会忘记五十年代中期的这两项货物——椽子和木柴的市场价格。无须解释原因，它关涉我能否在高小和初中的课堂上继续坐下去。父亲在斫了树干刨了树根的渠沿上，当即就会移栽或插下新的杨树秧或树枝，期待三年后斫下一根椽子卖钱。父亲卖椽卖柴供两个儿子念书的举动无意间传开，竟成为影响范围很宽的事。直到现在，我偶尔遇到一些同里乡党，见面还要感叹几句我父亲当年的这种劳动，甚至说"你伯总算没有白卖树卖柴"的话。不久，农村实行合作化以后，土地归集体，父亲也无树根可刨了。我就是在那一年休了学，初中刚念了一个学期。不过，我那时并不以为休学有多么严重，不过晚一年毕业而已，比起班上有些结婚和得了儿女的同学，我是年龄最小的一个。这是中华人民共和国成立后才获得念书机会的乡村学生的真实情况，结婚和生孩子做父母的初一学生每个班都有几个，不足为奇。

我在每个夏天的周日从学校回到家中，便要给父亲的那棵椿树秧子浇一桶水。这树秧长得很好，新发出的嫩枝竟然比原来的杆子还粗，肯定是水肥充足的缘由。某一个周六下午我回家走到门口，一眼望见椿树苗新冒出的嫩枝被折断了头，不禁一惊，有一种心疼的惋惜，猜想是被谁撞折了，或被哪个孩子掐折了。晚上父亲收工回来吃晚饭时，说是一个七八岁的骚娃（调皮捣蛋的娃）用弹弓打断的。父亲说："娃嘛！就是个骚娃喀，用弹弓耍哩瞄准哩，也不好说他啥。"后来就在断折处，从东西两边发出两枝新芽来，渐渐长起来。我曾建议父亲，小树不该过早分权，应该去掉一枝，留下一枝才能长高长直。父亲说，先不急，都让长着，万一哪个骚娃再折掉一枝，还有一枝。父亲给骚娃们留下了再破坏的余地，我就不仅仅是听从了，还有某点感动。再说这椿树秧子刚冒出来便遭拦头折断的打击，似乎憋了气，硬是非要长出一番模样来，从侧旁发出的两根新芽更见苗壮，眼见着拔高，竞相比赛一般生机勃勃。父亲怕那细杆负载不起茂盛的叶子，一旦刮风就可能折断，便给树干捆绑一根立杆，帮扶着它撑立不倒不折。这椿树便站立住了。无意间几年过去，我高考名落孙山回乡当了民办教师，为生活为前程多所波折，似乎也不太在意它了，这椿树已长得小碗粗了。小碗粗的椿树已经在天空展开枝权和伞状的树冠，却仍然是两根分枝，父亲竟没有除掉任何一根，他说越长越不忍心砍那多余的一根分枝了，就任其自由生长。这椿树得了父亲的宽容和心软，双枝分权的形态就保持下来，直到现在都合抱不拢的大树，依然是对称平衡的双枝撑立在天空，成为一道风景，甚至成为一种标志。有找我的人向村人问路，最明了的回答就是，门口场塄有一棵双权椿树。

到二十世纪八十年代初始，生活已发生巨大转变，吃饱穿暖已不再成为一个问题的好光景到来时，我已筹备拆掉老朽不堪的旧房换盖新房了，不料父亲得了绝症。他似乎在交代后事。对我说，场塄上那棵椿树，可以伐倒做门窗料。我知道椿树性硬却也质脆，不宜做檩当梁，做门窗或桌椅却是上好木材。父亲感慨说："我栽了一辈子树，一根椽子都没给自家房子用过，都卖给旁人盖房子了，把这椿树伐下来，给咱的新房用上一回。"我听了竟说不出话，喉头发哽。缓解一阵后，我对父亲说："门窗料我会想办法购买（那时木材属统购物资），让椿树长着。"我说不出口的一句话是，父亲留给我的活物，就只剩下这一棵椿树了。不久，父亲去世了，椿树依然蓬勃在门外的场塄上。八十年代初，我获得专业写作的机会，索性回到原下老家图得清静，读书写作，还住在遇到阴雨便摆满盆盆罐罐接漏的老屋里，还继续筹备盖房。某一天，有两三个生人到村子里来寻买合适的树，一眼便瞅中了我父亲的这棵椿树，向村人打听树的主人。村人告诉说："那主家自己准备盖房都舍不得伐它，你恐怕也难买到手。"买家说可以多掏一些钱，随之找到我，说椿树做家具是好材料，盖房未必好，可以多给一些钱，让我去选购松木这些上好的盖房材料，并说明他们是做家具卖的生意人。我自然谢绝了。这是绝无商议余地的事。我即使再不济，也不能把父亲留给我的最后一棵树砍了。这椿树就一直长着，直到现在。每隔一段时日抽空回到老家，到门口第一眼看到的就是这棵椿树，父亲就站在我的眼前，树下或门口；我便没有任何孤独空虚，没有任何烦恼，没有任何腌臜的事能够把人腻死……

我和我哥坐在雨篷下聊着这棵椿树的由来。他那时候在青海工作，尚不清楚我帮父亲栽树的过程。他在"大跃进"的头一年应招到青海去了，高中只学了一年就等不得毕业了，想参加工作挣钱了。其实，还是父亲在这时候供给着两个中学生，可以想见其艰难。我是依靠着每月八元的助学金在读书，成为我一生铭记国家恩情的事。"大跃进"很快转变为灾难，青海兴建的厂矿和学校纷纷下马关门，哥和许多陕西青年一样无可选择又回到老家来，生产队新添一个社员。哥听了我的介绍，却纠正我说，这椿树还不是最老的树，父亲栽的最老的树要算上场里地角边的皂荚树。那是刚刚解放的二十世纪五十年代初，我们家诸事不顺，我身后的两三个弟妹早夭，有一个刚生下六天得一种"四六风症"死去，有一个妹妹和一个弟弟都长到三四岁了，先后都夭亡了。家养一头黄牛，也在一场畜类流行瘟疫里死了。父亲惶恐里请来一位阴阳先生，看看哪儿出了毛病。那阴阳先生果然神奇，说我家上场祖坟那块地的西北角太空了，空了就聚不住"气"，邪气就乘虚而入了。父亲吓得不知如何是好，急问如何应对如何弥补。阴阳先生说，栽一棵皂荚树。并且解释，皂荚树的皂荚可以除污去垢，而且树身上长满一串串又粗又硬的尖刺，更可以当守护坟园的卫士。父亲满心诚服，到半坡的亲戚家挖来一株皂荚树秧子，栽到上场祖坟那块地的西北角上，它成活了也长大了，每年都结着迎风撞响的皂角。这皂荚树其实弥补了多少空缺是很难说的，因为后来家里也还出过几次病灾，任谁都不会再和阴阳先生去验证较真了。这儿却留下一棵皂荚树，父亲的树，至今还长着，仍然是一年一树繁密的皂角，却无人摘折了，农民已经不用皂角洗涤衣服，早已用上肥皂洗衣粉之类。哥说了父亲的这棵皂荚树，我隐约有印象，不如他清楚，我那时不太在心，也太小。现在，在祖居的宅院里，两个年过花甲的兄弟，坐在雨篷下，不说官场商场，不议谁肥谁瘦，也不涉水涨潮落，却于无意中很自然地说起父亲的两棵树。父亲去世已经整整二十五年，他经手盖的厦屋和他承继的祖宗的老房都因朽木蚀瓦而难以为继，被我拆掉换盖成水泥楼板结构的新房了，只留下他亲手栽的两棵树还生机勃勃，一棵满枝尖锐硬刺的皂荚树，守护着祖宗的坟墓陵园；一棵期望成材做门窗的椿树，成为一种心灵感应的象征，撑立在家院门口，也撑立在儿子们心里。

每到农历六月，麦收之后的暑天酷热，这椿树便放出一种令人停留贪吸的清香花味，满枝上都绣集着一团团比米粒稍大的白花，招得半天蜜蜂，从清早直到天黑都嗡嗡嘤嘤的一片蜂鸣，把一片祥和轻柔的吟唱撒向村庄，也把清香的花味弥漫到整个村庄的街道和屋院。每年都在有机缘回老家时闻到椿树花开的清香，陶醉一番，回味一回，温习一回父亲。今年却因这事那事把花期错过了，便想，明年一定要赶在椿树花开的时日回到原下，弥补今年的亏空和缺欠。那是父亲留给这个世界也留给我的椿树，以及花的清香。

2006 年 8 月 31 日于二府庄

排山倒海的炮声

交上农历腊月，在冰雪和凛冽的西风中紧缩了一个冬天的心，就开始不安生地蹦跳了。腊月初五吃"五豆"，整个村子家家户户都吃用红豆绿豆黄豆赤豆黑豆和苞谷或小米熬烧的稀饭。腊月初八吃"腊八"，在用大米熬烧的稀饭里煮上手擀的一指宽的面条，名曰"腊八面"，不仅一家大小吃得热气腾腾，而且要给果树吃。我便端着半碗腊八面，先给屋院过道里的柿子树吃，即用筷子把面条挑起来挂到树干上，口里诵唱着"柿树柿树吃腊八，明年结得疙瘩瘩"。随之下了门前的墝坎到果园里，给每一棵沙果树、桃树和木瓜树的树干或树枝上都挂上面条，反复诵唱那两句歌谣。腊月二十三，是祭灶神爷的日子，民间传说这天晚上灶神爷要回天上汇报人间温饱，家家都烙制一种五香味的小圆饼子，给灶神爷带上走漫漫的上天之路做干粮，巴结他"上天言好事，入地降吉祥"。当晚，第一锅烙出的五香圆饼先献到灶神爷的挂像前，我早已馋得控制不住了，便抓起剩下的圆饼咬起来，整个一个冬天都吃着苞谷面馍，这种纯白面烙的五香圆饼甭提有多香了。

乡村里真正为过年忙活是从腊月二十开始的，淘麦子，磨白面，村子里两户人家置备的石磨，便一天一天都被预订下来，从早到晚都响着有节奏的却也欢快的摇摆罗柜的咣当声。轮到我家磨面的时候，父亲扛着装麦子的口袋，母亲拿着自家的木斗和分装白面和下茬面的布袋，我牵着自家槽头的黄牛，一起走进石磨主人家，从心里到脸上都抑制不住那一份欢悦。父亲在石磨上把黄牛套好，往石磨上倒下麦子，看着黄牛转过三五圈，就走出磨坊忙他的事去了。我帮母亲摇摆罗柜，或者吆喝驱赶偷懒的黄牛，不知不觉间，母亲头顶的帕子上已落下一层细白的粉尘，我的帽子上也是一层。

到春节前的三两天，家家开始蒸包子和馍，按当地风俗，正月十五之前是不能再蒸馍的，年前这几天要蒸够一家人半个多月所吃的馍和包子，还有走亲戚要送出去的礼包。包子一般分三种，有肉做馅的肉包和用剁碎的蔬菜做馅的菜包，还有用红小豆做馅的豆包。新年临近的三两天里，村子从早到晚都弥漫着一种诱人的馍的香味儿，自然是从这家那家刚刚揭开锅盖的蒸熟的包子和馍上散发出来的。小孩子把白生生的包子拿到村巷里来吃，往往还要比一比谁的包子白谁家的包子黑，无论包子黑一成或白一成，都是欢乐的。我在母亲揭开锅盖端出第一算热气蒸腾的包子时，根本顾不上品评包子成色的黑白，抢了一个，烫得两手倒换着跑出灶房，站到院子里就狼吞虎咽起来。过年真好！天天过年最好。

大年三十的后晌是最令人激情欢快的，一帮会敲锣鼓家伙的男人，把陈姓为主的村子公有的乐器从楼上搬下来，在村子中间的广场上摆开阵势，敲得整个村庄都震颤起来。女人说话的腔调提高到一种亮堂的程度，男人也高声朗气起来，一年里的忧愁和烦恼都在震天撼地的锣鼓声中抖落了。女人们继续在锅灶案板间忙着洗菜剁肉。男人们先用小笤帚扫了屋院，再捞起长把长梢的扫帚打扫街门外面的道路，然后自写或请人写对联贴到大门两边的门框上。最后一项最为庄严的仪程，是迎接列祖列宗回家。我父亲和两位叔父带着各家的男孩站在上房祭桌前，把卷着的本族本门的族谱打开舒展，在祭桌前挂起来，然后点着红色蜡烛，按照辈分，由我父亲先上香磕头跪拜三匝，两位叔父跪拜完毕，就轮到我这一辈了。我将点燃的三支泛着香味儿的紫香插进香炉，再跪下去磕头，隐隐已感觉到虔诚和庄严。最后是在大门口放雷子炮或鞭炮，迎接从这个或那个坟墓里归来的先祖的魂灵。整个陈姓氏族的大族谱在一户房屋最宽敞的人家供奉，在锣鼓和鞭炮的热烈声浪里，由几位在村子里有代表性的人把族谱挂在祭桌前的墙上，密密麻麻按辈分排列的族谱整整占满一面后墙内壁。到第二天大年初一吃罢饺子，男性家长领着男性子孙到这儿来祭拜，我是跟着父亲的脚后跟走近祭桌的，父亲烧了香，我跟他一起跪下去磕头，却有不同于在自家屋里祭桌前的感觉，多了一缕紧张。

　　对于幼年的我来说，最期盼的是尽饱吃纯麦子面的馍和包子，以及用豆腐黄花韭菜和肉丁做臊子的臊子面，吃是第一位的。再一个兴奋的高潮是放炮，天上满是星斗，离太阳出来还早得很，那些心性要强的人就争着放响新年第一声炮了。那时候整个村子也没有一只钟表，争放新年第一炮的人坐在热炕头，不时下炕走到院子里观看星斗在天的位置，据此判断旧年和新年交接的那一刻。我的父亲尽管手头紧巴，炮买得不多，却是个争放新年早炮的人。我便坐在热炕上等着，竟没了瞌睡，父亲到院子里观测过三四次天象以后，终于说该放炮了，我便跳下炕来，和他走到冷气沁骨的大门外，看父亲用火纸点燃雷子炮，一抡胳膊把冒着火星的炮甩到空中，发出一声爆响，接连着这种动作和大同小异的响声，让我有一种陶醉的欢乐。

真正令我感到陶醉的炮声，是在二十世纪刚刚交上八十年代的头一两年。一九八一年或一九八二年，大年三十的后晌，村子里就时断时续着炮声，一会儿是震人的雷子炮，一会儿是激烈的鞭炮的连续性响声。这个时候都早已经不再祭拜陈氏族谱了，本门也不祭拜血统最直接的祖先了，"文革"的火把那些族谱当作"四旧"统统烧掉了，我连三代以上的祖先的名字都搞不清了。家家户户依然淘麦子磨白面蒸馍和包子，香味依然弥漫在村巷里，男性主人也依然继续着打扫屋院和大门外的道路，贴对联似乎更普遍了。父亲已经谢世，我有了一只座钟，不需像父亲那样三番五次到院子里去观测星斗转移，时钟即将指向十二，我和孩子早已拎着鞭炮和雷子炮站在大门外了。我不知出于何种意向，纯粹是一种感觉，先放鞭炮，连续热烈的爆炸，完全融合在整个村庄的鞭炮的此起彼伏的声浪中，我的女儿和儿子捂着耳朵在大门口蹦着跳着，比当年我在父亲放炮的时候欢实多了。我在自家门口放着炮的时候，却感知到一种排山倒海的爆炸的声浪由灞河对岸传过来，隐隐可以看到空中时现时隐的爆炸的火光。我把孩子送回屋里，便走到场塄边上欣赏远处的炮声。炮声依旧连续着排山倒海的威势，时而奇峰突起，时而群峰拥挤。我的面前是夜幕下的灞河，河那边是属于蓝田县辖的一个挨一个或大或小的村庄，在开阔的天地间，那起伏着的炮声洋溢着浓厚深沉的诗意。这是我平生所听到的家乡的最热烈的新年炮声，确实是前所未有。我突然明白过来，农民吃饱了！就是在这一年里，土地下户给农民自己作务，一年便获得缸溢囤满的丰收，从年头到年尾只吃纯粹的麦子面馍了，农民说是天天都在过年。这炮声在中国灞河两岸此起彼伏经久不息地爆响着，是不再为吃饭发愁的农民发自心底的欢呼。我在那一刻竟然发生心颤，这是家乡农民集体自发的一种表达方式，是最可靠的，也是"中国特色"的民意表述，世界上再也找不到可以类比的如同排山倒海的心声表述了。

还有一个纯属个人情感的难忘的春节，那是农历一九九一年的大年三十。腊月二十五下午写完《白鹿原》的最后一句，离春节只剩下四五天了，两三个月前一家人都搬进西安，只留我还坚守在这祖传的屋院里。大年三十后晌，我依着乡俗，打扫了屋院和门前的道路，我给自家大门拟了一副隐约含着白鹿的对联，又给热心的乡亲写了许多副对联。入夜以后，我把屋子里的所有电灯都拉亮，一个人坐在火炉前抽烟品酒，听着村子里时起时断的鞭炮声。到旧年的最后的两分钟，我在大门口放响了鞭炮，再把一个一个点燃的雷子炮抛向天空。河对岸的排山倒海的炮声已经响起，我又一次站在寒风凛冽的场塄上，听对岸的炮声涌进我的耳膜，激荡我的胸腔。自二十世纪八十年代初形成的这种热烈的炮声，一直延续到现在，年年农历三十夜半时分都是排山倒海的炮声，年年的这个时刻，我都要在自家门前放过鞭炮和雷子炮之后，站在门前的场塄上，接受灞河对岸传来的排山倒海的炮声的洗礼，接纳一种激扬的心声合奏，以强壮自己。一九九一年的大年三十，我在同样接纳的时刻不由得转过身来，面对星光下白鹿原北坡粗浑的轮廓，又一次心颤——你能接纳我的体验的表述吗？这是我最后一次聆听和接纳家乡年夜排山倒海的炮声。

2008 年 1 月 31 日于二府庄

我的秦腔记忆

在我最久远的童年记忆里顶快活的事，当数跟着父亲到原上原下的村庄去看戏。

父亲是个戏迷，自年轻时就和村子里几个戏迷搭帮结伙去看戏，直到年过七旬仍然乐此不疲。我童年跟着父亲所看的戏，都是乡村那些具有演唱天赋的农民演出的戏。开阔平坦的白鹿原上和原下的灞河川道里，只有那些物力雄厚而且人才济济的大村庄，不仅能凑足演戏的不小开销，还能凑齐生、旦、净、末、丑各种角色。我们这个不足四十户人家的村子，演戏是连想也不敢想的事，我和父亲就只有到原上和原下的那些大村庄去看戏了。

不单在白鹿原，整个关中和渭北高原，乡村演戏集中在一年里的两个时段，是农历的正月二月和伏天的六月七月。正月初五过后直到清明，庆祝新年佳节和筹备农事为主题的各种庙会，隔三岔五都有演出。二月二是传统习惯里的龙抬头日，这一天会形成演出高潮，原上某个村子演戏的乐声刚刚偃息，原下灞河边一个村子演戏的锣鼓梆子又敲响了，常常发生这个村和那个村同时演出的对台戏。再就是每年夏收夏播结束之后相对空闲的一个多月里，原上原下的大村小寨都要过一个各自约定的"忙罢会"。顾名思义，就是累得人脱皮掉肉的收麦种秋的活儿忙完了，该当歇息松弛一下，约定一个吉祥日子，亲朋好友聚会一番，庆祝一年的好收成。这个时节演戏的热闹，甚至比新年正月还红火，尤其是风调雨顺小麦丰收家家仓满囤溢的年份。

我已记不得从几岁开始跟父亲去看戏，却可以断定是上学以前的事。我记着一个细节，在人头攒动的戏台下，父亲把我架在他的肩上，还从这个肩头换到那个肩头，让我看那些我弄不清人物关系也听不懂唱词的古装戏。可以断定不过五六岁或六七岁，再大他就扛架不起了。我坐在父亲的肩头，在自己都感觉腰腿很不自在的时候，就溜下来，到场外去逛一圈。及至上学念书的寒暑假里，我仍然跟着父亲去看戏，不过不好意思坐父亲的肩膀了。

同样记不得跟父亲在原上原下看过多少场戏了，却可以断定我那时候还不知道自己看的戏种叫秦腔。知道秦腔这个剧种称谓，应在二十世纪五十年代中期离开家乡进西安城念中学以后，我十三岁。看了那么多戏，却不知道自己所看的戏是秦腔，似乎于情于理说不通。其实很正常，包括父亲在内的家乡人只说看戏，没有谁会标出剧种秦腔。原上原下固定建筑的戏楼和临时搭建的戏台，只演秦腔，没有秦腔之外的任何一个剧种能登台亮相，看戏就是看秦腔，戏只有一种秦腔，自然也就不需要累赘地标明剧种了。这种地域性的集体无意识就留给我一个空白，在不知晓秦腔剧种的时候，已经接受秦腔独有的旋律的熏陶了，而且注定终生都难能取代的顽固心理。

在瓦沟里的残雪尚未融尽的古戏楼前，拥集着几乎一律黑色棉袄棉裤的老年壮年和青年男人，还有如我一样不知子丑寅卯的男孩，也是穿过一个冬天开缝露絮的黑色棉袄棉裤，旱烟的气味弥漫不散；伏天的"忙罢会"的戏台前，一片或新或旧的草帽遮挡着灼人的阳光，却遮不住一幢幢淌着汗的紫黑色裸膀，汗腥味儿和旱烟味儿弥漫到村巷里。我在这里接受音乐的熏陶，是震天轰响的大铜锣和酥脆的小铜锣截然迥异的响声，是间隔许久才响一声的沉闷的鼓声，更有作为乐团指挥角色的扁鼓密不透风干散利爽的敲击声。板胡是秦腔音乐独有的个性化乐器，二胡永远都是作为板胡的柔软性配乐，恰如夫妻。我起初似乎对这些敲击类和弦索类的乐器的音响没有感觉，跟着父亲看戏不过是逛热闹。记不得是哪一年哪一岁，我跟父亲走到白鹿原顶，听到远处树丛笼罩着的那个村子传来大铜锣和小铜锣的声音，还有板胡和梆子以及扁鼓相间相错的声响，竟然一阵心跳，脚步不自觉地加快了，一种渴盼锣鼓梆子扁鼓板胡二胡交织的旋律冲击的欲望潮起了。自然还有唱腔，花脸和黑脸那种能传到二里外的吼唱（无麦克风设备），曾经震得我捂住耳朵，这时也有接受得颇为急切的需要了；白须老生的苍凉和黑须须生的激昂悲壮，在我太浅的阅世情感上铭刻下音符；小生和花旦的洋溢着阳光和花香的唱腔，是我最容易发生共鸣的妙音；还有丑角里的丑汉和丑婆婆，把关中话里最逗人的语言做最恰当的表述，从出台到退场都被满场子的哄笑迎来送走……我后来才意识到，大约就从那一回的那一刻起，秦腔旋律在我并不特殊敏感的乐感神经里，铸成终生难以改易更难替代的戏曲欣赏倾向。

我记不得看过多少回秦腔戏了。有几次看戏的经历竟终生难忘。上学到初中三年级，学校在西安东郊的纺织工业重镇边上，住宿的宿舍在工人住宅区内。晚自习上完，我和同伴回宿舍的路上，听到锣鼓梆子响，隐隐传来男女对唱，循声找到一个露天剧场。这是西安一家专业剧团为工人演出，而且有一位在关中几乎家喻户晓的须生名角。戏已演过大半，门卫已经不查票了，我和同学三四个人就走进去，直到曲终人散。无论从哪方面说，都比乡村戏台上那些农民的演出好得远了，我竟兴奋得好久睡不着觉。第二天早上走进学校大门，教导主任和值勤教师站在当面，把我叫住，指令我站在旁边。那儿已经站着两个人，我一看就明白了，都是昨晚和我看戏的同伴——有人给学校打小报告了。教导主任是以严厉而著名的。他黑煞着脸，狠声冷气地训斥我和看戏的同伙。这是我学生生活中唯一的一次处罚……

二十多年后的一九八〇年，我被任命为区文化局副局长的同时，新任局长就是训斥并罚我站的教导主任。我和他握手的那一刻，真是感慨"人生何处不相逢"灵验了。从和他握手直到我离开这个单位，始终都不曾提及此事。他肯定不记得这件事了，他训斥过可能就置诸脑后了，又忙着训导另一位违纪的学生去了。不过，这个时候的他，已经半老，依然严厉的脸上总是洋溢着微笑，大笑的时候很爽朗。一张棱角严厉的脸无论畅怀大笑还是微笑，尤其生动感人，甚为可爱。

还有一次难泯的记忆。这是"四人帮"倒台不久的事。西安城里那些专业秦腔剧团大约还在观望揣摩文艺政策能放宽到何种程度的时候，关中那些县管的也属专业的秦腔剧团破门一拥而出了，几乎是一种潮涌之势。他们先在本县演出，又到西安城里城外的工厂演出，几乎全是被禁演多年的古装戏。西安郊区的农民赶到周边县城或工厂去看戏，骑自行车看戏的人到傍晚时拥满了道路。我陪着妻子赶过二十里外的戏场子。我的父亲和村里那几个老戏友又搭帮结伙去看戏了。到处都能听到这样一句痛快的观感："这才是戏!"更有幽默表述的感慨："秦腔到底又姓秦了!"这种痛快的感慨发自一个地域性群体的心怀。"文革"禁绝所有传统剧目的同时，推广八个京剧"样板戏"，关中的专业剧团和乡村的业余演出班子，把京剧"样板戏"改编移植成秦腔演出，我看过，却总觉得不过瘾，多了点什么又缺失了点什么。民间语言表达总是比我生动比我准确："这是拿关中话唱京剧哩嘛!"还有"秦腔不姓秦了"的调侃。

到二十世纪八十年代中期，我的经济状况初得改善，便买了电视机，不料竟收不到任何节目，行家说我居住的原坡根下的位置，正好是电视信号传递的阴影区域。我不甘心把电视机当收音机用，又破费买了放像机，买回来一厚摞秦腔名家演出的录像带，不仅我把包括已经谢世的老艺术家的拿手好戏看了个够，我的村子里的老少乡党也都过足了戏瘾。我常常要把电视机搬到院子里，才能满足越拥越多的乡党。我后来又买了录音机和秦腔名角经典唱段的磁带，这不仅更方便，重要的是那些经典唱段百听不厌。大约在我写作《白鹿原》的四年间，写得累了需要歇缓一会儿，我便端着茶杯坐到小院里，打开录音机听一段两段，从头到脚、从外到内都有一种无以言说的舒悦。久而久之，连我家东隔壁小卖部的掌柜老太婆都听上了戏瘾，某一天该当放录音机的时候，也许我一时写得兴起忘了时间，老太太隔墙大呼小叫我的名字，问我："今日咋还不放戏?"我便收住笔，赶紧打开录音机。老太太哈哈笑着说她的耳朵每天到这个时候就痒痒了，非听戏不行了……在诸多评说包括批评《白鹿原》的文章里，不止一位评家说到《白鹿原》的语言，似可感受到一缕秦腔弦音。如果这话不是调侃，是真实感受，却是我听秦腔之时完全没有预料得到的潜效能。

我看过、听过不少秦腔名家的演出剧目和唱段，却算不得铁杆戏迷。不说那些追着秦腔名角倾心倾情胜过待爹娘老子的戏迷，即使像父亲那样入迷的程度，我也自觉不及。我比父亲活得好多了，有机会看那些名家的演出，那些蜚声省内外的老名家和跃上秦腔舞台的耀眼新星，我都有机缘欣赏过他们的风采。然而，在我久居的日渐繁荣的城市里，有时在梦境，有时在一个人独处的时候，眼前会幻化出旧时储存的一幅幅图景，在刚刚割罢麦子的麦茬地里，一个光着膀子握着鞭子扶着犁把儿吆牛翻耕土地的关中汉子，尽着嗓门吼着秦腔，那声响融进刚刚翻耕过的湿土，也融进正待翻耕的被太阳晒得亮闪闪的麦茬子，融进田边沿坡坎上荆棘杂草丛中，也融进已搭着圆顶的太阳的霞光里。还有一幅幻象，一个坐在车辕上赶着骡马往城里送菜的车把式，旁若无人地唱着戏，嗓门一会儿高了，一会儿低了，甚至拉起很难掌握的"彩腔"，在乡村大道上朝城市一路唱过去……

秦人创造了自己的腔儿。

这腔儿无疑最适合秦人的襟怀展示。

黄土在，秦人在，这腔儿便不会息声。

2008 年 8 月 7 日于二府庄

原上原下樱桃红

白鹿原的樱桃红了。

时令刚过立夏，向阳面的原坡上的樱桃率先红了；晚不过两天，原下灞河川道里的樱桃接着也红了；再过两三天，受地理高度温差制约的原上的樱桃，最后红了。

这个时候的白鹿原，便进入一年里最红火的时月。原上原下和原坡，新修的水泥大道和田间小径，便呈现着车水马龙熙熙攘攘的车流和人群，这是西安城里的男人女人或搭伙结伴或扶老携幼摘樱桃来了。他们散漫在樱桃园里，伸手攀下缀满或紫红或金黄的樱桃的树枝，摘下一串一串熟透的樱桃，填到嘴里，便发出舒心的赞叹，好鲜好甜耶。更有男孩或女孩，攀爬到树上，从树梢上摘下最大也熟透的樱桃极品，下树来送到情侣手里，会心的微笑里荡漾着别具一格的浪漫。喧哗声嬉笑声和呼朋唤友的声浪，此起彼伏在樱桃园里。原上原下通往樱桃园的大道和小路两边，摆满了盛着樱桃的筐篮和纸箱，叫卖声议价声嘈嘈一片，交易活跃。那些抱着一箱箱樱桃乘车离去的男人和女人欣慰的脸色，无疑是北方这种第一料鲜果独有的滋味带来的。我更感兴趣的是那些出售樱桃的卖方收款装钱的动作，无论农夫农妇抑或小伙姑娘，从买方手里接过钱来数一数，尽管数钱的手指的动作有灵巧和笨拙的差别，而脸上的表情却无多大差异，不见惊喜，更不见得意，多是数过之后塞入挂在胸前的布兜，无论三十五十乃至三百五百，都是以习惯性的动作塞入布兜了事，又忙着招呼围过来的新的顾客了。他们一把一把往布兜里塞着钱时所显示的平静而又平常的表情，可以透见原上原下乡民的心理气象了。

这里的樱桃，在我已形成难以化释的情结。

我至今依旧清楚地记得，四十六年前的 1965 年，我在《西安晚报》发表过散文《樱桃红了》，是歌颂一位立志建设新农村带领青年团员栽植樱桃树的模范青年。这是我初学写作发表的第二篇散文，无论怎样幼稚，却铸成永久的记忆，樱桃也就情结于心了。樱桃在我生活的白鹿原地区，是当地乡民种植的诸如桃、杏、沙果等果类中的一种，多在原坡不能种植庄稼的坡地上生长。没有资料显示何朝何代开始栽植这种水果；村子里年龄最大的长者也说不清，只记得自己穿开裆裤的幼稚年纪，就吃樱桃，吃着自家园里的樱桃还嫌不够味儿，常常结伙偷摘品尝别家的樱桃。当地人自古以来不称樱桃，称作玛瑙。如果依这种水果的果形和色彩而论，玛瑙远比樱桃更为恰切也更富诗意，那缀满树枝的一嘟噜一嘟噜或鲜红或金黄的小颗粒，活脱就是一串串珍珠玛瑙。

加深且加重这种樱桃情结的另一种因素，说来就缺失浪漫诗性了。我在白鹿原地区生活和工作大半生，沉积在心底的记忆便是穷困的种种世相。不单是我和我的家庭，整个白鹿原的乡民，从年头到年尾都纠结在碗里吃食的稀了稠了有了空了。尤其是我在公社（现称乡或镇）工作的十年时间里，体味尤深。每年交上五月，即民间俗话说的青黄不接的时月，一些生产队（即今村民小组）的干部便三天两头赶到公社来，堵住分管粮食的干部，百般申述缺粮的困境，要求多给他们分配救济粮食。这些求助的生产队干部，多是来自白鹿原北坡上或大或小的村庄。坡上沟道里有小股泉水，仅供人畜饮用，"学大寨"大潮中修建过一些蓄水池，效益甚微；北坡上的田地，多为跑水跑肥不蓄墒的薄田，仅种一料庄稼的小麦产量，顶好的年份不过二百斤，遇到干旱缺雨的灾年，稀疏矮小的麦秆儿搭不住镰刀，只好用手撅拔，俗称猴拔毛，产量就可想而知了。上级调拨下来的救济粮可以说是杯水车薪，分管粮食的专干即使慈心软肠也只能撒胡椒面儿。那时候的樱桃虽然依旧开花结果，却当不得饭吃。随着"文革"愈来愈"左"到极端的农村政策，一只鸡蛋卖给国家还是卖给城里个人，都被提高到资本主义和社会主义两条道路斗争的严重性看待，又有"以粮为纲"的纲纪，樱桃树虽然没有被铲除，却也不提倡，处于自生自灭状态。

在西安郊区辖属的二十六个公社里，地处坡、原和山岭地区的公社不过两三家，它们与那些占据渭河平原腹地的公社相比，难以望其项背。这两三家自然环境较差的公社干部遇合到一起，便自我调侃定位为"第三世界"。在"第三世界"里，我工作的原坡地区当属垫底的一家，走到何处似乎都有矮人半截的感觉，所谓人穷气短，不单说个人，工作单位似乎也应此话，我有双重体验。

彻底扭转以致完全改换那种不良感觉的卓绝一笔，便是樱桃。我约略知道，自二十世纪八十年代中期起始，灞桥区的领头人，既得改革开放之"天时"，更度白鹿原地理特质之"地利"，确定该地区以樱桃种植为主业，为乡民开创一条脱贫致富的途径。且不赘述领头人和技术人员如何四处奔走，引进西洋大樱桃品种；如何向乡民推广普及樱桃种植的技术要领；还有为樱桃的销售不遗余力……我尤为赞赏尤为敬重的一点，二十余年来，灞桥区的领头人调换过一茬又一茬，而一茬又一茬的新继任的领头人，都一如既往地瞅住樱桃园的建设和发展，让樱桃园终于形成气候，形成产业化的规模。单是白鹿原原上原下和原坡，现已种植樱桃2.4万亩，结果的樱桃树有1.5万亩。3000余户乡民现在年均收入超过4万元，人均超过万元，竟然比本区那些过去的盛产粮食的平川地区的人均收入超出近两成。尽管我知道读者逆反文章里引用数字，仍然忍不住要把这些数字摆列出来；这些数字牵涉我的情感，甚至颠覆了情感记忆里最软最短的那一脉。我确凿相信这些数字，尽管没有必要挨家逐户去询问谁收入了多少，因为你随便走进原上原下和原坡的或大或小的村庄，一街两行全部都是新建的房子，有平房也有二层小楼，三合院司空见惯，迎着大门的正面几乎全部都用白色瓷片包装，一派崭新气象。这里的乡民积习已久善于门楼的建筑，但如今上面却几乎很少见到老祖宗们用青砖刻着神鹿白鹤的图案，而是用现代建筑材料或白色或紫红颜色的瓷砖，给人直观的感觉是清爽和温暖。每每看到这些宽敞漂亮的农家小院，我便想起高晓声的小说《李顺大造屋》来，如果说李顺大是二十世纪八十年代初以前的中国农民生活形态和心理形态的一个典型，那么白鹿原上下一幢幢新房小楼的主人，便是对李顺大的终结。我在原坡的樱桃园里散步时，看到龙湾村几幢破旧的厦屋，墙皮多半脱落，房檐多处垮塌，垒墙的土坏暴露无遗。这些尚未拆除的旧房破屋，却勾起我的似曾相识的记忆，在这些屋子里，我当年下乡时吃过派饭，约略还记得房子的主人。他们不是作家创造且难免夸张的李顺大，却是我亲历且认识的真实的村民。

有朋自远方来，若恰逢樱桃成熟的五月，我便领他们上原摘樱桃。站在白鹿原头，原上平地里是蓬勃着的樱桃树，一眼难尽；原坡上随着坡势和浅沟起伏错落着一派绿色，自然都是樱桃树了，几乎看不到裸露的地皮；原下的川道，灞河自东而西蜿蜒过来，几乎被满川的樱桃树遮掩住了。朋友无论男女，也不论长幼，站在原头观赏这一方自然景致的时候，无不发出由衷的慨叹，你老兄（或老弟）竟独得这一方活水绿山！我便凑兴纠正，这不是山，是原和原下的坡。另有一点需要纠正的，活水绿坡绿原只是当今的景象，为不致扫兴，我不想提过去。远方的朋友多见过世界多处的好风景，能对白鹿原的樱桃园流连忘返感慨连连，储存在我心底的那种"第三世界"的块垒，便悄然化释了。

进入五月，便进入这座古原最红火的季节。果农们选择了早熟和晚熟的多种樱桃品种，让采摘的时间可以延续月余。这座雄踞于西安东南方位的开阔的古原，距离西安不过十来公里，工余假日，人们呼朋唤友引妻携子，驾车不过半个多小时便进入樱桃园了，或上原或上坡或到原下的河川，眼前都是缀满红色金黄色珍珠玛瑙的樱桃树，诸种烦恼和疲倦顿然消解了。当各种媒体大呼急叫着西安城区应该形成"低碳"的健康空间的时候，这里的樱桃园无疑是一方天然氧吧，从城里赶来的男女老幼，从树枝上摘下一颗颗樱桃填到嘴里嚼咂品尝的时候，或在樱桃园里逸情漫步的时候，把在城市里吸入的污浊废气全都排出了，获得一种神清气爽的生命活力。即使在樱桃清园以后的夏天和秋天，原上原下和原坡的果园和小路上，仍有不少城里人观光散心，迷恋这个天然氧吧的洁净的空气。

每到清明，樱桃花开，原上原下和原坡，尽皆是粉白的樱桃花，香气弥漫。树叶刚刚吐芽，花儿却灿烂了，这原这川这原坡，望去是纯一色的樱桃花的世界。果农们忙着种种技术性管护，只企盼樱桃开花时不要下雨，因为雨水灌花就结不出樱桃。城里人搭帮结伙来赏花了，散漫在樱桃花的海洋里，留几张以樱桃花为陪景的照片，在农民开办的"农家乐"饭馆吃一顿地道的农家饭菜，不仅释放了胸中积存的废气，缓解了办公室或工作台上的紧张的神经，还把粉白的樱桃花储入胸间，当属滋养精神心理的氧。

有朋友要约见，我便顺口说，如果事由不急，最好五月来，或清明前后来，或摘樱桃或赏花，坐在农家屋院或果园里说话，我会有最佳的情绪；相信南方北方来的朋友，也会感应而生诗性的灵气。

2011 年 5 月 30 日于二府庄

愿白鹿长驻此原

　　　　独寻秋景城东去，白鹿原头信马行。

　　这是白居易一首七绝中的两句。每有机缘上原，心头便会涌出这首绝句，情绪顿时也会畅朗起来。我无法想象千余年前的白居易纵马白鹿原上寻到的是怎样一幅秋色美景，单是眼前的一派绿色，已经让我沉醉了。

　　一条新修的宽敞的公路盘旋在西边原坡上，两边是层层叠叠的绿树。刚刚从酷暑进入初秋，尽管杨树柳树槐树等树木的树冠呈现着深色和浅色的小小差异，却依然流露着蓬勃的气象。草木清爽的气味，诱使我连续深呼吸。这里曾经是荒坡和梯田。荒坡上长满枣刺和杂草。梯田里一年只种一料麦子，因为缺水缺肥，麦子长得矮小细瘦如同猴子的黄毛，收割时搭不住镰刀，只能用手薅，民间戏称薅猴毛，产量也就可想而知了。大约不过十年前，那种延续了不知多少年的广种薄收乃至无收的景象中止了，退耕还林，便有了这一派让上原和下原的人心旷神怡的绿色。

　　上原的路大约走到一半，有一道平台，自南到北散落着一个个或大或小的村庄，俗称二道原。民办大学思源学院已成气候，随坡倚势建造成一幢幢楼房，校园里如同精心构设的花园，四季轮番开放的花草和花树，弥漫着种种诱人的香气。这里活跃着来自全国各地的两万余名学子，避开了都市的喧嚣，在这一方天地汲取知识。校方扶持建立了白鹿书院，我常和一些文学朋友到书院交流，尽管他们多是走南闯北见惯了奇山异水的人，也多感佩这一方地域独有的脉象。大约十年前，这所大学的创始人周先生约我参加一个座谈会，把他想在白鹿原的二道原上创办一所民办大学的意图坦陈出来，让大家论证。我那时竟然很激动，一时尚不敢估计这座古原破天荒建立的第一所高等院校的深远影响，却也想到不仅是每年能有多少年轻人完成高等学业，更有对原上乡民文化意识的潜移默化的启示。十年过去，这所学院不仅被评为全国十大民办大学，而且让民办大学由二道原扩展到白鹿原上，挂着种种专业校牌的民办大学已建成十余所，形成了一个颇具规模的民办大学城。就我粗略的印象，一九四九年以前，这道原上大约只有两三所新式小学；截至二十世纪九十年代，仅有三四所中学，分属三个区县督管；到今天不过十年时间，这里已经形成拥有十余万学子的民办大学城了。从这些民办大学门前经过的时候，我常有不可思议的感慨，变化之快几乎让我不敢相信，随之也生出生不逢时的自怜，如若晚生许多年，就不会留下缺失高等教育的人生遗憾了。

原的西部已经几乎看不到庄稼，传统的麦田消失了，蓬勃着一眼望不透的樱桃树。种植樱桃和小麦的悬殊的收益，是任谁都不会拒绝对樱桃的选择。每到五月樱桃成熟时节，原上原下和原坡的万亩樱桃园里，笑语喧哗，那是西安城里人或呼朋唤友或扶老携幼上原摘樱桃时忘情的声浪。秋天刚刚来到原上，葡萄又熟了。樱桃几乎是家家户户都有种植，而葡萄却是规模化的集中栽培。原上先后建起三家较大规模的果园，两家既种樱桃又种葡萄，还有一家是专门种植葡萄的园子，种植面积有几百亩到过千亩，都是以最严格也最规范的技术措施栽培管理。我曾有幸参观，可谓大开眼界，且不说那些颇为深奥的技术措施，外行的我看到细水浸润的滴灌设施，顿然感知到现代农业和粗放管理的农业的差异来。为了保证果品的品质，一概不用化肥，连复合型的肥料也不用，而是从内蒙古草原收购牧民的牛羊粪，集中窝沤，使其熟化，再从千里外的内蒙古草原运回原上，单是这项投入的工本就令我咋舌了。这样培植的樱桃和葡萄，不仅味美，更让消费者放心，价格也就高出普通果园的樱桃、葡萄几倍。我走在这家葡萄园里，满眼都是紫红的葡萄串儿，嘴里就有口水溢泛。这位种植园主是我的同乡，一位卓有建树的农民科学家，曾获得国务院的褒奖，那是他向乡民传授各种果树管理技术赢得的奖励。他在原上亲自种植葡萄，更带有示范的效应。我更多感佩的却是这道原的变化，自古以来白鹿原缺水，向来不植一株果树，即使庄稼，也只能保证一料小麦的收成，多有的伏旱，秋天的作物十有九年都无收获。更甚者，生活用水都很困难，原下人调侃原上人说，早晨起来，夫妻对面吐唾沫儿洗脸。现在，每个村子都有深井，自来水通到家家户户，果园也就蓬勃起来了。白鹿原高过渭河平原二百米，昼夜温差大，无论樱桃无论葡萄的甜蜜就享有天时地利的优势了。

　　绿树掩映着的一个个或大或小的村庄，既是古老的，又是新生的，古老到和这道原的历史一样悠久，新生在于现在的村庄已经完全改换出一派新的风貌，一幢幢二层小楼或平房，从绿树的空隙间显露出来。如果走进村巷，便会看到甚为讲究的一个个农家院的门楼上都有题款。几乎看不到土坯垒墙的传承了千年的厦房了。沟通每一个村庄的道路全部实现了硬化——水泥路面，永久性地告别了泥泞小路。我曾陪《白鹿原》剧组的朋友踏访原上村庄寻找外景地，失望而归，二十世纪的白鹿村的影像荡然无存。我不为剧组的失望而失望，倒为原上的乡党而庆幸，他们终于获得了安逸富足的生活，既不为锅里缺米缺面而熬煎，也不为屋漏而愁肠百结了。

写到这里，我突然意识到，每触及一景，便牵出这一景的昨天的景象来。似乎不是有意为之，而是一种自然的不可违逆的心理反应，昨天的贫瘠景象铸存太久，而今天焕然一新的景象来得太快，作为这道原的亲历者，发生今天与昨天的鲜明而又强烈的对比，欣然的感触和感慨就是本能的心理反应了。

因为一只白鹿的出现，这道原便有了象征着吉祥安泰的白鹿的名称。随后，汉文帝葬在白鹿原西北的原坡上，原坡根下流淌着灞水，文史典籍称为灞陵，这道原也被改名为灞陵原，民间却少有人说。自北宋大将军狄青在原上屯兵驯马，这道原又被改换为狄寨原，一直沿用至今，白鹿原的名字早已湮灭以至消亡了。近年间，因为拙作《白鹿原》的发行，这个富于诗意也象征着吉祥安泰的白鹿原的名字又复活了。白鹿原名称的重新复归，恰当其时，多少代人期盼向往的富裕和平的日子已经到来，这是改革开放的科学而又务实的富民国策实施的结果。

愿白鹿长驻此原。

2012 年 9 月 27 日于二府庄

儿时的原

这道原·那道原

李巍打电话来，竟有瞬间的惊诧。重温那独有的说着普通话的口音，便感知到一种重逢的欣然，是伴着惊诧的欣然。大约有几年不通音信，依旧储存着这位彩云之南的老朋友的别致的口音，久别重逢的欣然就自然地发生了。他约我散文稿。我不仅贸然应允，而且随口提出让他命题，在我的生活范围内，看他对什么话题有兴趣；如果我确凿也有生活体验，便可谋篇。他说让他想想再说。他想过之后便点题了，让我写少年时期所经历的和白鹿原相关的生活。我当即应诺。这自然是地理概念的白鹿原。原是西北地区特有的一种地理地貌，实际就是一方小小的平原，大约因为规模太小而不能称为通常意义上的平原，故叫作原。有好事者为了区别原与平原，给"原"字左边添加一个"土"字变成了"塬"。其实古人都没有多此一举，白居易一首七绝写到白鹿原："宠辱忧欢不到情，任他朝市自营营。独寻秋景城东去，白鹿原头信马行。"且不究什么人干醒龊事惹得诗人心烦要到白鹿原上扬鞭驱马畅快抒情，单是说这"原"字原本就没有画蛇添足似的"土"字做偏旁。再如毛泽东的名作《沁园春·雪》里的"原驰蜡象"的"原"字，也未有"土"字做偏旁，而陕北地区也有规模大小不等的多种原，毛泽东把大雪覆盖的一道原拟为蜡象，足见得诗人的情怀和气魄。

西安周边有好多道原，城北有龙首原，自然是因其地形像一条扬头的龙而得名。据说汉高祖刘邦之所以把皇都圈定此地，要借龙脉之气象便是诸种因素中最重要的一点。从西安城端直往南靠近终南山的神禾原，传说远古时生长双穗的谷子，便有了神禾原的名称。曾经的西北王胡宗南在此原为蒋介石修建一座阔绰的行宫，老蒋曾站在原头观望原下的滈河小平原和背倚的终南山的风光。作家柳青于二十世纪五十年代初相中此地，在原头一座废弃的破庙里安家落户，兼职深入生活，一住就有十四年，创作出史诗著作《创业史》。悲剧也发生在这道原上，他的夫人熬不住"文革"的迫害，跳入井里饮恨而去了。神禾原东边是少陵原，两原之间有滈河流过。少陵原上有汉宣帝刘询和他的许皇后的陵墓，两座陵墓相隔一段距离，许皇后的陵墓规模较小，便有少陵之谓，且成为这道原的名称。此地在秦时曾设杜县，汉宣帝的陵墓被称作杜陵。然而，此原却是依其皇后的小陵墓而得名少陵原，皇后竟然比皇帝刘询还风光。少陵原东边便是白鹿原，两原之间有颇为宽阔的河谷，发源自终南山的浐河自南朝北流过。河川里曾经有五六千年前的新石器时期母系氏族的人群在此渔猎，也种谷。村落遗址被称为"半坡遗址"，遗址旁边的村庄称半坡，位置在白鹿原的西边坡根下。白鹿原的北坡下，也是一道河川，有灞河自东向西流过，是发源地秦岭的山势造成的倒流河。灞河原称滋水，一个让人感觉温馨的名字，却被要称王称霸的秦穆公改为霸河，以显示其统一中国称霸天下的壮志和野心，后人为霸字添加了三滴水，成为灞河。

汉文帝把他的陵墓选定在灞河河畔的白鹿原西头的北坡上，史称霸陵，此原亦称霸陵原。"沛公军霸上"即是说刘邦和项羽争夺咸阳时驻军在霸陵原上。霸陵原多见于史籍，民间尚未流行。北宋时，大将狄青在白鹿原西部屯兵养马，从此便将白鹿原改名为狄寨原，一直延续到今天，一个古老的镇子也称为狄寨镇。这道原东西长约五十华里，南北宽约三十华里，自东向西纵断着一条深沟，把此原割裂为南原和北原。我的家在北原的北坡根下，是一个有五六十户人家的小村子。出了我家祖屋后门不过十来步，便是白鹿原的北坡坡根；走出我家前门不过五六百米，便可以掬灞河水洗脸了。在我从少年到成年的甚为漫长的岁月里，只知此原叫狄寨原，竟然不知诗性烂漫的白鹿原这个好名称。小说《白鹿原》出版二十年了，褒贬且不论，却把尘封在《竹书纪年》里的白鹿原的名称复活叫响了……

割草·搂麦

出生在农家屋院里的男孩子，从小小年纪就帮父母干农活了。我却记不准自己究竟是从几岁开始动手干活的，按乡村人归结的普遍规律，说男娃子一顿能吃完一个馍馍，就是好帮手了。我据此判断，当在我六七岁的时候。我同样记不清先学会的是哪一种农活，却笼统记得我能干的农活有拔草、割草、搂柴火、搂麦穗、掰苞谷和剥苞谷等。幼年从事的这些农活，有的是我喜欢干的，留下了愉快的记忆；有的是难以承受的不想干却不得不干的，便铸成一种伤痛。

我最喜欢干的农活是割草。我家和隔壁一家同族本门人家合养一头黄牛。牛喜食青草。每当春天青草长出来，我便背上柳条编织的小号笼子，提上割草的短把镰刀，下到灞河河川或上到白鹿原坡去割草了。当时不知白鹿原的名称，只说上坡割草。割草总是结伴去，几乎没有一个人独自行动的行为，除了结伴搭伙儿热闹有趣，还有至关重要的一条，便是安全。那时候沟梁纵横的原坡上还有狼族活跃其间，常常就有某人在某道坡梁或某条沟谷里撞见了狼，甚至还有某村的小孩被狼叼走的骇人听闻的灾祸发生。父亲总是在我出门割草时提醒，不要单个上坡，找俩伴儿一搭去。

村子里和我同龄或不差上下年岁的伙伴不过三四个，今日我找他，明日他会来找我，三四个人聚齐了，便商量确定到哪一条沟或哪一道梁去割草，说着谝着嘻嘻哈哈便走出村子了。麦子收罢进入伏天的酷热季节，阳光如喷火，伙伴们不约而同在坡梁下的沟道里遮蔽了阳光的背阴处坐下来，玩一种抓掷石子的游戏，或者打扑克，直玩到太阳西斜，才抓起短把镰刀去割草。最富诱惑的快活事儿是逮蚂蚱。蚂蚱有麦蚂蚱和秋蚂蚱，前者是生长在麦子地里的，到麦子成熟时也发育完成了，趴在麦穗上发出吱吱吱的叫声。我曾和小伙伴们在麦子地里逮蚂蚱，着急处就忘记了已经黄熟的麦子，踏倒了麦子，招来麦田主人的叫骂。不过，这种麦蚂蚱叫声很单调，我们很快就把兴趣转移到秋蚂蚱这灵虫上来了。所谓秋蚂蚱，是相对麦蚂蚱而言的，在麦蚂蚱完成三次脱壳可以鸣叫的时候，秋蚂蚱才从埋在地皮下的卵蛋里化育成虫钻出来，满体嫩绿如同刚刚脱壳的绿豆。秋蚂蚱生长在长满酸枣刺棘的田坎上、荒坡上和坟地里，很难捕捉。我和伙伴们根本等不得它完成三次脱壳羽化为可以鸣叫的蚂蚱，就在刺棘丛中寻找，常常被刺棘的尖刺刺得脚面和小腿布满血印也不在乎。逮着小小的秋蚂蚱，装进竹篾编的蚂蚱笼子里，每天喂它野谷苗的内芯。眼看着它在小笼子里一天天长大，完成三次脱壳成为一只羽翼丰满的蚂蚱，发出铃铛一样响亮有节奏的歌唱，我常常陷入一种沉醉。这种秋蚂蚱生命力很强，如果喂养精到，往往可以鸣叫到深秋以至霜冻时节才会完结，给平静也显孤寂的农家院子添一缕欢乐的声响……逮秋蚂蚱太专注也太投入，往往忘记了割草，无论逮着秋蚂蚱的兴奋或逮不着的懊丧，都会在拾起短把镰刀开始割草不久便淡化了，只畏怯草割得太少父亲那责备的眼色。

印象里最不愿干却不得不干的农活是搂麦子。我家有十六七亩土地，绝大多数分散在原坡上，只有三五亩可以浇灌的水田分作四五块散布在灞河川道里。养牛积攒的土肥，单是施到一年可收两料的麦子和苞谷的水田里都不够，原坡上的单料麦子根本施不上一次土肥，那麦子长得黄不拉唧的样子，收割时几乎搭不住镰刀，散落在麦茬地里的遗穗就很多了。村子里乡民把这种成色的麦子称作猴毛，把小小的麦穗称作蝇子（苍蝇头），把割这种麦子称作薅猴毛。父亲把一块又一块全是猴毛似的麦子薅过，我紧跟其后用粗铁丝做箄刺儿的大箄子把遗落的猴毛搂起来。至今印象最深的是在离村子最远的称作唐家坡顶的那块地，这是我家在原坡上最大的一块地，两亩还多，周边没有一棵树。我拖着足有一米宽的粗铁丝做箄刺儿的大箄子，一箄紧挨着一箄从东往西搂过去，再从西往东搂过来，却也如同为这块刚刚薅过猴毛的猴子梳头又梳身。这个铁丝筢子倒也不太重，拖起来也不太累，关键是坡地上滚动的热浪太难忍受了，火盆似的太阳就在头顶喷火，被晒了大半天的麦茬子热气蒸腾，拖着筢子过去再拖着筢子过来的过程，是被翻来覆去地炙烤。尽管头顶戴着草帽，头皮和脸皮仍然感觉到难耐的烘烤的灼伤，身上和裸露的小腿更不用说了。从家里带来的沙果叶茶水早已喝光，汗水似乎已经淌干流尽，口干到连一口唾沫也吐不出，看着还有一大半尚未搂过的麦茬地，有种想哭却哭不出来的无奈。看到远处一块坡地上有一个同龄的伙伴也在搂着，心里似乎有一种安慰，农家娃娃都得做这种活儿，且谈不到劳动的单调和无趣，那时候还不懂这些高雅的词汇，尽管切实地承受着……而当某天晚上和父亲坐在院子里吃晚饭，抓起母亲刚刚蒸熟端到跟前的白面馍馍咬下一口时，父亲顺口便会说，白面馍馍香不香？香。爱吃不爱吃？爱吃。明年搂麦子，再甭嘴噘脸吊的了，搂麦子受苦招架不住的那阵儿，想到吃白面馍馍，你就有劲了……这是我最初接受的关于劳动的教诲。

祭祖

我生活的村子叫西蒋村，解放初仅三十七户人家，村子东头有一条沟，留着清凌凌的发源自原坡上的泉水，供全村人饮水、洗衣，也浇灌小块田地。沟那边有一个东蒋村，更小，不过二十七户人家，村子之间的距离不足二里路。两个以蒋姓做村名的村子却没有一户姓蒋的人家，我问父亲，父亲说不清楚，问比父亲更年长的老爷爷，竟没有一个人说得清白。我生活的西蒋村几乎全是陈姓，只有两户郑姓的人家。陈姓共有一个老祖宗，我却搞不清老祖宗的大名了，然而，这个陈姓老祖宗当属三十五户陈姓人家的始祖，也当是第一个在西蒋村这块地盘上落脚的人，有族谱为证。

　　每到大年三十后响，陈姓的成年男子领着虽然尚未成年却已懂人事的男孩齐聚我家，迎神拜祖。父亲早已把不大平整的上房中间的地面用湿土垫平砸实，清扫干净，把我家那张方桌擦洗得一尘不染，放置到后墙中间开着后门的位置；方桌上已经摆置了蜡台和香炉，还有四盘令人馋涎欲滴的油炸的馃子和点心；那幅族谱——俗称神轴——就摆在方桌上，近乎一丈长，平时架放在木楼上，到此时父亲把它拿下来了。待全村陈姓男人聚齐，由陈姓一位辈分最高年龄最长的老者主持仪式，开首是：点蜡上香。这项指令实际是老者发给自己的，话音刚落，他便拿起点燃的火纸，猛吹一口气，那自燃的火纸便冒出火焰来。老者先点着左边的插在蜡台上的紫红色蜡烛，再点着右边一支，再撮三根紫色的香，在蜡烛上点燃，一根一根又一根插入盛着细沙的香炉，双手抱拳，跪拜三匝，然后退居方桌旁边。在老者发出"点蜡上香"的指令时，侍立在方桌两边的父亲和另一位男子便举起族谱——神轴，缓缓地展开，再挂到墙上。也就在此同时，我家街门外便响起鞭炮的响声，夹杂着雷子炮的震天轰响。侍立供桌前的陈姓男人们，依着辈分的高低，一个一个走到供桌前，从香炉里抽出一根紫香（只有主持的老者上头一道香拿三根），在蜡烛跳跃着的火焰上点燃，双手掬着插入香炉，再双手抱拳举到额头鞠躬，然后跪地三叩首。有领着儿子的人，儿子在他右首照着他的动作做下来。我父亲在陈姓的辈分最低，我自然更低一辈了，轮到父亲朝拜列祖列宗的时候，已经只剩下十来个人了（拜过的人都回家去了），我跟着父亲一起鞠躬跪拜，心里顿然也会潮起一种肃穆的感觉。

在我们家祭拜陈氏祖宗的事，据说有两个因由，一是我们家有一幢三间大房，尽管这幢房子已经分为两半，我家和叔父家各占一半，但用于敬奉祖宗展挂神轴却是宽展的，几乎是别无选择的。大约到1949年，村子里只有两三幢这种被称作大房的房子，多数村民都住着单面流水的比较窄小的厦房，厦房既供不起长宽都过一丈的神轴，也容不下祭拜的陈姓族人；再一个因由，据说是我爷爷曾经是村子里说话很有分量的人，尽管辈分低，却不影响他说话的分量，由他保存神轴年终祭拜祖宗就是顺理成章的事了。爷爷大约在父亲刚刚成年时便英年早逝了，尽管父亲不再具备爷爷说话的分量，保护神轴祭拜祖宗的活动依旧在我家顺延。在我有资格跟着父亲跪拜祖宗不过两三次之后，这幅神轴转移到另一户人家，这户陈姓人家盖起了宽敞的三间新瓦房，而我家的老房子已经漏雨了，积雪融化滴溜的水滴浸洇了神轴——陈姓列祖列宗神圣到顶礼膜拜的族谱——那是不可饶恕的罪孽。在我跟着父亲到这户祭奉祖宗神轴的房子里去跪拜的时候，对祖宗的虔诚已发生自觉，却也因不在我家里而隐隐感到一缕空虚……再没过几年，在破除封建迷信的"大跃进"年头里，神轴——陈姓族谱据说被焚毁了，大年三十后晌公祭的事再没有举办过。我也留下了无法补救的遗憾，搞不清陈姓四辈往上的祖宗，更不知进入西蒋村的陈姓始祖的大名了。

原上有个名叫窑村的村子，乡民多姓陈，是从我们村子迁居到原上的窑村的一户陈姓人家繁衍的族群，每到大年初一，他们搭帮结伙从原上下来，到我家（后来到另一家）祭拜祖宗，原上原下两个村子的陈姓后裔相聚一堂，嘘寒问暖，说收成、谝笑话，其乐融融。我和那些跟随父亲来祭拜祖宗的男娃子们，已经结伙玩耍了，同宗同祖的血缘，似乎确有某种亲情的天然纽带相系结。

卖菜

白鹿原上的这村那寨和白鹿原下的这寨那村的人家，多有亲戚关系，原上的姑娘嫁到原下或原坡上的某户人家，也多有原下的姑娘嫁到原上某个村寨的人家，亲戚间的往来就很频繁。单就我们这个不足四十户人家的小村庄说，竟然有六七户人家都和原上有这种最亲近的亲戚关系，而我母亲的娘家（我的舅舅家）就在白鹿原西头的五坊村，两个姨妈家也在原上的两个很大的村子。这样，在我尚未懂事也爬不动坡上很陡的土路的时候，据说是由父亲背着我上原，每年正月头上去向舅爷舅奶舅舅舅母拜年。到我能走得动的时候，一大清早起来便跟着父亲母亲出门上路了，从我们村子通舅家的原上的村子有一条斜路，七八里，尽管天气很冷，走上原头的时候却早已浑身淌汗了。

走上原头的感觉是奇异而又新鲜的。天太宽阔了，直到眼睛所能抵达的模模糊糊的终南山的群峰（那时候尚不知终南山的称谓，当地乡民只说南山）；往北看，对面的北岭（即骊山的南端，同样在那时尚不知骊山的称谓，当地乡民只说北岭），竟然遮挡不住天了；原上一马平川，远远近近散落着大大小小的村寨，无论如何望不见东边原的尽头，便有一种神秘感。我之所以会有这种感觉，完全是我生活的小村庄所在的特定地域造成的。我们的村子紧紧倚靠着白鹿原的北坡，站在村子的任何一个角度，满眼都是熟悉不过的坡坎和峁梁，刀裁一样的原顶遮住了天空，往北看，便是骊山的南麓，同样遮住了天空；在南原和北岭之间，蓝的天或阴的天，永远都是窄窄的一条长绺的天空，当地乡民自我调侃说，生在咱这地方，一辈子只看一绺绺天。绺绺，通常是说布条的，一绺布条。在我能够独立走上白鹿原的时候，宽阔的天和平坦无边的地让我发生奇异的感觉就不足为奇了。

在我更生动鲜活的记忆，是上原卖菜。

在我考上中学的时候，家庭的经济来源没有了，父亲种树卖树供我们兄弟俩上学，无奈树长得太慢，供给不上两个中学生的学杂费；村子里已经建立了农业合作社，即使劳动有盈余，也得等到年终合作社决算后才能分配，况且多数人家都是倒贴户。我在父亲完全无法可想的困局里，上完初一第一学期便休学了，后来在政府的帮助下复学，却错过了一个年级。记得是在复学读完初一的那年暑假，出现了学生卖菜挣学费的新鲜事，而且很快形成了一股风气。那些和我一样先后考入初级中学的乡村学生，其实大多数的家境相差不了多少，十个有九个都上不起每月大约要花费十元钱的学生灶，都是背着一袋子馍上学，每天三顿都是开水泡馍，伴着辣椒酱或咸菜。即使如此节俭，每学期开学的十多元学杂费仍然成为每个学生家长的重而又重的负担。这一年的暑假，不知由哪个村子的哪位脑门活泛又灵动的学生闯出一条挣学费的生财之道，从原下的农业合作社的菜园里趸下时令蔬菜，第二天一早挑着菜担上原，到原上的镇子上去卖，赚下钱来，到暑假结束便高高兴兴交学费了。我很快就加入这个刚刚形成的学生卖菜的不大不小的群体中了，心劲颇高，不用再担心失学了。

白鹿原上自古缺水，俗称旱原。无论大村小寨的乡民，吃水是最大的困难，靠人力打下的深井，水多不旺，而且是人力所能挖到的极限深层了。吃水历来困难，种庄稼自不待说是靠天吃饭，每年只种一料麦子，不种秋田，在于秋禾更费水，而当地的气候特征恰恰是十年有九年的伏天都缺雨水，蔬菜就更谈不上种植了。原下人调侃原上人说，宁可给你一个馍，不舍得给你一碗水。更有甚者说，原上人早晨起来，为节省洗脸水，夫妻兄弟姊妹面对面吐唾沫洗脸……原下的一个又一个村庄，门前流着丰沛的灞河清流，每个村子都有引灞河水自流浇灌的水田，还有不少稻地。在个体经营时代，几乎每个村子都有一两户心灵手巧善于抚育蔬菜的农民，便有了收入强过普通庄稼的菜园；到二十世纪五十年代中期农业合作社建立后，每个社里都有相当规模的蔬菜种植地块，作为合作社的副业。我们村子就有五亩地种植着传统的韭菜、大葱、蒜苗、茄子、辣椒和刚刚引进的洋柿子（西红柿）等，合作社社员把这些蔬菜挑到原上的镇子去卖。原上人自古以来就吃着原下人种的菜。

我在我们村子的合作社的菜园里戽下时令蔬菜，多是大葱、韭菜、茄子和西红柿，总量一般不超过五十斤，这是十五岁的我挑菜上原所能承受的极限重量。

我和村子里的小伙伴一起挑菜上原。天微明便爬起来挑着装满蔬菜的竹笼出门了，走不过一里平地便上坡，目的地是狄寨镇——我尚不知是用北宋大将军名字命名的镇子，大约十里远，上原后到镇子还有约三里平路，上原的陡坡路占过大半。我挑着蔬菜，出村子时尚不觉得压迫，很快走过一里平地开始踏上上原的坡路的时候，那装着蔬菜的两只竹条笼便沉重起来，出气也急促了，汗水也冒出来了，直到肩膀疼痛不堪双脚也难以跨步的时候，便招呼伙伴歇一歇……从出家门到上到原顶，少说也要歇四五回，上到原顶的那一刻，肩头的担子几乎是扔到地上的，当即躺倒在地，汗水似乎汹涌而出，喘着粗气的嘴连叫妈的气力都没有了。然而，心里却是一种成功的轻松，最难的坡路爬上来了。待喘息初定，肚子也咕咕叫起来，便拿出用布包着的馍来，吃完一个馍，便挑起两笼蔬菜直奔狄寨镇了。

狄寨镇街道的两边，任由各种商贩自选位置，先到者便先占得街道中间人来人往最稠密的一方地盘。我选定地盘放下装菜的竹条笼，把各色蔬菜都亮出来，便坐在地上迎接买菜的顾客。二十世纪五十年代中期的蔬菜价格，我从合作社趸来的时候，韭菜大约五分钱一斤，大葱一角钱，西红柿七八分钱，挑到镇子卖出时的价格都要翻一倍，开始时咬紧牙关不给购菜者讨价还价的机会，如果销售不顺利，便只好忍痛降低售价了。印象深的事是算账麻烦，那时候还用的是十六两为一斤的秤，买主如果买整数的蔬菜很好结账，如果一斤二斤又带着三两四两，结算就犯难了，我便用小木棍在地上划拉乘法运算，往往惹得那些大叔小婶瘪着嘴笑，逗我说这个"土算盘"算的账准不准。然后才掏出钱来付我。如果卖得顺利，到人去集散的时候卖完最后一秤菜，挑起空笼走出集市的时候，便有一种想喊想唱的快乐；如果眼看着街道上的人越来越稀，笼里的蔬菜还剩下不少，便着慌了，很自然地减价，而且大声呼喊着"便宜了减价了快来买呀"之类的吆喝；如果仍然无人为津，便只好和同样没有卖完菜的伙伴重新挑起菜笼，到镇子周边的村子去叫卖，肯定会贴本儿，这是令人丧气的事。

从初中一年级到高中一年级，每年暑假都是以割草和卖菜为主要劳动项目。原上有三个较大的集镇，各有各的集日，除过一个距家太远的集镇，另两个集镇每逢集日，除过下雨天，我都会挑着两笼蔬菜去赶集，多数时日里都可以赚一元上下的人民币，也有赚不到钱乃至亏本的倒霉事。无论如何，每到暑假结束背着一袋子馍上学去的时候，口袋里装着我自己卖菜挣来的学杂费，是一种坦然，乃至骄傲。有一年卖菜收入颇丰，母亲竟到供销社买来机织的"洋布"，在镇上的裁衣店为我做了一件四兜的制服，我平生第一次穿上了制服。

木板·秧歌

1950 年春节过后的一个晚上，父亲把我叫到方桌前，郑重却也平和地说，你明日去上学。我也不觉得太惊奇，上学的事在年前已经说过不止一回了，只是明天就要走进学堂的时候，还是有一种说不清楚是紧张或是受制约的异样的感觉。我没有说话。父亲接着把一支新买的毛笔递给我，还有一沓写大字的仿纸，说，你跟你哥合用一个砚台。我哥早我两年上学，笔墨纸砚备全。我接过写大字的毛笔，拔下那个竹筒笔帽儿，毛笔的竹竿尖头是一撮紫红色动物毛做的笔头，我当即联想到在原坡上割草时撞见的狐狸尾巴的毛，据说好毛笔都是用狐狸的尾巴制作的，称鸡狼毫。

学校设在村子东头的一孔窑洞里。我们的村子倚着白鹿原北坡的坡根自东向西排列，我家是西头倒数第二家，后门外的坡地却是河卵石和河沙的沉积层，这是不知几千乃至几万年前，灞河曾经流过的河床。村子东头却是黄土崖，不见一粒沙石，村民便在崖根下凿成冬暖夏凉的窑洞。这里的窑洞又高又深且宽阔，里边用土坯垒成隔墙，一家两代乃至三代共住一孔窑内。作为学堂的这孔窑，是村子里有房子住的一户人家放置杂物的闲置的窑洞，提供给乡民做学堂，已经使用许多年了。这孔窑洞学堂容纳着二三十个学童，是我村和东蒋村以及处于原坡上的仅有十多户人家的史家坡三个村子的求学的子弟。请来的教书先生的报酬，由上学的学童的家庭分摊，那时候不论钱而论麦子，大约是因为解放前国民党纸币贬值得和废纸一样，人们常说背一口袋纸币买不来一口袋麦子，乡民们的交易便是以物易物，无论卖地卖树嫁女儿，都以麦子或苞谷为易物。聘请来的教书先生，也是议定一学季给多少斤麦子，具体给多少，我那时不用关心。

我拿着父亲昨晚交给我的毛笔和一沓写大字的仿纸，拘束而紧张地走进那孔窑洞，在自家的方桌旁的自家的长条凳上坐下来。那个时候的乡村学堂，没有公用桌凳，由学童搬来自家的方桌或条桌和凳子上学，有的学童的家长约定合用一张桌子，我家的方桌四边可以坐八个学童，我和我哥之外，另有四五个同村的学童共用一桌。

紧靠窗户是一个土坯垒成的炕。紧靠炕边支着一个方桌。桌上摆着一摞书和一摞纸，还有一个插着粗杆细杆毛笔的笔筒，还有磨墨的砚台。先生正襟危坐在桌边的椅子上。先生很年轻，穿一件淡蓝色长袍，正在给学童写影格。初入学的学童先把先生写好的影格垫在仿纸下面，然后按着影格上的字的笔画在仿纸上照写。我不敢到先生的方桌跟前去，由我哥把一方仿纸送到先生桌上，要求为我写一方影格。约略记得是从一到十最简单的十余个字，我把影格铺到仿纸下，模模糊糊可以看到仿纸下的笔画，用蘸了墨汁的毛笔照写起来，尽管横笔不直竖笔歪扭，却总算是我捉笔写出的第一张汉字了。

印象里的先生眉目清秀，却不苟言笑，看去和善的脸上，一旦被哪个学童惹得生起气来，也够怕人的。他会顺手便抓起摆放在方桌上的足有三尺长的窄木板，抽打那个学童的手掌，打得学童尖声哭叫，他也不会饶恕，说打五板绝不少打一板。我确凿怯惧那把木板，窝着贪玩的野性子，避免了木板击掌的惩罚。我已记不清学习课目的内容，却记得这种延续到1950年春天的老式乡村学堂的格局到秋季就废止了。据说穿蓝袍的先生被政府收编，集中培训去了。人民政府派来了一位新老师，穿着四个兜的干部服，个头高大且粗壮。他到处向乡民申明他是人民教师，要称他是×老师，不许再称他先生；对入学的孩子要称学生，不能称学童了；最让乡民们新鲜的是，这位人民教师的报酬由政府每月发给，不用学生家庭分摊，村民们惊喜地说，娃娃念书不掏钱，新社会真好。

我上学的第二个春天，村子里实行了土地改革，我们村子没有划定一户地主或富农的农户，比我们村子少一小半农户的东蒋村划定一户地主成分的人家，土地和财物被分配给穷人了，作为三合院的坐庄建筑——三间大房，收归为公有，议定为初级小学的学校。这样，1951年的下学期，我和同学们就在这幢宽敞的大房子里上课了。教室宽敞了，光线也比窑洞亮堂了，我们却要出村子跑远路上学了，东、西蒋村之间纵着一道不太高的土梁，梁的两边是两条不太深的沟。那时候一天上三次学，我和西蒋村同学便来回翻六次沟和梁，却也从来不觉得累或苦。也是从这学期起始，教室里有了女学生，都是老师耐着心到乡民家里说服开导，应该让女娃上学识字，女学生逐渐多起来了，还有十六七岁的大姑娘也认字求学来了。

每天下午，这位老师领着我们在农民的打麦场上扭秧歌，双手上下轮换甩动，高过肩膀，三步一跳，左右扭摆腰身。动作不复杂，很容易做到，难的是排列的两队不仅要步调节奏一致，而且两队要互相交叉变换队形。后来老师又教给我们一种竹竿秧歌，因为多数学生家里没有竹竿，老师变通为柳条，我们从灞河滩到处都有的柳树上砍下擀面杖粗细的柳树枝，剥掉皮，是洁白的柳竿，再用红颜料涂成红白相间的彩色。按照老师教的竹竿秧歌的舞步跳起来，仍然是三步一跳，右手拿着的竹（柳）竿和着脚步击打左肩再击打右肩，最后击打跳起来的脚掌。同学们个个都练得认真，跳得满头大汗也乐在其中，尤其是打麦场边有许多男女村民和小孩围观的时候，大家跳得更认真了，吹着哨子伴着节奏的老师也更来劲了。

教育局的管理部门组织了一场秧歌赛，分片举行，原坡地区的初级小学会聚在中心小学，我们的竹（柳）竿秧歌别具一姿，独领风骚，随后被安排到原坡和原上的村子里去表演（还有另外几所学校的秧歌队）。每有节日庆祝活动，我们的竹（柳）竿秧歌都受邀表演。我大约刚交上十岁，跟着老师和同学，攥着一根磨得溜光的竹（柳）竿，扭遍了原下原坡和原上的大寨小村，兜里装着自家的馍或锅盔，所到之处的村子或学校供给开水，歇息下来便吃馍喝水，依旧劲头十足地扭。

直扭到四年级毕业，在当年考高级小学难似考秀才的升学考试中，我竟考中了。当时学习的情况已经基本无记，只留下竹（柳）竿秧歌的记忆。在我后来到原上或原坡的这村那庄走动的时候，偶尔竟会泛出少年时到这里扭秧歌的情景。

2012 年 12 月 17 日于咸宁居

辑二

旦旦记趣

第一次投稿

————————————————

　　背着一周的粗粮馍馍，我从乡下跑到几十里远的城里去念书，一日三餐，都是开水泡馍，不见油星儿，顶奢侈的时候是买一点杂拌咸菜；穿衣自然更无从讲究了，从夏到冬，单棉衣裤以及鞋袜，全部出自母亲的双手，唯有冬来防寒的一顶单帽，是出自现代化纺织机械的棉布制品。在乡村读小学的时候，似乎于此并没有什么不大良好的感觉；现在面对穿着艳丽、别致的城市学生，我无法不"顾影自卑"。说实话，由此引起的心理压抑，甚至比难以下咽的粗粮以及单薄的棉衣遮御不住的寒冷更使我难以忍受。

　　在这种处处使人感到困窘的生活里，我却喜欢文学了；而喜欢文学，在一般同学的眼睛里，往往是被看作极浪漫的人的极富浪漫色彩的事。

　　新来了一位语文老师，姓车，刚刚从师范学院毕业。第一次作文课，他让学生们自拟题目，想写什么就写什么。这是我以前所未遇过的新鲜事。我喜欢文学，却讨厌作文。诸如《我的家庭》《寒假（或暑假）里有意义的一件事》这些题目，从小学作到中学，我是越作越烦了，越作越找不出"有意义的一天"了。新来的车老师让我们想写什么就写什么，我有兴趣了，来劲了，就把过去写在小本上的两首诗翻出来，修改一番，抄到作文本上。我第一次感到了作文的兴趣而不再是活受罪。

我萌生了企盼，企盼尽快发回作文本来，我自以为那两首诗是杰出的，会震一下的。我的作文从来没有受过老师的表彰，更没有被当作范文在全班宣读的机会。我企盼有这样的一次机会，而且它正朝我走来了。

车老师抱着厚厚一摞作文本走上讲台，我的心无端地慌跳起来。然而四十五分钟过去，要宣读的范文宣读了，甚至连某个同学作文里一两句生动的句子也被摘引出来表扬了，那些令人发笑的错句病句以及因为一个错别字而致使语句含义全变的笑料也被点出来，终究没有提及我的那两首诗，我的心里寂寒起来。离下课只剩下几分钟时，作文本发到我的手中。我迫不及待地翻看了车老师用红墨水写下的评语，倒有不少好话，而末尾却悬下一句："以后要自己独立写作。"

我愈想愈觉得不是味儿，愈觉不是味儿愈不能忍受。况且，车老师没有给我的作文打分！我觉得受了屈辱。我拒绝了同桌以及其他同学伸手要交换作文的要求。好容易挨到下课，我拿着作文本赶到车老师的房子门口，喊了一声："报告——"

获准进屋后，我看见车老师正在木架上的脸盆里洗手。他偏过头问："什么事？"

我扬起作文本："我想问问，你给我的评语是什么意思？"

车老师扔下毛巾，坐在椅子上，点燃一支烟，说："那意思很明白。"

我把作文本摊开在桌子上，指着评语末尾的那句话："这'要自己独立写作'我不明白，请你解释一下。"

"那意思很明白，就是要自己独立写作。"

"那……这诗不是我写的？是抄别人的？"

"我没有这样说。"

"可你的评语这样子写了！"

他冷峻地瞅着我。冷峻的眼里有自以为是的得意，也有对我的轻蔑的嘲弄，更混含着被冒犯了的愠怒。他喷出一口烟，终于下定决心说："也可以这么看。"

我急了："凭什么说我抄别人的？"

他冷静地说："不需要凭证。"

我气得说不出话……

他悠悠抽烟："我不要凭证就可以这样说。你不可能写出这样的诗歌……"

于是，我突然想到我的粗布衣裤的丑笨，想到我和那些上不起伙的乡村学生围蹲在开水龙头旁边时的窝囊。他就凭这些瞧不起我吗？就凭这些判断我不能写出两首诗来吗？我失控了，一把从作文本上撕下那两首诗，再撕下他用红色墨水写下的评语。在朝他摔出去的一刹那，我看见一双震怒得可怕的眼睛。我的心猛烈一颤，就把那些字纸用双手一揉，塞到衣袋里去了，然后一转身，不辞而别。

我躺在集体宿舍的床板上。属于我的那一绺床板是光的，没有褥子也没有床单，唯一不可或缺的是头下枕着的这一卷被子，晚上，我是铺一半再盖一半。我已经做好了接受开除的思想准备。这样受罪的念书生活还要再加上屈辱，我已不再留恋。

晚自习开始了，我摊开了书本和作业本，却做不出一道习题来，捏着笔，盯着桌面，我不知做这些习题还有什么用。由于这件事，期末我的操行等级降到了"乙"。

打这以后，车老师的语文课上，我对于他的提问从不举手，他也不点我的名要我回答问题，校园里或校外碰见时，我就远远地避开。

又一次作文课，又一次自选作文。我写下一篇小说，名曰《桃园风波》，竟有三四千字，这是我平生写下的第一篇小说，取材于我们村子里果园入社时发生的一些事。随之又是作文评讲，车老师仍然没有提到我的作文，于好于劣都不曾提及，我心里的底火又死灰复燃。作文本发下来，揭到末尾的评语栏，连篇的好话竟然写下两页作文纸，最后的得分栏里，有一个神采飞扬的"5"字，在"5"字的右上方，又加了一个"+"号，这就是说，比满分还要满了！

既然有如此好的评语和"5+"的高分，为什么评讲时不提我一句呢？他大约意识到小视"乡下人"的难堪了，我猜想，心里也就膨胀了愉悦和报复，这下该有凭证证明前头那场说不清的冤案了吧？

僵局继续着。

入冬后的第一场大雪是夜间降落的，校园里一片白。早操临时取消，改为扫雪，我们班清扫西边的篮球场，雪下竟是干燥的沙土。我正扫着，有人拍我的肩膀，我一仰头，发现是车老师。他笑着。在我看来，他笑得很不自然。他说："跟我到语文教研室去一下。"我心里疑虑重重，又有什么麻烦了？

走出篮球场，车老师的一只胳膊搭到我肩上了，我的心猛地一震，慌得手足无措了。那只胳膊从我的右肩绕过脖颈，就搂住我的左肩。这样一个超级亲昵友好的举动，顿然冰释了我心头的疑虑，却更使我局促不安。

走进教研室的门，里面坐着两位老师，一男一女。车老师说：" '二两壶' '钱串子' 来了。"两位老师看看我，哈哈笑了。我不知所以，脸上发烧。"二两壶"和"钱串子"是最近一次作文里我的又一篇小说的两个人物的绰号。我当时顶崇拜赵树理，他的小说的人物都有外号，极有趣，我总是记不住人物的名字而能记住外号。我也给我的人物用上外号了。

车老师从他的抽屉里取出我的作文本，告诉我，市里要搞中学生作文比赛，每个中学要选送两篇。本校已评选出两篇来，一篇是议论文，初三一位同学写的，另一篇就是我的作文《堤》了。

啊！真是大喜过望，我不知该说什么了。

"我已经把错别字改正了，有些句子也修改了。"车老师说，"你看看，修改得合适不合适？"说着又搂住我的肩头，搂得离他更近了，指着被他修改过的字句一一征询我的意见。我连忙点头，说修改得都很合适。其实，我连一句也没听清楚。

他说："你如果同意我的修改，就把它另外抄写一遍，周六以前交给我。"

我点点头，准备走了。

他又说："我想把这篇作品投给《延河》。你知道吗，《延河》杂志？我看你的字不太硬气，学习也忙，就由我来抄写投寄。"

我那时还不知道投稿，第一次听说了《延河》。多年以后，当我走进《延河》编辑部的大门深宅以及在《延河》上发表作品的时候，我都情不自禁地想到过车老师曾为我抄写投寄的第一篇稿。

这天傍晚，住宿的同学有的活跃在操场上，有的遛大街去了，教室里只有三五个死贪学习的女生。我破例坐在书桌前，摊开了作文本和车老师送给我的一扎稿纸，心里怎么也稳定不下来。我感到愧悔，想哭，却又说不清是什么情绪。

第二天的语文课，车老师的课前提问一提出，我就举起了左手，为了我的可憎的狭隘而举起了忏悔的手，向车老师投诚……他一眼就看见了，欣喜地指定我回答。我站起来后，却说不出话来，喉头哽塞了棉花似的。自动举手而又回答不出来，后排的同学哄笑起来。我窘急中又涌出眼泪来……

我上到初三时，转学了，暑假办理转学手续时，车老师探家尚未回校。后来，当我再探问车老师的所在时，只说早调回甘肃了。当我第一次在报刊上发表处女作的时候，我想到了车老师，应该寄一份报纸去，去慰藉被我冒犯过的那颗美好的心！当我的第一本小说集出版时，我在开着给朋友们赠书的名单时又想到车老师，终不得音讯，这债就依然拖欠着。

经过多少年的动乱，我的车老师不知尚在人间否？我却忘不了那淳厚的陇东口音……

1987 年 8 月 13 日

晶莹的泪珠

我手里捏着一张休学申请书朝教务处走着。

我要求休学一年。我写了一张要求休学的申请书。我在把书面申请交给班主任的同时，又口头申述了休学的因由，发觉口头申述因为穷而休学的理由比书面申述更加难堪。好在班主任对我口头和书面申述的同一因由表示理解，没有经历太多的询问便在申请书下边空白的地方签写了"同意该生休学一年"的意见，自然也签上了他的名字和时间。他随之让我等一等，就拿着我写的申请书出门去了，回来时那申请书上就增加了校长的一行签字，比班主任的字签得少，自然也更简洁，只有"同意"二字，连姓名也简洁到只有一个姓，名字略去了。班主任对我说："你现在到教务处去办手续，开一张休学证书。"

我敲响了教务处的门板，获准以后便推开了门。一位年轻的女先生正伏在米黄色的办公桌上，手里提着长杆蘸水笔在一厚本表册上填写着什么，并不抬头。我知道开学报名时教务处最忙，忙就忙在许多要填写的各式表格上。我走到她的办公桌前鞠了一躬："老师，给我开一张休学证书。"然后就把那张签着班主任和校长姓名和他们意见的申请递放到桌子上。

她抬起头来，诧异地瞅了我一眼，拎起我的申请书来看着，长杆蘸水笔还夹在指缝之间。她很快看完了，又专注地把目光留滞在纸页下端班主任签写的一行意见和校长更为简洁的意见上面，似乎两个人连姓名在内的十来个字的意见批示，看去比我大半页的申请书还要费时更多。她终于抬起头来问：

"就是你写的这些理由吗？"

"就是的。"

"不休学不行吗？"

"不行。"

"亲戚全都帮不上忙吗？"

"亲戚……也都穷。"

"可是……你休学一年，家里的经济状况也不见得能改变，一年后你怎么能保证复学呢？"

于是我就信心十足地告诉她我父亲的精确安排计划：待到明年我哥哥初中毕业，父亲谋划着让他投考师范学校，师范生的学杂费和伙食费全由国家供给，据说还发三块钱零花钱。那时候我就可以复学接着念初中了。我拿父亲的话给她解释，企图消除她对我能否复学的疑虑："我伯伯说来，他只能供得住一个中学生，俺兄弟俩同时念中学，他供不住。"

我没有做更多的解释。我的爱面子的弱点早在此前已经形成。我不想再向任何人重复叙述我们家庭的困窘。父亲是个纯粹的农民，供着两个同时在中学念书的儿子。哥哥在距家四十多里远的县城中学，我在离家五十多里的西安一所新建的中学就读。在家里，我和哥哥可以合盖一条被子，破点旧点也关系不大。先是哥哥接着是我要离家到县城和省城的寄宿学校去念中学。每人就得有一套被褥行头，学费杂费伙食费和种种花销都空前增加了。实际上轮到我考上初中时已不再是考中秀才般的荣耀和喜庆，反而变成了一团浓厚的愁云忧雾笼罩在家室屋院的上空。我的行装已不能像哥哥那样有一套新被子新褥子和新床单，被简化到只能有一条旧被子卷成小卷儿背进城市里的学校。我的那一绺床板终日裸露着缝隙宽大的木质板面，晚上就把被子铺一半再盖上一半。我也不能像哥哥那样由父亲把一整袋面粉送交给学生灶，而只能是每周六回家来背一袋杂面馍馍到学校去，因为学校灶上的管理制度规定一律交麦子面，而我们家总是短缺麦子而苞谷面还算宽裕。这样的生活我并未意识到有什么不好，因为背馍上学的学生远远超过能搭得起灶的学生人数，每到三顿饭时，背馍的学生便在开水灶的一排供水龙头前排起五六列长队，把掰碎的各色馍块装进各自的大号搪瓷缸子里，用开水浸泡后，便三人一堆五人一伙围在乒乓球台的周围进餐，佐菜大都是花钱买的竹篓咸菜或家制的腌辣椒，说笑和争论的声浪甚至压倒了那些从灶房领取炒菜和热饭的"贵族阶层"。

这样的念书生活终于难以为继。父亲供给两个中学生的经济支柱，一是卖粮，一是卖树，而我印象最深的还是卖树。父亲自青年时就喜欢栽树，我们家四五块滩地地头的灌渠渠沿上，是纯一色的生长最快的小叶杨树，稠密到不足一步就是一棵，粗的可做檩条，细的能当椽子。父亲卖树早已打破了先大后小先粗后细的普通法则，一切都是随买家的需要而定，需要檩条就任其选择粗的，需要椽子就让他们砍伐细的。所得的票子全都经由哥哥和我的手交给了学校，或是换来书籍课本和作业本以及哥哥的菜票我的开水费。树卖掉后，父亲便迫不及待地刨挖树根，指头粗细的毛根也不轻易舍弃，把树根劈成小块晒干，然后装到两只大竹条笼里挑起来去赶集，卖给集镇上那些饭馆药铺或供销社单位。一百斤劈柴的最高时价为一点五元，得来的块把钱也都经由上述的相同渠道花掉了。直到滩地上的小叶杨树在短短的三四年间全部砍伐一空，地下的树根也掏挖干净，渠岸上留下一排新插的白杨枝条或手腕粗细的小树……

我上完初一第一学期，寒假回到家中便预感到要发生重要变故了。新年佳节弥漫在整个村巷里的喜庆气氛与我父亲眉宇间的那种根深蒂固的忧虑形成强烈的反差，直到大年初一刚刚过去的当天晚上，父亲便说出来谋划已久的决策："你得休一年学，一年。"他强调了一年这个时限。我没有感到太大的惊讶。在整一个学期里，我渴盼星期六回家又惧怕星期六回家。我那年刚交十三岁，从未出过远门，而一旦出门便是五十多里远的陌生的城市，只有星期六才能回家一趟去背馍，且不要说一周里一天三顿开水泡馍所造成的对一碗面条的迫切渴望了。然而每个周六在吃罢一碗香喷喷的面条后便进入感情危机，我必须说出明天返校时要拿的钱数，一元班会费或五毛集体买理发工具的款项。我知道一根丈五长的椽子只能卖到一点五元钱，一丈长的椽子只有八角到一块的浮动区。我往往在提出要钱数目之前就折合出来这回要扛走父亲一根或两根椽子，或者是多少斤树根劈柴。我必须在周六晚上提前提出钱数，以便父亲可以从容地去借款。每当这时我就看见父亲顿时阴沉下来的脸色和眼神，同时，夹杂着短促的叹息。我便低了头或扭开脸不看父亲的脸。母亲的脸色同样忧愁，我似乎可以看；而父亲的脸眼一旦成了那种样子，我就不忍对看或者不敢对看。父亲生就的是一脸的豪壮气色，高眉骨大眼睛统直的高鼻梁和鼻翼两边很有力度的两道弯沟，忧愁蒙结在这样一张脸上似乎就不堪一睹……我曾经不止一次地产生过这样的念头：为什么一定要念中学呢？村子里不是有许多同龄伙伴没有考取初中仍然高高兴兴地给牛割草给灶里拾柴吗？我为什么要给父亲那张脸上周期性地制造忧愁呢……父亲接着就讲述了他得让哥哥一年后投考师范的谋略，然后可以供我复学念初中了。他怕影响一家人过年的兴头儿，所以压在心里直到过了初一才说出来。我说："休学。"父亲安慰我说："休学一年不要紧，你年龄小。"我也不以为休学一年有多么严重，因为同班的五十多名男女同学中有不少人都结过婚，既有孩子的爸爸，也有做了妈妈的，这在五十年代初并不奇怪，中华人民共和国成立后才获得上学机会的乡村青年不限年龄。我是班里年龄最小个头最矮的一个，座位排在头一张课桌上。我轻松地说："过一年个子长高了，我就不坐头排头一张桌子咧——上课扭得人脖子疼……"父亲依然无奈地说："钱的来路断咧！树卖完了——"

　　她放下夹在指缝间的木质长杆蘸水笔，合上一本很厚很长的登记簿，站起来说："你等等，我就来。"我就坐在一张椅子上等待，总是止不住她出去干什么的猜想。过了一阵儿她回来了，情绪有些亢奋也有点激动，一坐到她的椅子上就说："我去找校长了……"我明白了她的去处，似乎验证了我刚才的几种猜想中的一种，心里也怦然动了一下，她没有谈她找校长说了什么，也没有说校长给她说了什么。她现在双手扶在桌沿上低垂着眼，久久不说一句话。她轻轻舒了一口气，仰起头来时我就发现，亢奋的情绪已经隐退，温柔妩媚的气色渐渐回归到眼角和眉宇里来了，似乎有一缕淡淡的无能为力的无奈。

她又轻轻舒了口气，拉开抽屉取出一本公文本在桌子上翻开，从笔筒里抽出那支木杆蘸水笔，在墨水瓶里蘸上墨水后又停下手，问："你家里就再想不出办法了？"我看着那双滋浮着忧郁气色的眼睛，忽然联想到姐姐的眼神。这种眼神足以使任何被痛苦折磨着的心平静下来，足以使任何被痛苦折磨得心力交瘁的灵魂得到抚慰，足以使人沉静地忍受痛苦和劫难而不至于沉沦。我突然意识到因为我的休学致使她心情不好这个最简单的推理。而在校长班主任和她中间，她恰好是最不应该产生这种心情的。她是教务处的一位年轻职员，平时就是在教务处做些抄抄写写的事，在黑板上写一些诸如打扫卫生的通知之类的事，我和她几乎没有说过话，甚至至今也记不住她的姓名。我便说："老师，没关系。休学一年没啥关系，我年龄小。"她说："白白耽搁一年多可惜！"随之又换了一种口吻说："我知道你的名字也认得你。每个班前三名的学生我都认识。"我的心情突然灰暗起来而没有再开口。

她终于落笔填写了公文函，取出公章在下方盖了，又在切割线上盖上一枚合缝印章，吱吱吱撕下并不交给我，放在桌子上，然后把我的休学申请书抹上糨糊后贴在公文存根上。她做完这一切才重新拿起休学证书交给我说："装好。明年复学时拿着来找我。"我把那张硬质纸印制的休学证书折叠了两番装进口袋。她从桌子那边绕过来，又从我的口袋里掏出来塞进我的书包里，说："明年这阵儿你一定要来复学。"

我向她深深地鞠了躬就走出门去。我听到背后咣当一声闭门的声音，同时也听到一声"等等"。她拢了拢齐肩的整齐的头发朝我走来，和我并排在廊檐下的台阶上走着，两只手插在外套的口袋里。走过一个又一个窗户，走过一个又一个教室的前门和后门，校园里和教室里出出进进着男女同学，有的忙着去注册去交费，有的已经抱着一摞摞新课本新作业本走进教室，还有从校门口刚刚进来的背着被卷馍袋的迟来者。我忽然心情很不好受，在争取到了休学证后心劲松了吗？我很不愿意看见同班同学的熟悉的脸孔，便低了头匆匆走起来，凭感觉可以知道她也加快了脚步，几乎和我同时走出学校大门。

学校门口又涌来一拨偏远地区的学生，熟悉的同学便连连问我："你来得早！报过名了吧？"我含糊地笑笑就走过去了，想尽快远离正在迎接新学期的洋溢着欢跃气浪的学校大门。她又喊了一声"等等"。我停住脚步。她走过来拍了拍我的书包："甭把休学证弄丢了。"我点点头。她这时才有一句安慰我的话："我同意你的打算，休学一年不要紧，你年龄小。"

我抬头看她，猛然看见那双眼睫毛很长的眼眶里溢出泪水来，像雨雾中正在涨溢的湖水，泪珠在眼里打着漩儿，晶莹透亮。我瞬即垂下头避开目光。要是再在她的眼睛里多驻留一秒，我肯定就会号啕大哭。我低着头咬着嘴唇，脚下盲目地拨弄着一颗碎瓦片来抑制情绪，感觉到有一股热辣辣的酸流从鼻腔倒灌进喉咙里去。我后来的整个生命历程中发生过多少这种酸水倒流的事，而倒流的渠道却是从十四岁刚来到的这个生命年轮上第一次疏通的。第一次疏通的倒流的酸水的渠道肯定狭窄，承受不下那么多的酸水，因而还是有一小股从眼睛里冒出来，模糊了双眼，我顺手就用袖头揩掉了。我终于仰起头鼓起劲儿说："老师……我走咧……"

她的手轻轻搭上我的肩头："记住，明年的今天来报到复学。"

我看见两滴晶莹的泪珠从眼睫毛上滑落下来，掉在脸鼻之间的谷地上，缓缓流过一段就在鼻翼两边挂住。我再一次虔诚地深深鞠躬，然后就转过身走掉了。

二十五年后，卖树卖树根（劈柴）供我念书的父亲在癌病弥留之际，对坐在他身边的我说："我有一件事对不住你……"

我惊讶得不知所措。

"我不该让你休那一年学！"

我浑身战栗，久久无言。我像被一吨烈性"梯恩梯"炸成碎块细末儿飞向天空，又似乎跌入千年冰窖而冻僵四肢冻僵躯体也冻僵了心脏。在我高中毕业名落孙山回到乡村的无边无际的彷徨苦闷中，我曾经猴急似的怨天尤人："全都倒霉在休那一年学……"我一九六二年毕业恰逢中国经济最困难的年月，高校招生任务大大缩小，我们班里剃了光头，四个班也仅仅只考取了一个个位数，而在上一年的毕业生里我们这所不属重点的学校也有百分之五十的学生考取了大学。我如果不是休学一年当是一九六一年毕业……父亲说："错过一年……让你错过了二十年……而今你还算熬出点名堂了……"

我感觉到炸飞的碎块细末儿又归结成了原来的我，冻僵的四肢自如了冻僵的躯体灵便了冻僵的心又噔噔噔跳起来的时候，猛然想起休学出门时那位女老师溢满眼眶又流挂在鼻翼上的晶莹的泪珠。我对已经跨进黄泉路上半步的依然向我忏悔的父亲讲了那一串泪珠的经历，我称呼伯伯的父亲便安然合上了眼睛，喃喃地说："可你……怎么……不早点给我……说这女先生哩……"

　　我今天终于把几近四十年前的这一段经历写出来的时候，对自己算是一种虔诚祈祷，当各种欲望膨胀成一股强大的浊流冲击所有大门窗户和每一个心扉的当今，我便企望自己如女老师那种泪珠的泪泉不致堵塞更不敢枯竭，那是滋养生命灵魂的泉源，也是滋润民族精神的泉源哦……

　　　　　　　　　　　　　　　　1993 年 11 月 22 日于渭南

旦旦记趣

外孙取名旦旦，已经长到两岁半，常有"惊人"之语出口。每每听到，先是猝不及防，随之便捧腹，或忍不住而喷饭，且不能忘。

他很贪玩，几乎没有片刻的娴静，即使吃饭，仍然是手不闲脚亦不停。这时候，我便哄他说："你不好好吃饭，屁股上都没肉啦!"顺手便捏一捏他的小屁股。再鼓励一番："好好吃肉，屁股上就长肉啦。"他便真听了话，张口接住他妈妈递到嘴边的一块肉，刚嚼了两下，估计还未嚼碎，便急忙咽下，跑过来，背过身，撅起小屁股："爷爷你再摸一下，看看长肉了没有?"在一家人的哄笑声中，我只好将错就错："长了长了! 再吃再长!"我亦忍不住笑，这才叫立竿见影!

旦旦吃了一块豆腐，蹦过来，转过身，又一次撅起小屁股，认真地说："爷爷你再摸一下，看看屁股上长豆腐了没?"哇! 一家人全部放下碗，停住筷子，笑得前仰后合。

然后就没完没了。一次连一次地重复如前的动作和姿势，一次比一次更加认真地问:

"爷爷你再摸一下，屁股上长蘑菇了没？"

"爷爷你再摸一下，屁股上长木耳了没？"

我已经再没劲儿笑了，无可奈何地对他说："旦旦的屁股成了副食超市了。"

有一天，我要上班了，照例先和旦旦说再见，然后就走到门口。旦旦却急了，从沙发上跳下来，鞋也顾不得穿，光着脚跑过来，边跑边喊："爷爷别走爷爷别走。"我就站住安慰他。他却盯着我喊："爷爷我送你。"我也就释然，还以为他缠住我不让出门呢。我拉开门，他先蹦了出去，站在楼梯口，伸出一只小手来。我尚弄不明白他要做什么，就牵住他的手引他进门回屋。小家伙抽回手去，甩了几下，又伸到我面前。我女儿终于明白了，提示我说："他要跟你握手送别呢。"我恍然醒悟，随即弯下腰伸出手去，攥住他的小手。他却当即跳着蹦着，另一只手像翅膀一样上下扇着扇着，嘴里连续丢出一串话来："再见！拜拜！巴尼哈！那就这！"

我对于这突如其来的发挥毫无心理准备。旦旦表演完毕，向我摇摇手，又跑回屋里沙发上去了。我走下楼梯走过楼院走出住宅区的大门，心里还一直在想着。"再见"和再见的英语口语"拜拜"他早都会说了，自然是他爸爸妈妈教的。"巴尼哈"是维吾尔语"再见"的意思，肯定是他奶奶教给他的。我和老伴今年夏天去了一趟新疆，就学会了这么一句维吾尔语的"再见"。这些当然都不足为奇，奇就奇在"那就这"从何而来，谁教给他的？

想想也不难破译。家里来了人，说完了事，送客人出门，握手告别时我常习惯说"那就这"。意思是我们说过的事就这样了。

不仅如此，打完电话时，我也习惯说一句："那就这，再见。"这娃娃不知观察了多少次我的举动和说话，终于和我要来表演一回了。

从这天开始，这样的握手告别仪式就成为必不可缺的铁定的程序，我一天出几次门，就有几次这样的表演仪式，地点也必须是门外的楼梯口。有一次因事急我匆匆开门出去，走到楼下，从窗户里传出旦旦的哭声，哭声不仅大而强烈，且很悲伤。我感到了一种他被轻视了的伤心，我犹豫一下，还是返身回家，补救了那个握手告别的仪式。他的脸蛋上挂着泪珠，仍然把小手递到我手里，蹦着跳着，左胳膊还是小鸟翅膀一样上下扇动着，哽咽着却一字不漏地说完"再见……拜拜……巴尼哈……那就这"。

旦旦学骑小三轮车几乎无师自通，哪怕是车子可以擦轴而过的狭窄过道，他都可以骑过去。旦旦对我说："爷爷我到北京去了。"说罢便踩动车轮钻进另一间房子去了。不一会儿，旦旦又转回来："爷爷我到上海去了。"说罢又钻入第三间屋子。我的三室住房加上厨房，不时变换着中国十几个城市的名字，大都是我或家人出差去过的城市。因为去某个城市的时间和回来之后的一段日子，家人总是说那些城市的见闻和观察。旦旦便在谁也不留意他的时候记住了这些城市的名字，而且被他骑车一日几次地往返了。

旦旦睡觉了，家里便恢复了安静。他的一双小鞋却丢在我的房间的床边，我总是在看见那一双小鞋时忍不住怦然心动。我说不清什么原因，似乎也没有什么关于鞋的往事的参照或触发，反正看见那双脱下的小鞋时心里就怦然一动，甚至比看见他穿着鞋跑来跑去更加富于诱惑。

　　回到家，迎上前来打招呼的总是旦旦。这时候，无论什么顺心的事和烦恼的事甚至令人窝火的事，全都在旦旦的无序的话语里化解了。说宠辱皆忘说心静如水似乎都不大恰切，只是觉得自己就是一个爷爷了。

　　秋收过后，我带着旦旦回到老家乡村。今年夏天雨水好，秋粮得到了近来少有的好收成，村巷里的椿树槐树皂荚树树杈上，架着一串串剥光了皮壳的玉米棒子，橙黄鲜亮的。我虽然自小就看惯了家乡这最亮丽最惹眼的风景，但依然抑制不住对于丰收果实的那种诗意的感受。旦旦也激动起来，扬起两条小胳膊，睁大惊异的眼睛欢呼起来："啊呀！这么多的香蕉呀……"

　　旦旦的惊人之举引来哄然大笑。他奶奶他妈妈和周围的乡亲都笑了。我笑过之后，便由不得感慨。这孩子生在城里，长在城里，两岁半了，第一次看见玉米棒子，把形状类似的香蕉就联想起来混淆一起了。我的三个儿女，包括旦旦的妈妈，都生长在这祖传的乡间老屋里，他们生在"文化大革命"的非常时期，也是我的生活最困窘的时期，香蕉对他们来说无异于天国的神果，他们正好可能把香蕉当作玉米棒子。香蕉在现时的乡村，已经不是什么稀奇的水果，乡村小镇和马路边的小店散摊，都摆着一堆堆零售的香蕉，肯定不会有农村孩子再把它当作玉米棒子的笑话发生了。无论大人们怎样开心地调笑，旦旦却早跑到树下，仰起脸盯着树杈上的玉米棒子，跳着叫着要摘下"香蕉"来。

　　两岁半的旦旦，大约正处于人生的混沌状态，什么都要问，却什么也懂不了；什么都感觉新鲜，过眼之后便兴味索然；什么人的什么话都可以不听，一味固执于自己当时的兴趣；什么行动和动作都想去模仿，结果是毫不在意地又丢弃了。我可以看到一个人成长过程中两岁半这个年龄区段里的全部可爱，混沌的可爱。不必做任何意义上的猜想和推测，两岁半的混沌形态容不得意义，因为它本身属于无意义的自然形态。

这个年龄区段的混沌可能很短暂。因为在两岁的时候，旦旦还不是这样的形态。半岁的变化有点急骤，两岁时说不出的混话和做不出的行为动作，到两岁半时就都发生了。那么我就猜想，再过半岁呢？到了三岁时，该是从混沌状态走出来而踏入半混沌半清明的状态了吗？他在蜕去一半混沌的同时，还能保持那一份憨态的可爱吗？

猜测那混沌状态的可能消失，依依着那混沌状态的全部可爱，我便打算笔记下来。我的记性已经很差，无疑是老年的生理特征的显现。想到生命的衰落生命的勃兴从来都是这样的首尾接续着，我便泰然而乐。

1998 年 12 月 28 日于雍村

陪一个人上原

　　电话里响着一个陌生的声音，开门见山："我是北京人艺林兆华。"我在意料不及的瞬间本能地"噢"了一声，随口回应："你是大导演呀，我知道。"接着再没有寒暄和客套，他就说起要把《白鹿原》改编成话剧的设想。我只是确定了小说《白鹿原》被大导演林兆华相中改为话剧的事，自然是一种新鲜而又欣然的愉悦，都不太用心听他说有关改编的纯粹的具体事务了；倒是欣赏起他说话的声音，温厚绵软而又简洁，没有盛气，更没有夸夸，自始至终没有一句新名词。我之所以敏感他的说话方式，似乎是某种先入为主的印象，我虽然是几年也难得看到一场话剧演出的与戏剧隔得老远的门外汉，却早已闻知林兆华的大名，尤其知晓他是一位艺术观念颇为新潮的导演。我依积久的经验自然地参照和推想，不料却令我诧异，竟不见一句新潮词汇，而且他的声音如此温厚如此平实，可以信赖的踏实感就在短短的第一次通话里形成了。

　　随后就有了第一次见面。那是几年前的早春时节，我把几件事挪攒到一起赶到北京。西安已经是柳絮绽黄迎春花开的气象，北京还裹在丝毫不见松懈的寒冷里。我找到北京人艺门口，看见一个小小的"北京人民艺术剧院"的牌子，注目许久，顿生慨叹：真正的名牌依然保持着原有的标徽，当是一种自信。我第一眼瞅见林兆华导演同时握住手的时候，电话里的印象迅即延伸为一个更令人意料不及的具象，一个号称"中国话剧第一导"的又以现代派闻名的人，不见披肩长发，没有垂胸的胡须或别致的短髭，却是灰塌塌的不经任何修饰的本色寸发，还有不显线条也不见棱角的对襟纽扣的布褂。我在那一刻暗自发笑，文艺界的朋友调侃我的脸是关中老汉的典型代表，我也在记者关于电影《白鹿原》采访的提问里自我调侃，我最适宜演老年的长工鹿三。我突然发现握着手的林兆华，如果走进关中乡村的任何一个村子，那里的农民会以为是一位老亲友来了。他的对襟布褂和看不见裤缝的裤子，更触发得我一时眼热。我自小一直穿这种家母织布家母染色家母缝制的褂子和裤子，穿到高中毕业都换不出一件新式样，照毕业相片时借同学的一件制服上装改换了一回装束。我虽向来不打领带极少着西装，却也再没有穿这种老式对襟衫褂的兴趣，包括花样翻新的"唐装"。我在握着这位新结识的大导演的手时，又生出一层慨叹：一个以探索现代新潮话剧导演风格闻名的人，却用过时的中国乡村最传统的民间服饰打扮包装自己，是割裂了矛盾了，还是某种天然的融汇和统一？抑或纯粹属于生活习性？然而确凿无疑的一点，以服装的式样和须发的长短来判断一个艺术家精神气象的明暗，看来难免会出意外的。

我已经记不清他来过西安几趟了。印象深的有两次。他要上白鹿原上去观察感受那里的天象地脉气韵，我完全能理解。我做向导，从灞桥区辖的原的西坡上去，直到蓝田县辖的原的东头下了北坡，沿着灞河川道途经我的隔河相望的家门再回到西安城里。我按他的意趣指向，进一个村子又找到另一个村子，寻找二十世纪五十年代以前的民居住宅，还有家族的祠堂，还有接近类似小说主人公白嘉轩经济实力的宅基房屋的规模和样式。令他也令我遗憾的是，二十世纪五十年代到六十年代成片成堆的土坯墙小灰瓦的大房和厦屋已经很少了，几乎是一色的装饰着瓷片的水泥平房或二层小楼房。祠堂连一座也没有找到，所答几乎众口一词：早都拆了。林兆华仍不死心，我更是觉得过意不去。无论如何，我还是为这个原上的乡亲庆幸，他们终于有了一砖到顶机瓦或楼板覆盖的结实而又美观的新房子，基本实现了独门独户，几乎见不到三家五家乃至八家拥挤一院的穷酸相了。无论种田植果树抑或出苦力打工，尽管比不上城里人生活水平提升幅度大，总是比改革开放前几十年好得远了。至于旧房老屋之无存，让林导难以感受贫穷乡村的氛围，自是不成遗憾的遗憾。我们终于找到一家古旧的房屋，可以看出曾经是颇有点经济实力也就比较讲究的建筑，迎面的门板是宽幅的木扇，门板上有简单的格子雕刻。经打问得知，建造这房子的业主，是一位手艺超群的刻字匠，曾给民国时代的几多要员刻过墓碑铭记，收入自然优于乡民，房子就讲究了。林兆华当即就拍板："这个门和窗子我要了。"房主人说了这个旧房马上就要拆掉，林导嘱咐他把门窗妥为保管。进得屋里，有木板镶成的木楼，早已被烟熏成黑色。一架宽板木梯搭在后墙边，两根梯柱原为一根粗大的木头，用锯居中锯为两半，镶着一块一块宽约尺余的踏板，比那些木条梯子豪华气派多了。我家曾经有一架木板梯子，与这架梯子几乎出于同一个木匠之手。林兆华又是一句："这梯子我也要了，给我保护好。"出门到了乡村街道里，他便告诉我这些东西将做何用场，在于展示旧时乡村的一种逼真的景象。我却想到，这个人现在脑子里整个转着一部戏，随即都有最敏锐的招儿在触景中冒出来。不能忘记的是下到原上的一条沟底的兴奋场景。这个沟里原有的民居几乎都是窑洞，整个村庄搬迁到原上的平地里去了，无法搬动的土窑洞留下一片败落和荒凄，倒塌的窑院围墙，杂草野树丛生的院落，一孔孔或大或小的被烟熏黑的窑洞。林兆华一看见就惊叫起来："这就是小娥和黑娃住的窑洞呀!"他一个接一个察看卸掉门窗的空洞的窑，始终兴奋不已。我便提示他，这就是关中一些坡崖沟坎地区的窑洞，比较高，比较宽大，更显得深。我作为比较的对象是陕北的窑洞，一般比较低矮比较窄小也比较浅，却比较精致。

去年夏天，正是西安酷热难熬的伏季，林兆华领着剧组二十多号男女演员来到西安。我把他们安排在原坡下浐河边的半坡饭店，图得演员上原到乡村体验生活方便。灞桥区文化局给予精细周到安排。观众喜爱的濮存昕等演员上到原上，几乎每个人在到达原上时都发出同一声感叹："噢! 这就是原。"原是西北特有的一种地理地貌，不过就是一个小平原而已。阅读小说所发生的对"原"的神秘感和不可理喻，瞬间就成为一种真实的感觉和体验，如同我初见南方的小桥流水和水上人家的感觉。这些北京来的演员大多在电视电影里出现过，被偏远的原上的乡民指点出来，受到最诚朴的欢迎。他们走村串户，看当地的男人走路的姿势，说话的口吻和身体动作语言，看女人如何烧火做饭，管教儿女，看得津津有味。我陪他们看了两家颇气魄的老宅旧院，一家仍有人住，一家已荒废，都是青砖包墙方砖铺地的四合大院，尽管陈旧破败，依然可见当年的品格。这两家的主人都是乡村中医，我自小就听说过他们的名字，川原上下不幸生病的人都上门求救。他们的子孙大多已在西安或外省安家立业，留在乡村的人也已另择新居地。林兆华在这两个院子里踏勘。我猜想，他大约在琢磨让白嘉轩还是鹿子霖主掌这样的庭院？濮存昕也始终笑眯眯地，看那过道里生动的砖雕，是否还是他——白嘉轩当年刻意的镶嵌？他将如何进入这个庭院并演绎他的人生？

相聚过来的男女乡民，在街道上或立或蹲。濮存昕也学着村民站一会儿又蹲一会儿，东拉西扯地说着闲话。我陪着林导和濮存昕，在树荫下在房檐下和南枝村的老少闲聊。这个村分白姓和魏姓两大宗族，有人悄悄向我探问："你书里写的白家是不是俺村的白姓，鹿家是不是俺村的魏姓？"我说不是。他反而不信，又问："为啥你写的白家和鹿家的事跟俺村××和××的事情那么相像？"我说我是瞎编的，偶合了。我随后和林导、濮存昕到一户农家吃午饭，煎饼卷黄瓜丝和洋芋丝，是地道的农家灶锅烹饪的食品，林、濮都吃得很新鲜，似乎还说这样可口的饭菜拿到北京去卖，生意会很火。

林导提出要看纯粹的民间演出的秦腔。我不费多少力气就召唤来一批男女唱家。这些人农忙时务庄稼，农闲时组合在一起，到乡间的庙会集市去演唱，也为新婚庆典和丧事葬礼演唱，有报酬，却不高。其中一些男女唱家已唱出影响，在方圆几十里乡村甚为闻名。我担心这些业余唱家达不到林导要求，还联系来西安几位年轻的专业演员。演唱一毕，林导就拍板了："就是这个就是那个还有某某……"全是业余唱家。我大略领会他的意图，在话剧几个主要情节转折处，插唱一段或三五句秦腔唱段，要乡野里这种原生形态的唱法和腔调，太完美的专业演员的唱腔不适宜话剧的乡土气氛。同时请来了华阴县的"老腔"演唱班子，也是纯一色的农民，他们保存着流传在华山脚下一种几乎失传的古老唱腔，乐器也区别于秦腔，更为苍凉悲壮。我看着林导目不转睛的神情，想到他已经入迷了。果然他兴奋地拍了板。这个老腔早已在张艺谋的电影里作为衬底的旋律，正恰切不过地流动着关中这块土地沉重苍凉浑厚的底蕴。林兆华敏锐地感知到了，这从他的专注沉迷的神色里显示出来。

我后来到北京人艺，参加了《白》剧的新闻发布会。我看到了林兆华的自信。他的自信溢于言语和神色。这应该是我参加这次活动的最富实际意义的收获。还有宋丹丹的发言，她说林导告知她出演田小娥一角的第二天，就去健身房减肥健身了。她婉谢了电视剧邀约。我也深受感动，艺术创造的意义和价值，不是经济实惠就可完全改变一切艺术家的。

我在把话剧改编应诺给林兆华导演的时候，基于我对写作的一种纯粹的理解，我写小说的一个基本目的，就是要争取与最广泛的读者完成交流和呼应。我从短篇写到中篇再写到长篇，这个交流和呼应的层面逐渐扩大，尤其到《白》书的出版和发表，读者的热情和热烈的呼应，远远超出了我写作完成之时的期待。我以为这是对我的最好回报，最高奖励。即：在于作家通过作品所表述的关于历史或现实的体验和思索，得到读者的认可，才可能引发那种呼应，这就奠定了一部作品存活的价值，也就肯定了作家的思考和劳动的意义。话剧将是完成《白》书与观众交流的另一种形式。小说阅读是一种交流形式，话剧舞台的立体式的活生生的表演是迥然不同的交流形式，有文字阅读无法替代的鲜活性，以及直接的情感冲击。这与我创作的初衷完全一致，我自己甚至也觉得新奇而又新鲜：看到活跃于舞台上的白嘉轩们当是怎样一种感觉？濮存昕创造的白嘉轩和宋丹丹创造的田小娥当会和观众完成怎样的交流和呼应？

我几乎没有提出任何条件性的要求。我唯一关注的是能体现我创作小说的基本精神就行了。我知道话剧很难在有限的时间里演绎所有情节，取舍是很难的事。我相信林导和编剧，让他们做艺术处理吧。我在初见林兆华的交谈里，领受到他对《白》书的深层理解，已经产生最踏实的信赖，连"体现原作精神"的话都省略不说了。

我记下与林兆华导演几次接触中的印象，在于体察和理解一位艺术大家，如何完成他艺术世界里的一次新的创造理想。我在写完《白》书最后一行句子就宣布过，我已经下了那个原了。林兆华导演却上了原。我期待看到他创造的白鹿原上的新景观。

2006 年 5 月 14 日于雍村

何谓良师

—— 我的责任编辑吕震岳

大概是七十年代末的最后一年的初夏，关中平原正勃发着一年四季里最迷人的景致，复苏的中国文学界亦如这自然界的景致一样撩拨着新老作家们的创造欲望。那时候，我去刚刚恢复不久的陕西作家协会参加一个什么会议，认识了吕震岳先生，直到今年春天我去他的灵堂前点燃一炷紫香，无论如何都抑制不住涌流的泪水了。

那次会议即将结束时，吕震岳来到我住的房子。"你是陈忠实吧？"问过我的名字又自报家门，"我是吕震岳，陕报文艺部的。"我便让座倒水，尤其是对一位年长于我的头发已显得稀疏的老编辑，因为头次见面，愈是礼仪敬重。他坐下后没有寒暄和客套，直接谈明来意，约我给陕报文艺版写篇小说："你以前的几篇小说我看过，很不错，有柳青味儿。"我便应诺下来。他又叮嘱说："一版顶多只能装下七千字，你不要超过这个数就行。"说罢就告辞了，干脆利索。

我那时候的心态刚刚调整过来。三年前的一九七六年春天，刚刚恢复的《人民文学》约我到北京参加一个写作笔会，我写了一篇适应当时反"走资派"的小说在该刊物上发表了，引起较多反响。随着"四人帮"的倒台和在一切领域里的拨乱反正，我在社会政治领域里的巨大欢欣与在写作上的失挫，形成剧烈的心理冲突，直到一九七八年的冬天，仍然陷在真实的又不想被人原谅的羞愧之中。记得我当时正在灞河河堤的会战工程中领工，我和指挥部的同志住在河岸边土崖下的一座孤零零的瓦房里，生着大火炉睡着麦秸铺。正是在被春汛严严逼压迫着的紧张的施工过程中，我先后读到了两篇记忆犹新的短篇小说，先是发表在《人民文学》上的陕西青年作家莫伸的《窗口》，后是被后来公论作为新时期文艺复兴潮声的刘心武的《班主任》。莫伸比我年轻许多而刘心武和我同龄，然而都是崭露头角的文学新人，都是从刚刚解冻的文坛土壤里蹿出来的惹人眼目的新苗。我读着这些优美的小说不由得联想到自己的失挫，更深地陷入羞愧之中，便把全部激情都转移到我所指挥着的河堤工程上。

直到这个工程完工的一九七八年秋天，我便调入西安郊区文化馆。我再三地审视自己判断自己，还是决定离开基层行政部门转入文化单位，去读书去反省以便皈依文学。郊区文化馆在小寨，有两处办公用房，一处在小寨俱乐部的小楼里，里面住着大多数文化干部和文化领导；另一处是"文化大革命"前的老文化馆所在地，全部是平房，已破落残损，有三四位干部挑着好点的房子住着，院中荒草尽兴地繁衍着。我便选了东南角一间空房，把一卷铺盖卸下来，掉下来的半张顶棚的苇箔经民工重新搭吊上去，残留在墙上的黑墨标语被我用报纸糊住了……我便坐下来读书。窗外是农民的菜地，生长着日见膨大的白菜，白菜地的畦梁上插长着绿头萝卜，也是日渐粗壮着。我从早读到晚，或借或买，图书馆里获得解禁的小说和刚刚翻译出版的国外的即使获过诺贝尔奖对我们却陌生的大家名作，一概抱来阅读。目的只有一点，用真正的文学来驱逐来荡涤我的艺术感受中的非文学因素。"四人帮"可笑的"三突出"创作原则因为太离谱姑且不论，十七年里极"左"的文学创作的理论和思想，都不是真正意义上的属于文学自己的因素，是强加以至强奸文学的非文学因素。对于非文学因素的荡除和真正的纯文学因素的萌生，对写作者来说，用行政命令是不行的，只有用阅读真正的文学作品来荡除，假李逵只能靠真李逵来逼其消遁。

我的自我审视和自我选择在我的感受里是正确的。阅读使我进入了真正的五彩缤纷的小说世界，非文学的因素基本被廓清了，我才觉得我正临门属于真实的文学的殿堂。信心也恢复了，羞愧的心理得到了调整，创作的欲望便冲动起来。直至今天，我依然难忘一九七八年的那个自虐式的阅读和反省的冬天，每每经过翠花路看见历史博物馆的漂亮建筑群，我便想到我曾居住过的那间房子和窗外的菜地，但现在都荡然无影了。一九七九年春节过后，我在那间小房子里重新开始写作小说了。正是在我刚刚涌起新的创作激情里，我遇见了吕震岳，他向我约稿。

我十分珍惜吕震岳的约稿，同样是那个羞愧心理的继续。人们因阅读那篇反"走资派"小说所产生的对我的看法，仍然是我的神经最敏感的因素，因而我对那些依然还约我稿的编辑，更多的是一种被信赖被理解的感遇之恩了。由是，便想着应该尽力写好一篇小说送上，不致使这位初次见面的长兄失望。然而正在构思中的一篇小说篇幅较大，原计划给《人民文学》的，不怕长，便想着写完这个短篇之后，接着为陕报老吕再写，七千字是一个不能突破的限制。这时候，接到吕震岳一封信，信皮和信纸上的字，都是用毛笔写的，字很大，虽称不得作为装饰和卖钱的书法，却绝对可以称作功夫老到的文人的毛笔字。内容是问询稿子写得怎样了，一月过去了怎么没有见寄稿给他。我读罢便改变主意，把即将动笔要写的原想给《人民文学》的这个短篇给老吕，关键是怎样把原构思的较大的篇幅压缩到七千字以内。如果就结构而言，这个短篇是我的短篇小说中最费过思量的一篇，及至语言，容不得一句虚词冗言，甚至一边写着一边码着纸页计算着字数。写完时，正好七千字，我松了一口气，且不说内容和表现力，字数首先合乎老吕的要求了。这就是《信任》。

稿子写成心里又有点不踏实，主要是内容。这篇小说写一位挨整受冤的农村基层干部，以博大的胸襟和真诚的态度对待过去整他的"冤家仇人"，矛盾甚至很尖锐。写成后我又有点踌躇，当时正是伤痕文学如苦水怒潮般汹涌，控诉祸国殃民的"四人帮"，社会生活中亦是平反冤假错案刚刚激起社会各阶层强烈反应的普遍性情绪，围绕着"四清"运动的矛盾，农村社会的新的矛盾和社会心理也很尖锐和复杂。这篇小说以这样的人物出现，会不会引起误解？我一时拿不定主意，就带着稿子去找老朋友张月赓，让他给看看，以较为客观的眼光给我把握一下。

张月赓还住在西安晚报社的两层简易居室里，一大间屋子没有隔间，既是卧室也是书房又兼着会客用。部队作家丁树荣已先在座，见面自然都很高兴。我说了事由，便拿出刚刚写完的稿子，二人连续着读了，对我申明的担心以为是多余。丁树荣很热情，说他和老吕很熟悉，正好还要去找老吕，可以替我捎带上稿子。我就把稿子交给丁树荣，夹没夹一纸给老吕的短笺已经忘记了。我第二天就下乡参加夏收劳动去了。

从把稿件交给丁树荣那天起，恰好一周时间，《信任》便在《陕西日报》的文艺版面上刊出了，时间是一九七九年六月三日。这是我自有投稿生涯以来发表得最快的一篇作品。我听到了我周围的熟识的行政干部的议论，尚不敢完全轻信，以为可能有更多的鼓励的因素。又过了大约不足半月，我刚刚从乡下参加夏收劳动归来，又接到吕震岳一封信，意思说作品发表后引起普遍反响，已收到不少读者来信，让我到报社去看看那些读者来信的评说。

我心里便有点按捺不住，骑上自行车绕大雁塔那条路奔东大街的陕报去了。似乎是一种潜意识，我尤其看重读者的反应，想听听文学圈以外的各个阶层各种职业的读者的评说，直到今天依然是这种心理。这应该是我第二次和吕震岳见面，老吕对我似乎已经是老早的熟人一样随意了。记得我见他第一面留下的最深刻的印象，便是他说话的高嗓子大调门。这回在他的编辑桌旁，他不仅依然着这种说话，笑声同样是高腔大声，用畅快用爽朗这些词来形容似乎总不到位。他的情绪很兴奋，完全是一种编发了一篇引起普遍反响的稿子的由衷的快慰。他一边给我述说着丁树荣怎样捎稿给他，他读后的感觉和抓紧处理稿子以促使其尽快见报；一边用右手频频做着手势。我是深深地被感染被感动了的。一个职业编辑，一位长我起码十岁的老兄，毫不掩饰他的兴奋之情，像年轻人一样手舞足蹈着高声叙说着哈哈大笑着，给我一种赤诚热心而不无天真的强烈印象。他随之把一摞读者来信取出来交给我，感慨地说："看看，刚发表十来天，来了多少信说这个作品。"

　　我一封一封读着那些从全省各地发往报社的信，禁不住眼热欲泪。不完全因为他们对我的一篇小说说了怎样的好话，更多的是我太需要他们对我的"信任"了。因为那篇写反"走资派"的小说造成的不良影响，我企图以新的创作来挽回，挽回那些可能弃我而去的读者，重新建立我和读者的真诚的信赖。那一封一封热情洋溢的信向我证明了最基本的这一点，正是我最心虚着企望充实的一点。然而其中有一封信，以不屑的口气评说《信任》，更以不屑的口气讥讽着我，说我在"文化大革命"期间写过适应时风的小说，现在又倒过来写什么《信任》，等等。我以为他说的是基本客观的事实，他肯定读过我过去写的几篇以阶级斗争为主调的短篇小说。不屑的讥讽的口吻不是批评的关键，亦可促使我更进一步作人生和文学的反省。这些信后来由老吕选发了三篇，在《作者·读者·编者》专栏里，我也看到了。有趣的是，十五六年后，我躲在渭南一家招待所里写几篇应急的短文，有天晚上宾馆（招待所）经理来和我聊天，说那三篇被选发的读者来信中，有一篇是他写的。他写那篇读后感式的信的时候，正在渭南地区所辖属的一个县的水利局工作，接近基层农村，强烈地感觉到，因为几十年阶级斗争扩大化给许多无辜的群众和优秀的基层干部造成的伤害，在实施平反冤假错案的过程中，又出现了新的矛盾和对立，甚至出现简单的个人之间的报复行为。他对这篇小说里的主人公对待同类矛盾的襟怀十分感动，以为是化解阶级斗争造成的人为矛盾的有远见的途径，忍不住便写了那封信。其实，他平素只是喜欢读书看报，并不搞写作，后来几经工作调动，现在已是这家宾馆的经理了……听来真是令人感慨系之。

至今依然记忆犹新的是，由丁树荣把稿子捎给老吕之后，我就到西安北郊的一个生产队参加夏收劳动去了。按当时干部下乡的习惯，自行车后架上捆绑着被褥卷儿，车头上的网带里装着洗漱用具。大约十天或半月的下乡期满回到郊区文化馆里，《信任》已经发表多日，我在紧如救火的夏收劳动中尚不得知。回到馆里之后才看到发表《信任》的版面，"信任"两字是某个书法家的手书，有两幅描绘小说情节的素描画作为插图，十分简洁又十分有气魄，看着看着就觉得眼热。这是我第一次在《陕西日报》文艺副刊上发表作品，但不是处女作，此前已经有为数不少的小说散文在杂志和报纸副刊上发表，按说不应该有太多太强的新鲜感。我不由自主的"眼热"，来自当时的心态和更远时空的习作道路的艰难。当时的心态已如本文开头所叙的反省和调整，这篇小说的发表无疑给我以最真实的也是最迫切需要的自信。更深层的感慨发自此前十八年给《陕西日报》的一次投稿。

一九六一年，正是后来被习惯称作"三年困难时期"最困难的那一年，我正在读高中二年级，无法化解的饥饿折磨着几乎所有人，尤其是正处于生理生长最活跃的中学生。市教育局为保护处于这个不幸年代的学生，采取了非常措施，取消晚自习自然也就取消一切作业，实行"劳逸结合"来对付饥饿，老师只需完成课堂授课而不再批改作业，学生只需接受老师的讲授而不再去做任何科目的作业题，消耗热量的体育课干脆废除不上了。我突然发现空闲的时候太多了，空闲得令人反而不习惯起来，自然就把课余的时间和精力全都用到阅读和写作这个爱好上头来。我和我的同样爱着文学的朋友常志文，找到了一个既省钱又能读到新书的办法。每天晚饭后，我俩悄悄溜出学校后门，抄田间近路步行到距学校约十华里的纺织城商场，直奔书店。靠在装满各种书籍的书架立柱上，抽出昨天正在读着的那本书继续读下去，直到大约九点或九点半钟商场统一关门，我再最后看一眼正在阅读着的页码，合上书装进书架然后离开书店。那时候没有"微笑服务"，更没有礼宾小姐站在门口躬身欢语"欢迎光临"的礼仪，却不拒绝如我一类无钱买书的人连续阅读自己感兴趣的书。我和我的朋友便从来时的小路再走回灞河岸边的这所由孙蔚如先生创办的中学，我俩关于阅读心得的交流一直继续到校门口才收住。上床睡觉以前，先喝一大碗盐水哄自己入眠，因为饥饿早已搅得肠胃疯狂起来。在往来二十余华里的疾步运动中，本来就没有吃饱的晚饭早已被消化光光了。这样的课余活动的运动量和对热量的损耗，可能远远超出了做作业和一周只有两节的体育课。

同样在这一段没有功课压力的轻松日子里，我和常志文、陈鑫玉三位文学爱好者组织起来一个文学社。苦于喜欢文学而总是找不到创作的门路，文学社就被命名为"摸门小组"。仅这个名字就可以看出我们当时对于创作的心境和情态，不无猴急和彷徨。成立文学社的同时决定创办文学墙报，名字定为"新芽"，不无才露尖尖一角的小荷的含意。这是一个纯文学的墙报，不是那种为纪念各种重大节日所办的壁报。"新芽"发表小说、散文和诗歌，必须是文学社成员自己创作的，当然也欢迎同学投稿。

创刊号上，刊登了我的一篇散文《夜归》。陈鑫玉鼓动我把这篇散文投给报刊，我缺乏勇气，终未敢把它投出。我的朋友却把它另写下来，寄给了《陕西日报》文艺部。大约不到一月时间，鑫玉某天从家里来就兴奋地告诉我，说报社来信了，他兴奋激动的表情，自然传递给我某种希望，某种侥幸混合着的急切心理。信的内容是肯定了这篇散文的长处，也指出了缺陷，关键词是让我修改一下，尽快寄去。我到此刻才真正地激动起来，似乎真的就要"摸"到那个神圣而又神秘的"门"了。我很快做了修改，又寄出去了，此后便开始了急切而又痛苦的等待。等待来信通知一个几乎让人不敢奢望的消息。等待中我天天到学校的阅报栏去看《陕西日报》，自然是发表文艺作品的第三版。这是我创作生涯中发生的关于投稿的第一次等待，第一次感受那种企望和失望交织着的急切和焦灼的心情。奇迹终于没有出现，我在随之到来的高考的紧张准备中把此种情绪排挤开去。

结束高中学业，高考名落孙山，我在最初的别无选择的痛苦中回到家乡，被公社选拔为民办老师，这才真正开始了我的业余文学创作。次年春天，我重新把《夜归》做了修改，再次投给《陕西日报》，不久又来了信，肯定了长处也提示了不足，仍然让我修改后再寄去。我又一次陷入期待的焦灼之中。久久的等待中，我终于忍耐不住，借着学校到西安举办什么活动的机会，找到了社址设在东大街的《陕西日报》。我在报社门口踟蹰着踅摸着，想不出进入报社文艺部该怎么开口的措辞，自卑和羞怯的浓雾挥斥不开。我终于硬着头皮走了进去，看见文艺部的几张办公桌前坐着几位编辑，我朝门口那一位发出了问询。我的这篇散文，均不在在座的编辑手里，他们便推测肯定在一位已经下乡锻炼的编辑手中，可他大约需要半年才能结束劳动锻炼。那位好心的编辑很诚恳地暗示我，凡是能发的稿子，肯定会交代给编辑部的。既然没有交代我的那篇散文，肯定是发表不了的了。这次投稿和第二次修改又失败了，我走出《陕西日报》深长的院庭甬道时，直接的感觉是，那个"门"还遥不知其所在，任何轻易

"摸"到的侥幸心理自然云散了，反倒轻松了，当然不可排解自卑。我至今无法判断当时在座的编辑之中有无吕震岳，因为我除了和那位同样不知姓名的编辑说话之外，几乎不敢乱瞅乱看别的人。我站在陕西日报社门口，回望一眼那拱形的门楼和匆匆忙忙进进出出大门的人，还是免不了自惭形秽的自卑。这是我平生第一次走进一家报刊的大门，目的是问询自己投递的一篇习作，留下的记忆难以泯灭。在我被老吕邀请到他的办公室去看读者来信的时候，我心里涌起的便是十几年前头回进入时的复杂心理的记忆。我和老吕聊起这件事，老吕哈哈大笑着说他毫无记忆，那时候出出进进文艺部的各路业余作者太多了。我至今也无法弄清那位两次写信鼓励我修改后再投的编辑是谁，他每次写信都不署姓名，只缀着文艺部的落款。直到一九六五年春天，我把这篇散文打破原先框架，重新构思重新写作，名字改为《夜过流沙沟》，只是没有勇气投给"省报"而改投"市报"，不久就在《西安晚报》文艺副刊上发出了。这是我的变成铅字见诸报刊的第一篇习作，历经四年，两次修改，一次重写，五次投寄，始得发表。我在感激《西安晚报》那位发表它的编辑的同时，也感激《陕西日报》那位两次给我写信鼓励我修改的不知其名的编辑。在这篇散文漫长的修改过程中，我在"摸门"，或者叫作最初的探索；在从事这个容不得任何侥幸的事业的起始阶段，这篇处女作的修改和发表的漫长过程，实际上是我进行文学基本功练习的一个缩影。我和老吕聊起这件事，除了艰苦跋涉的感慨之外，还有一种心理补偿的欲望，我想那位给我两次写信的编辑最好能在此刻在这个办公室出现，我会向他致最真诚的问候和感谢。他的那两封信，是我写稿投稿生涯中第一次收到的报刊编辑的信。老吕也感慨着。

七月号的《人民文学》转载《信任》。那时候，《小说月报》等一类选刊还没有创办，《人民文学》辟有转载各地刊物优秀作品的专栏，每期一两篇。

八十年代的头一个春天到来时，《人民文学》编辑向前给我写来一封信，告知《信任》已获一九七九年度全国优秀短篇小说奖。那时候的评奖采用的是读者投票的方法，计票的结果一出来，前二十名便被确定下来。我当即将此事告知了吕震岳，他和我一样高兴。现在回想起来，无论是我，无论是他，当时似乎没有把这个获奖看成有什么太了不得的。倒是后来愈来愈觉得这种全国性评奖真是了不得的。一是这种奖项被看作一种标志，评职称升工资等等都成为一个硬件；二是这种评奖的竞争愈来愈趋激烈，单就每年一次的短篇小说评奖，已经取缔了读者投票的方法，改由评委投票，非文学因素影响评奖的事时有传闻。我并非超脱文坛，亦非淡泊名利。我从来不说淡泊名利的话。我至今以为，文坛本身就是一个名利场，淡泊不了的，除非你离开。问题的实质在于以什么手段去提高"知名度"和获取"利"，唯一可靠的途径只能是拿出含有自己独特感受的作品来，即以文学的因素实现文学创造的目的，任何非文学的因素都是无法奏到长久之效的。一个不足七千字的短篇获奖，不可能决定我未来创作的发展，未来的路才刚刚开始。我对自己未来的创作发展不仅没有十分的自信，甚至依然着自卑的惶惑。因为任何一位能被我们记住的作家，都不是凭一个小小的短篇而铸就自己的文学成就，证明自己的文学才能的，这是文学史的 ABC。作为职业编辑的吕震岳，更有丰富的经历和经验，早看多了作家创作发展的种种，所以更多地仍然是说着"多读多思索"的鼓励我的实话。颁奖的通知到来时，我的心里丝毫未动，我的农民夫人突发心脏病月余，我须陪她去医院看病，便请假缺席了。

作为新时期文艺复兴的第一项全国文学奖——短篇小说奖，这是第二届评奖，发奖仪式很隆重，我在报纸上看到了消息。之后某一天，我用自行车带着病情稍轻的夫人从城里看病回来，走到距家尚有七八华里的一个村子，迎面停下一辆小汽车，从里面走出《陕西日报》的文艺评论家肖云儒来。他们开车到了我的村子扑了空，折回来时碰到了。他说报社文艺部领导很重视《信任》获奖，作为报纸副刊的作品能在全国获奖尚不多见，约我写一篇获奖感言的短文，老吕因身体不适而委托他来。我后来写成了一篇《我信服柳青三个学校的主张》的创作谈，这是我从事写作以来第一次写谈创作的文章。

这一年，《陕西日报》文艺部发起了"农村题材小说征文"，老吕给我写来一封信，鼓励我应征。我已经从原郊区文化馆分配到灞桥区文化局，被提拔为文化局副局长，兼文化馆副馆长。为了能避免琐细的事务性干扰，我住在灞桥镇的文化馆里，潜心读书写作。接到老吕的信，我写了短篇小说《第一刀》，不需叮咛便明白七千字的版面极限。这篇小说同样得到老吕的欣赏，以一周的最快速度见报。此后，又收到了一批读者来信，选发了三篇。这是写农村刚刚实行责任制出现的家庭矛盾和父子两代心理冲突的小说，引起读者的普遍关注是可以理解的。尽管在征文结束后被评了最高等级奖，我自己心里亦很清醒，此文生动活泼有余，深层挖掘不到位。然而关于农村经济改革的思考却由此篇引发，发展到我的第一个中篇小说《初夏》的最后完成。

　　一九八二年我的第一本小说集子《乡村》出版，在我赠送书籍的名单上老吕自然不可或缺。这本集子里有他鼓励催促下写成的三篇小说，且是在我创作发展的关键时期有着特殊意义的作品。这年冬天，我调到省作协专业创作组。在取得对时间的完全支配权之后，我的直接感觉是走到了我的人生的理想境界：专业创作。我几乎同时决定，干脆回归老家，彻底清静下来，去读书，去回嚼二十年里在乡村基层工作的生活积蓄，去写属于自己的小说。尤其是读书，我需要弥补未能接受大学中文系专修的知识亏空和心理空虚，需要见识中外大家名著所创造的艺术大观，更深一步进入真正的艺术世界，揣摩真正的文学的本来内蕴，以彻底排除非文学因素和出于各种用意强加给文学的额外负载，接近再接近真正的文学的本义。我记得我到陕报去和老吕说了归乡的打算，他仍然高调门感叹着好好好，真诚地说，写作靠热闹是不行的，得拿出好货来。

　　回到祖居的老屋，反而有一个不长的适应期。偶尔有文学朋友和约稿的编辑找到村子里，都是我十分愉快的事，包括传来许多文坛最新的消息和趣闻。偶尔收到老吕的信，仍然是老文化人的个性明显的毛笔字，或问讯或约稿，读来十分温馨。中篇小说《初夏》在《当代》发表以后，我接到老吕一封长信，说他对这篇小说特别喜欢，不完全是因为《第一刀》的缘由。到这篇中篇获《当代》文学奖时，我告诉了他这个消息，老吕像小孩一样拍着简易沙发的扶手大声慨叹起来，似乎验证了他的阅读感觉。他说他在什么报纸上看到《当代》的广告目录，专意到邮局的报刊门市部买来了杂志，读完便给我写了那封长信。乃至一九八六年上海文艺出版社出版我的以《初夏》冠名的第一个中篇小说集子，我拿到书后，从乡下赶到西安，找到老吕家里。其时他已退休，住在炭市街的平房住宅里。我送上这本集子，他翻着看着，说那本集子里收编的几个中篇大都读过了。他告诉我，凡是他在什么杂志上发现我的作品就一定要读，凡是他听说我在哪里发了什么小说就自己找来读。他坦率地说着对那些小说的感觉，好的和遗憾的诸多方面，已经远远不是《信任》或《第一刀》经他发表时的交谈深度了。这一次，是我更深地理解老吕这个人的重要接触。我真切地被这位老兄感动了。他已经退休，已经不再为报纸副刊和我打交道了，他关注我的作品和我写作的发展，至少是出于一种纯粹的关于一个与他打过交道的作者的关注，仅仅只是这个作者的作品他曾经喜欢过付出过心血，仅仅只是这个作者本人他比较喜欢，仅仅只是他希望自己喜欢的这个作者的创作更健康地发展。这就够了，这就足够我这个经他扶助的作者体会人世间那种被赞美着的真诚了；足够我再重新理解作为中国文学各类职业编辑的良苦用心了，任何时候要是还没有忘记这一点，我便相信自己的尾巴会紧紧夹住；足够我理解作为个人劳动标志很明显的创作，其实还有更丰富的社会的催人奋斗的那种力量。告别老吕，重新回到祖居的家园，《初夏》这本书也就划归明日的黄花。我必须以新的艺术形态给老吕这样的职业文学编辑一个见面时可以再聊的话题，包括更多的还喜欢着我的小说的读者。真正的文学意义上的友谊给我的就是这种冲击力。

　　听说老吕病了时，我很震惊，找到他的新居里，是在一个夏天的晚上。我已得知他得了一种今天的医疗水平很难治愈的病，便约了精于摄影的郑文华去拍一张合影。我们相交整整廿年来，竟然没有拍过一张合照，我不在乎这种照相，他也不在乎这种形式的东西，二十年里我们多次见面却没有谁想到照一张合影。我到邻近的水果店铺里买了水果，也应是第一次。二十年里我多次去过他供职的编辑部和他的家里，从来没带过一件礼物，一盒烟一瓶酒都没有过。那个时期里似乎不兴这一套，我也没有这种意识，似乎拿着这种东西会使他和我都尴尬的。他现在病了，是个病人，按我的心理和习惯，看望病人带上水果是礼仪成俗的。

他坐在一架轮椅上，因为病痛所致的骨头损害，不能坐太软的沙发。他说他出医院好久了，病情稳定。他比以往消瘦了，脸色尚好，仍有既往的红色，表面看不出太多的重病的疲倦和忧郁。他说话依然是朗朗的高调门大嗓子，几乎与我以往的印象没有任何变化和差异，也许是强性子的他自然显现的刚强。我和他聊了他的病情，他却更多地问我现在的工作和写作。他不无惋惜之意，甚至启发我赶快离开西安，重新找一个地方去读书去写作。他那么感慨着对我的深层理解，说写到这程度太不容易了，再浪费时间就损失太大了……云云。我无言以对，也不想对他说出我的苦恼。如他一样的感慨我已从许多朋友口里听到，然而我不想让他再为我担这一份心。我尽量以轻松的话题和他交谈，包括回忆我们以往的趣事，他便大声愉快地笑起来。我给他留下我出版不久的五卷本文集，他问《白鹿原》收编在内没有。我说主要的作品全都收入了。他说他早已读过《白鹿原》，不断地感慨着从他编《信任》到《白鹿原》的阅读感觉。临到我出门时，他仍然鼓励我，什么都可以看轻，看淡，再弄出两本书来，弄到这程度太不容易了……

我收到老吕一封信，看小小信封上那很大的行书毛笔字就熟知了。打开信封，夹着他的一页短笺和一块报纸的剪贴文章，是他发表在《陕西日报》的一篇关于《白鹿原》的短论。我的心头一沉，读了短信再读短论，沉默许久都不知道该做什么。他已到骨癌晚期，忍受着怎样的痛苦，仍然还要写这样的短论，仍然还要对《白鹿原》一书获茅盾文学奖的事说他的看法和意见。其时，关于这本书和这个奖的热闹早已过去，我已不再接受关于这个话题的媒体采访。《白鹿原》一书自出版以来的五年时间里，我看到过许多评论家、作家、记者和读者和或长或短的评论文章，说长道短在我已经于心不惊平静听取了，然而老吕的这篇短文一下子把我推入情感的波涛之中，无论如何我都不能把它看作是一篇"评论"……这是我收到的老吕的最后一封信，那功夫老到笔力遒劲的毛笔字啊！

今年春天，我接到老吕家属的电话，是哽咽着的女声报告的噩耗。当晚我赶到老吕家里，只能面对一幅围裹着黑纱的相片了。我站在灵桌前腿就颤抖起来了，看着照片上那昂昂的朗朗的面容，泪水一下子涌流出来，想叫一声老吕也终于哽塞得叫不出声。他的夫人告诉我，他把我送他的那套文集，一直在桌子上用书夹栽着，而没有塞进他的书架，直到他去世。我又一次涌出泪水，却说不出任何话来。

夜晚的东大街上，五彩的霓虹灯光是这座古城的新的姿容。天上似乎落着细雨，我木然地走着。我的小说中那个被我赞美也被我批判着的白嘉轩的生命感叹竟从我的心里涌出来了：世上最好的一个文学编辑谢世了！

1999 年 11 月 9 日于礼泉

我看话剧《白鹿原》

2006 年 5 月最后一天的傍晚，夕阳里的北京竟然还是燥热难耐。我从西安来到北京时，正是西安今年的第一波热浪，创出全国的最高气温。印象里的北京似乎比西安节令稍晚，不料如同伏天的高温，让我诧异季节可能紊乱了。我走进北京人民艺术剧院的大门，竟然难以抑止明显加骤的心跳，嚷嚷了三年的话剧《白鹿原》今晚首演，就在我刚刚踏进的这个院子里的"首都剧场"公演。剧场大门口已经开始检票，穿着各式各色夏装的男女走进剧场去，院子里围着一堆堆的人在交流着议论着。我此刻竟然感到某种紧张，某些压迫，还有某些胆怯。

这是我走进北京人艺大院里的真实心态。我相信走进剧场和站在院子里的所有观众，都不会和我此刻的心情雷同。我是小说《白鹿原》的原作者。尽管小说出版发行十余年来获得普遍认可，但毕竟是小说，是以文字叙述和文字阅读作为交流的形式，读者可以通过文字阅读欣赏作家文字描写和叙述里的精彩之笔，也能够以自己的生活经验个性情感和独特的艺术想象力，继续丰富和拓宽作家文字局限的空间，甚至弥补其不足或缺失；读者在接受作家创造的人物形象的同时，还在以自己的思想解析批判着人物，甚至继续创造着作品里一个个人物。这是我尊重读者的基本因由。现在，那些仅供阅读的文字就要以活人的口说响在舞台上，要灌进不同年龄不同兴趣不同专业的男女观众的耳朵，而且是用古道关中的方言。人物对话里的地域性较强的生活语言，阅读时从字面上可以从容地揣摩其意蕴，也许还有语言的某些地域性情趣和韵味，而让大活人的演员一句接一句说出来，观众能在不容思索的连续不断的过程中接受吗？

在我的肤浅印象里，话剧是最无遮蔽也最显艺术硬功的一种表演形式。不必说影视可以借助生动的造景和切换手段，即使传统的以唱腔为主的各路戏曲，即使剧情欠佳人物失真，而演员有一副过硬的嗓子和一二段精彩唱腔，也可以满足观众纯粹听戏的部分兴致。譬如我听秦腔，自然最想看到剧情、思想和表演俱佳的剧目，如果达不到全面满足，只要能听到自己喜欢的名角儿段唱腔也就过瘾了。话剧就依赖演员一张嘴从台前说到台后，从拉开大幕说到拉上大幕，内容、思想、个性全都靠一张嘴说出来。纯粹靠说的话的内容把观众固定在座椅上两个半小时，这"话"得有多大的引力和魅力！而这些"话"的"始作俑者"是我，现在就要把那些"话"说响在众目炯炯的舞台上，能"响"在观众的情感里吗？导演林兆华是当代最受敬重最被注目的人。孟冰是写过多部获得好评剧本的青年编剧，濮存昕、宋丹丹和郭达不仅在我，而是在全国拥有数以亿计观众拥戴的演员，他们的艺术思维创造能力和个人魅力是毋庸置疑的。这样，我便胆怯我的小说本身了。不是他们能否把小说表现出来，而是他们以话剧表现出来的小说能不能活起来，或者说立起来。常识我尚知道，小说不等于戏剧。况且，这是在成就过许多大导演和大剧作家以及名演员的首都剧场，能容得《白》成活吗？

我在大幕拉开的那一瞬，即被震撼了，也自然进入其中了。一片黄土原上的慢坡和土坎，残断的木轮车辘辘和远处的一棵孤零零的树，尤其是舞台右角那道断裂的黄土崖壁，以及崖壁上那孔残缺的窑洞，顿然让我进入我的地理上的白鹿原了。尽管明知是舞台艺术家的设计和造型，其不容原生民的我置疑的真实和典型，传递出黄土高原独有的风貌，弥漫着这块土地独特的浑厚和苍凉的气象。白嘉轩在他的宗族领地里出现了。鹿子霖在他不断滋生膨胀着欲望的原上走来了。着意从心理和精神上改造原上生民的儒学教父朱先生也稳居原上。黑娃牵着小娥走进已不能容忍他们的这道古原……一个时代里的两个家族的两代人的人生戏剧展开了。除了某些可以预想的形式上的小小陌生，我很快便进入了心中的那个原，十分自然十分熟识，几乎没有任何隔膜的感觉。

当田小娥回答族长白嘉轩的盘问并纠正说她是"嫦娥的娥"那一刻，我还能认出和听出是饰演者宋丹丹；到被阿公鹿三用削标利刀从背后捅倒的时候，那个痛楚万状趔趔趄趄倒下去的女人，纯粹就是田小娥了，早已没有宋丹丹了。我在那一刻泪眼模糊。我在《白鹿原》小说写到这里时就是泪眼模糊手笔发抖而停下来抽烟，随之用钢笔在一张硬纸上写下"生的痛苦活的痛苦死的痛苦"摆在桌前，才继续把小说写下去。舞台上呈现的是一个以生命本能反抗封建政治和封建道德的乡村女性田小娥。只能以悲剧结局的伟大女性田小娥。中国的民主革命妇女解放的呐喊，就是从她们的伤口上呼吁出来的。的确如此——我被舞台上的田小娥打动了，独独忘记了宋丹丹。表演艺术家的天才就在于此，把性格各异的一个个人物的灵魂活生生展示给观众。让原本的自己消失得越彻底越干净越好。她不再是她，而是一个艺术形象了。

我自然更关注濮存昕饰演的白嘉轩。无论小说无论话剧，他都是主角。从林兆华确定要改编这台话剧之初，就首先确立了白嘉轩的扮演者是濮存昕。据传是濮存昕自告奋勇要塑造这个角色。我第一次到北京人艺见到濮存昕，他谦和地笑着说，我演白嘉轩。我说，好，你能演好。

我不是贸然恭维，而是出于我对表演艺术的常识性理解，即形似与神似的关系。形神兼得自然更好不过，关键在神似。白嘉轩是小说人物，不是真实的历史或现实生活的人物，所以甚至不存在似与不似的障碍，而是由濮存昕自己依托小说内容任由驰骋去创造的一个艺术形象。也基于我对濮存昕很有艺术修养和道德修养的印象，便确信他具备创造各种个性人物的艺术空间，是常说戏路子宽的一类。尤其是我印象里他的含蓄和内敛，他的正直和善良，他的内在气质和外在气象，当是创造好白嘉轩这个具体人物的基础。我以自己的理解给不少关心该剧的朋友坦率表白过。现在，濮存昕饰演的白嘉轩向我走来。开场不久，我还关注他的关中话哪儿轻了重了尚不到位，及至换地的小计谋得以实施，我便面对白嘉轩而忘记了濮存昕了。当那根鞭子——封建乡约织成的法绳——从一个乡民传给另一个乡民的手中，抽得违规越轨的儿子孝文从台中滚向台左的当儿，一个心头能插得住刀子的白嘉轩却佝偻着腰不动声色，震撼我的不单是那根噼啪甩响的皮鞭，更是发出指令的岿然不动的族长。他举酒坛向杀倭寇的鹿兆海祭灵的庄严凛然，他与附着鹿三躯体的小娥不屈的鬼魂的坚硬不折的顽固，他为被冤的黑娃求情而跪倒在儿子孝文足前的真诚，直到他向钩斗了大半生的对手鹿子霖的忏悔（换地）……白嘉轩塑造成功了。这个人物性格里的坚强和冷酷，凛峻和诚恳等侧面，可以说展示得恰到好处，感觉不到过于夸张或不及。我便印证了我最初的判断，甚至超过了那个判断里的期待，濮存昕确是一位善于理解也善于创造的表演艺术家。

我的乡党郭达饰演鹿子霖，当是一种得心应手之作。他本色的关中方言有一种表述的自由，长期的小品演出的灵性更适宜鹿子霖的气性。这个人物生活历程中的大起大跌，得意时的肆无忌讳和张狂，跌落时乃至绝望时的独特心理变化，郭达也把握得十分准确。我也很快从小品里的郭达进入鹿子霖了。郭达完全可以自信地向人宣示：我不只演小品，更擅长演大型话剧，更善于创造富于个性性格的话剧人物。我也真诚地祝愿，乡党郭达能再进入某剧的人物创造。

我在看完首演的第二天，先后回答过不下十家媒体的采访。大家的兴趣有一个共同点：你作为原著作者感觉如何？我便坦言，甚好。超出我期待之好。因由如下：首先是把一部五十万字的小说在两个半小时的舞台上表演出来，即如我这样的戏剧门外汉也能感到其难，况且熟知拙作里有诸多并不连贯的事件，以及众多的人物。我惊讶编剧和导演竟然连原作中的次要人物都推到舞台上来了，如镇嵩军士兵和赖子狗蛋都得着上台的机会了。没有删除人物，也没有截掉任何一个大的情节，把整个原上发生的事变完整地保存并演绎下来，仅仅把一些事件作背景幕后处理。我到走出剧场时才感到孟冰编剧和林兆华导演的大手笔。这是最难的也是最佳的选择途径。

所有主要角色和次要人物所酿制的气象和氛围，是二十世纪前半叶白鹿原上特有的时代标志，这归功于所有演出者。我切实感到，不似某些穿着特定时代服装却演着当代市井情绪的剧目，而是创造出一个时代真实的社会气氛和脉象；是严肃认真的艺术追求和创造，而且实现了目的达到了效果。我自己也受到触类旁通的启示，即，林兆华用最前卫的导演艺术，演绎了已经成为历史的原始封闭形态下的白鹿原上的乡村生活，而且能被最具现代意识的首都北京观众所接受所理解，这对我的小说写作也是富于启迪意义的。我后来才听说，林兆华始终要求演员——贯满全场的主角和出场一二次的配角——按生活行为去表演，力戒戏剧动作和戏剧腔调。我进一步理解了濮、郭、宋们的演出。最前卫的表演思想和最原始的生活形态，这两种看似无法调和的东西，竟然完美地统一在一幅布景下的舞台上，严丝合缝，不留痕迹，自然渠成，恰如林兆华导演个人的风格风度。

这台话剧还有几处细节上看去扎眼夯口的地方。鹿子霖乘人之危达到窃色的意图，与田小娥在舞台右角的性动作，看起来我觉得扎眼。狗蛋也是抓住田小娥与鹿子霖偷情的把柄，要挟并达到占有的邪念，直白赤裸说出"日一回"的话，也颇夯口锥耳。其实这些行为和语言都是原作中我写下的，那是供不出声的阅读，而不宜响出声来；即使生活实地中有这种行为发生，也是当事人互相之间的语言行为，容不得旁观者看和听的。我曾向林导建议修改，已经有改变。其实不难，让狗蛋换一句"让我睡一回"听来就稍觉顺耳了，让鹿子霖和田小娥滚倒在土坎下也就可以意传其内容了。还有一些枝梢细节，再经过斟酌加工，修饰打磨，我想会不断完善，以臻完美。

　　我看到小说《白鹿原》以话剧的形式出现在首都剧场的舞台上，用一种鲜活的直接的形式与观众完成了交流，我感到欣慰，并有一种创作者的幸福感。无论如何，这部话剧能在见多识广的北京连续演出三十场，首先让我这个偏于西北一隅的作者感到踏实了。我由衷感动，感谢林兆华导演和编剧孟冰，濮、郭、宋等演员以及美工们，他们共同合力成功地完成了一次艺术创造工程，让我跟上沾光了。

2006 年 9 月 6 日于二府庄

回家折枣

在巷子的水果摊上看到红枣摆上来，自然想到又到枣月了，也自然想到该回家折枣了。妻子肯定也知道了枣子开始上市，催促我说，抽空回家折枣。在关中乡村，一般不说摘字，凡用摘字的地方，大多数时候用折，譬如折豆荚，折桑叶，折棉花等，摘一切水果都说折。

"在我的后园，可以看见墙外有两株树，一株是枣树，还有一株也是枣树。"这是鲁迅《秋夜》开篇的绝句。我已记不得什么年纪读的，却记得是一遍成诵，自此便把一缕无尽的意味绵延到现在，也把一种文字的魅力绵延到现在。在我的前院中院和后院，栽了七八种树，有南方和北方的两种白玉兰，粉红色的紫薇，黄色的蜡梅，紫荆花树有红白两株，石榴树，火晶柿子树，还有三株枣树，都是我十余年间先后栽植的。几种花树依着各自的习性在不同季节开花，柿树和枣树也都挂果。每当花开或果熟时月，得空回到原下老屋小院，或尝花闻香，或攀枝折果，都是一种难以表达的清爽和愉悦。今天又要回家折枣了。虽然都是面对自家院子里的枣树，我已很难体验先生在"风雨如磐"的"秋夜"里的那种忧思的情境了。

正是秋高气爽的好季节。树依旧很绿。天空是少见的澄澈和透碧。可以看到远方影影绰绰起伏着的秦岭的轮廓。左首的北岭和右首的南原沉静地摆列在两边，清晰透彻，不时现出掩蔽在村树里的一角红瓦屋脊或一方净白的檐墙。路两边的樱桃园里显示着收获过的败落和冷寂。这条在我生活历程中走得最多也最熟悉的回家的土路，却从来都不曾发生熟悉里的厌倦，视力触摸到任何一个角落，都会在昨天的记忆里泛出新鲜的差异性意味来。夏收后泛着白光的麦茬地，采摘樱桃时不慎攀折断了的枝条，从路边野草丛中突然蹿飞的野鸡，都会把我在城市楼房里的所有思绪排解到一丝不剩，还有乡野的风对城市的污染空气的排除与置换。

进得我原下的村子，再踏进村子里我祖居的院子，先来到柿树下。缀满枝头的柿子，深绿渐变为浅绿，尚不到成熟的时月，似乎比往年结得稀。穿过前屋到了中院，扑面而来就是满树的枣子了。今年的枣子结得顶繁了，细软的枝条不堪重负，一条一条垂吊下来，像母亲过去挂在明柱上的蒜辫儿。且不说品尝吧，单是看见这缀满枝条的枣子，就令当初栽树的我有一种实现期待收获果实的无以名状的舒悦和幸福了。枣子已从绿色蜕变出鲜亮的乳白，果皮上有一坨一丝紫红色，尚未熟透到通体变成红色，完全可以折来品尝了。这种枣子比红透的枣子更脆更甜更有水津味儿。东墙根下一株，西墙根下两株，都把蒜瓣似的枣子展现在我的眼前，一派来自土地结晶而成的鲜活，一派无遮无喧亦无言的丰盛，真是让种植它的我感受体验到无与伦比的欢欣了。亲友已搬来梯子。我听到一声吃枣子的咔嚓的脆响，还有对枣子美味的欢叫声。

　　七八年前，我在早春的时候回家，路过一个业已城市化了的乡村，正逢着传统的庙会，顺便到会场去溜达。到处都摆着乡村人生产和生活的用品，庙会已无庙无神可敬，纯粹变成商品交易市场了。到处都摆着树苗，北方乡村适宜种植的柴树果树和花树秧子，成捆成捆堆放在路边。我总是忍不住在那些有树秧的摊儿前驻足停步；总是在抚摸那些树秧嫩秆的时候忍不住心动，绝不弱于面对稿纸拔开笔帽时的冲动和激情。也许是自小跟着喜欢栽树的父亲受到的影响，也许是应了一个乡村"半迷儿"卦人给我算就的木命，我确凿爱栽树。和我一起溜达的妻子更喜欢那些民间编织的生活用品，装馍用的竹篮和装筷子的箸笼儿，还有装提水果的竹编长条笼。她不时拽我并提醒我，不要再买任何树苗了，屋前院内再找不到栽树的空地了。其实我心里也明白，能容得我栽树的地皮，只有老家庄前屋后和小院里那几分庄基地了，早被我栽得满满当当的了。不经意间，碰见一位老相识，他也曾弄过文学，却仍然在乡间种地，还在业余写着剧本。我看见他就有说不出口的话，城里有十余家专业剧团，或排场或别致的舞台整年都凉着，一年也敲响不了几回梆子锣钹，你把剧本写给鬼演呀！他的架子车厢里放着一捆打开的枣树秧子，是他培育的一种新品种，结的枣子比普通枣子个儿大，味更脆更甜，名曰梨枣，却与梨不相干。他卖得很好，满满一车只剩下半捆了。他一边给我说他正在写作的剧本，一边往我手里塞枣树秧子。他知道我乡下有屋院。再三谢辞不掉，我便拿了三株梨枣回家，下决心把中院一株老品种的樱桃和一株太泼也太占地盘的花树挖掉，给这三株枣树腾出空位。令人惊诧的是，这枣树一年就长到齐墙头高了。直到这枣树秧委实出脱成苗壮的枣树，而且挂了果，赠我枣树的朋友打电话说，他的剧本早已写完，请几位高手名家看过，都在说写得不错的同时，也都说着遗憾。不是剧本能不能排，而是专业剧团根本就不排戏演戏。他问我能不能帮忙想点办法。我不仅没有办法可支，连安慰他的话都说不出口。

到新世纪到来时，我终于下决心回到乡下久别的老宅新屋住下了。枣树是我的院子里最晚发芽的树。当那嫩芽在日出日落的日子里蓬勃出鲜绿的叶子，我发现了短短的叶柄根下的花蕾，它们不过小米粒大小，绣成一堆。我在那个早晨的心情顿然变得出奇地好。每天早晨起来，我都忍不住到枣树下站一会儿，看那小米粒似的花蕾的动静。直到有一天早晨，我刚走到屋檐下，便闻到一缕奇异的香气儿，凭直觉就判断出枣花开了。小米粒似的花苞绽放开来的花儿自然不起眼，比小米的黄色浅些，接近于白色，香味却很浓郁，枝条上稀稀拉拉的枣花，却使整个小院都弥漫着清香。蜜蜂先我绕着枣树飞舞了。枣花蜜是蜂蜜中的上品。

眼看着那枯萎的枣花里挣出一只枣子来，恰如刚落生的婴儿，似乎可以听到那进入天地之间的啼哭。小米粒大的枣子，似乎一夜或两夜之间就长到扁豆粒大了，豌豆粒大了，花生粒大了，最后就定格在乒乓球那般大小了，个别枣子竟然有柴鸡蛋的个头。在桌子前在椅子上坐得久了，无论读着什么或写着什么，走出屋子走到枣树下，看着隐蔽在枝杈叶丛里的青枣，那正在你眼皮下丰满和长大的果实，一种蓬勃的生命的活力便向人洋溢着。枣子青绿的颜色，在我日复一日的注视下，渐渐淡了，泛出乳白色了，又浮出一丝一坨的紫红，它成熟了。我折下最先显出红色的一颗，咬了一口，便确信是我有生以来吃到的最好的一颗枣子了。这枣子皮薄肉细，又脆，让我满口竟有一股蜂蜜味儿。我便不忍心再吃第二颗，给家人品尝，也给那些从城里跑到乡下来找我的朋友享一回口福，让他们知道还有这样好吃的枣子。我给他们宣布政策，每人只能品尝一颗。无论年轻朋友，无论德高望重的老教授，都是咬下一口便禁不住声地赞叹起来。我便相信我的口感不粘连栽种者的偏爱因素，也毫不动摇地拒绝要吃第二颗的申求——总共只结了六七十颗，该当让更多的远道来客添一份情趣……后来几年的枣子，结得多了繁了，味道却大不如头一年。今年是前所未有的丰年，味道更差了，有点干巴。我心知肚明，肯定是干旱造成的。没有办法，我住了两年又离开原下的院子，一年回不来几回，枣子在每年伏天的旱季能保存不落，已属幸事了。

我已经不太在意枣子的多少和品味的差别了。我只寻找折枣的过程。常常庆幸得意我尚有一坨可以栽植枣树的院子，以及折枣折柿子的机会。这心理往往是瞅见城里人悬在空中阳台上盆栽的花草而生发的。他们已无可以栽一株树或一窝花的土地，只能栽在盆里悬在楼房的阳台上。我在被晒得烫烧脚心的水泥路和被油气污染的空气里憋得透不过气时，得空逃回乡下的屋院，拔除院子疯长的草，为柴树花树和果树浇一桶水，在树荫里在屋檐下喝一瓶啤酒，与乡党说几句家长里短的话，尤其是回来折一回枣，心里顿然就净泊下来了。

今年回了家，折了一回枣。

明年还回家折枣。

2006 年 9 月 23 日夜于雍村

毛乌素沙漠的月亮

朋友电话约写一点有关月亮的记忆。话尚未落音，我的心底便有一轮又圆又大的满月缓缓浮现出来。这是我平生见过的最大的月亮，在毛乌素大沙漠的天空悬浮着，也沉浮在我的心底，整整二十五年了。

那是 1985 年的酷暑时月，由路遥挑头在陕北召开"长篇小说创作促进会"。"促进"二字彰显着这次会议的主旨，却也明白不过地提醒与会作家，应该考虑长篇小说创作的探索了。客观的情况是，新时期出现的一茬陕西青年作家，正热衷于中篇小说和短篇小说的创作，尚无一部长篇小说出版，作协领导有点着急，需要促进一下。会议的第二阶段由延安转移到毛乌素大沙漠中的塞北重镇——榆林，作家们的兴致更高涨了，纷纷表态要把长篇小说的创作列入最近的写作计划，"促进"促得会上会下的气氛十分热烈。挑头的路遥无疑也很鼓舞，顿时突发奇想又别出心裁，要搞一场篝火晚会，就在荒无人迹的毛乌素沙漠里，这在当时无疑是一场浪漫而又颇为新潮的晚会。

柴火是向当地乡民购买的，一捆一捆干绷绷的沙柳棒子，见到引火便蹿起火苗，得着沙漠夜风的鼓吹，火势顿时便起一丈多高，把刚刚降下的夜幕现出一片光亮的空间。与会的这一茬作家正值青年壮年，又得着思想解放的时风的鼓舞，全都围着噼啪爆响的火堆几近疯狂地蹦跳起来，很难看到谁有规范的舞步，都是随心所欲地胡蹦乱跳，夹杂着平素很难发生的野性的狂呼吼叫，把静谧无息的毛乌素沙漠吵翻天了。我也夹杂其中，蹦着跳着，便有了难得的一次尽情放纵的生命狂欢。不料有人从背后抓住了我的胳膊，不容分说把我拉出狂欢的人窝儿，说："咱俩散散步去。"依声音辨识，这是诗人子页。

我便随着子页走，几乎是漫无目的地无意识行走，却恰恰走在往北的沙地上。往北无疑是更为荒凉的沙漠腹地的方向。估摸不准走出多远了，篝火晚会的嘈杂的人声消失了，腾跃的火焰也看不见了，只有一片小小的略显红色的亮光标示着篝火晚会会场的方位。天上繁星点点，沙漠夜幕里仅有一丝微弱的亮色，我只能看见并排走着的子页的人形，完全看不清他的眉眼。凭着感觉判断，已经走得很远了，恰好脚下踩到了一道沙梁，两人不约而同停住脚步。他坐下来。我也坐下来。白天被晒得烫脚的沙子似乎还有余温。他说了些什么话，社会热点话题或文学写作什么的，认真的和不认真的，正经的或不正经的，现在竟通通忘记了，一句也没留下来。同样，我对他说了些什么话，也通通忘记了，一句都回忆不起来。我俩在沙梁上对面坐着，此起彼落地聊着（用西安当地话说叫"谝着"），仍然是谁也看不清谁的眉眼，依着说话的语调和口吻的缓急，感知对方的思想和情感。

无意间，我突然看见他脸上的轮廓了，不由一惊，瞬间就意识到月亮出来了。他几乎同时轻轻地惊呼："啊！多大的月亮！"

我转过身，就看见沙漠尽头地天相接的地方，浮现着一轮小碾盘那般大的月亮，惊得我一跃身站立起来。子页也站起来了。

"多大的月亮。"我忍不住赞叹。

"没见过这么大的月亮。"他也随口赞叹。

"多大多圆哇。"我忍不住再说一句，便想到当属农历的六月十五或十六。

"难得看见毛乌素沙漠的满月。"子页庆幸地说。

子页是一位颇具广泛影响的诗人。我也算得一个作家。诗人的他和作家的我站在毛乌素沙漠里，面对初升起来的一轮满月，反复赞叹的词汇里，只有一个"大"字和一个"圆"字，竟然再反应不出一个更生动更美妙的文字来。我俩站在沙地上，看那又圆又大的月亮缓缓浮升起来。沙漠里偶尔传来一声单调的野兽的叫声，我可以辨出是狐狸，在城市长大的子页却以为是狼。月亮浮上天际大约有一竿子高了，似乎渐渐缩小了一轮，却更明亮更清湛了。子页突然对我说："我有一个提议——"却不说提议的内容。我也没有急于追问。只见他俯下身去，在月亮照亮的沙地上摸索，终于找到几根沙蒿秆儿，捋去枝叶，盯着我说："面对毛乌素的满月，咱俩发誓——"说着便跪倒在沙地上，把三根蒿草秆儿双手举起，反复三匝，插在沙地上，颇为郑重地发出誓言："我对毛乌素沙漠的月亮起誓，和忠实老哥肝胆相照，永不背叛……"我看着他突如其来的甚为庄重的举动，虽然始料不及，却没有任何犹疑，瞬即便和他并排跪下了，捡起三根替代香火的蒿草秆儿，照他的动作做起：双手握住蒿草秆儿，从胸前举到眉心，反复者三，同样插在他插着的蒿草秆儿的一边，也信誓旦旦地对着毛乌素沙漠上空的月亮起誓，誓词自然和他的誓词保持一致。待我说完，两人相应地转过脸来面对面瞅着对方，两双手便紧紧地握在一起，然后便四仰八叉倒躺在沙地上，纵声大笑起来……

有人吼叫我和子页的名字，我俩当即应了声，料想篝火晚会要收场了，我俩似乎还留恋这一方静谧神奇的夏夜的沙漠，更有沙漠上空越升越高也愈加明亮的月亮。奔到我俩面前的两位作家虚张声势："还以为你俩被狼吃了呢!"我俩都不在意地笑笑。有位作家颇认真地渲染说："沙漠里的狼可厉害了，常叼牧民的羊。"子页随机应变，从沙地上捞起他和我插下的蒿草秆儿，说："我俩有金箍棒，什么样的恶狼都不怕……"

算不得结义，也算不得结拜，不过是面对沙漠上空一轮又圆又大的月亮，诗人子页诗性激情的瞬间生发的举动。我之所以毫无犹疑地响应，是因为有一个基本的感知，就是子页弃政从文的人生选择。他在新时期文艺复兴的热烈而又神圣的文学氛围里，辞去了给一位重要领导当秘书的工作，自愿调动到文艺圈子里来，在作家圈里曾发生了好久的一阵议论。任谁都能预料，为一位重要的一把手当秘书多年，仕途上绝不会亏他的；他却舍弃了，毅然投身到文学圈子里来了，可见他对文学的痴迷和神圣。平心而论，我和他认识也有四五年了，来往屈指可数，他热衷诗的创作，我学习写作的兴趣却在小说，文学大圈子里还有不同文学样式的几个小圈子。再说他住在西安城里，我住在白鹿原下的乡村，平素难得相遇。我对他最直接的印象，便是他舍弃官场投身文坛的举动，一个如此痴迷文学也神圣文学的同龄人，大致该当是可以信赖的……我便和他并排跪倒在毛乌素沙漠上，面对那一轮又圆又大的月亮。

　　之后二十五年，淡淡如水，一年半载遇合到一起，我看着他虽依旧浓密却大半花白的头发，他瞅着我光亮的谢顶，互相先自笑了，竟然谁对谁都说不出一句客套的话，开口总是调侃。待喝过两盅之后，或他或我就会说起毛乌素沙漠里用蒿草秆儿作香火对月起誓的事来，仿佛就在昨夜。可见毛乌素沙漠上空的那一轮又圆又大的月亮，沉浮在我的心底，也在他的心底沉浮着。我便自然想到，如果谁有了无论大或小的苟且之事，沉浮在心底的那一轮又圆又大的毛乌素沙漠天空的月亮，就再也浮现不出来了。原本仅属于诗人子页兴之所至的一项提议，其实不无玩笑作趣的成分，现在倒感觉到一种人生的颇可珍重的情趣了。

2010 年 7 月 28 日于二府庄

辑三

年年柳色

又见鹭鸶

那是春天的一个惯常的傍晚，我沿着水边的沙滩漫不经意地悠步。旱草和水草都已经蓬勃起来，河川里满眼都是盎然生机，野艾苦蒿薄荷和鱼腥草的气味混合着弥漫在空气里，风轻柔而又湿润。在桌椅间窝蜷了一天的四肢和绷紧的神经，渐渐舒展开来松弛开来。

绕过一道河石垒堆的防洪坝，我突然瞅见了鹭鸶，两只，当下竟不敢再挪动一步，生怕冲撞了它们惊飞了它们，便蹑手蹑脚悄悄默默在沙地上坐下来，压抑着冲到唇边的惊叹，哦！鹭鸶又飞回来了！

在顺流而下大约三十米外，河水从那儿朝南拐了个大弯儿，弯儿拐得不急不直随心所欲，便拐出一大片生动的绿洲，贴近水流的沙滩上水草尤其茂密。两只雪白的鹭鸶就在那个弯头上踯躅，在那一片生机盎然的绿草中悠然漫步；曲线优美到无与伦比的脖颈迅捷地探入水中，倏忽又在草丛里扬起头来；两条峭拔的长腿淹没在水里，举趾移步优然雅然；一会儿此前彼后，此左彼右，一会儿又此后彼前此右彼左；断定是一对儿没有雄尊雌卑或阴盛阳衰的纯粹感情维系的平等夫妻……

于是,小河的这一方便呈现出别开生面令人陶醉的风景:清澈透碧的河水哗哗吟唱着在河滩里蜿蜒,两个穿着艳丽的女子在对岸的水边倚石搓洗衣裳,三头紫红毛色的牛和一头乳毛嫩黄的牛犊在沙滩草地上吃草,三个放牛娃三对角坐在草地上玩扑克,蓝天上只有一缕游丝似的白云凝而不动,落日正渲染出即将告别时的热烈和辉煌……这些时常见惯的景致,全都因为一双鹭鸶的出现而生动起来。

不见鹭鸶,少说也有二十多年了。小时候在河里耍水在河边割草,鹭鸶就在头前或身后的浅水里,有时竟在草笼旁边停立;上学和下学涉过河水时,鹭鸶在头顶翩翩飞翔,我曾经妄想把一只鸽哨儿戴到它的尾毛上;大了时在稻田里插秧或是给稻畦里放水,鹭鸶又在稻田圪梁上悠然踱步,丝毫也不戒备我手中的铁锹……难得泯灭的永远鲜活的鹭鸶的倩影,现在就从心里扑飞出来,化成活泼的生灵在眼前的河湾里。

至今我也搞不清鹭鸶突然离去突然绝迹的因由,鸟类神秘的生活习性和生存选择难以揣摩。岂止鹭鸶这样的小河流域鸟类中的贵族,乡民们视作报喜的喜鹊也绝迹了,张着大翅盘旋在村庄上空窥伺母鸡的恶老鹰彻底销踪匿迹了,连丑陋不堪猥琐笨拙的斑鸠也再不复现了,甚至连飞起来遮天蔽日的丧婆儿黑乌鸦都见不着一只,只有麻雀种族旺盛,村庄和田野处处都只能听到麻雀的叽叽喳喳。到底发生了什么灾变,使鸟类王国土崩瓦解灭族灭种留下一片大地静悄悄?

单说鹭鸶。许是水流逐年衰枯稻田消失绿地锐减,这鸟儿瞧不上越来越僵硬的小河川道了?许是乡民滥施化肥农药污染了流水也污浊了空气，鹭鸶感到窒息而逃逸了？许是沿河两岸频频敲打的庆贺"指示"发表的锣鼓和震天撼地的炮铳，使这喜欢悠闲的贵族阶级心惊肉跳恐惧不安，抑或是不屑于这一方地域上人类的愚蠢可笑拂尾而去？许是那些隐蔽在树后的猎手暗施的冷枪，击中了鹭鸶夫妻双方中的雌的或雄的，剩下的一个鳏夫或寡妇悲怆遁逃？

又见鹭鸶！又见鹭鸶！

落日已尽红霞隐退暮霭渐合。两只鹭鸶悠然腾起，翩然闪动着洁白的翅膀逐渐升高，没有顺河而下也没见逆流而上，偏是掠过小河朝北岸树木葱茏的村庄飞去了。我顿然悟觉，鹭鸶原是在村庄里的大树上筑巢育雏的。我的小学所在的村庄面临河岸的一片白杨林子里，枝枝杈杈间竟有二十多个鹭鸶搭筑的窝巢，乡民们无论男女无论老幼引为荣耀视为吉祥。一只刚刚生出羽毛的雏儿掉到地上，竟然惊动了整个村庄的男女老少，合议着公推一位爬树利落的姑娘把它送回窝儿里。更不必担心伤害鹭鸶的事了，那是被视为作孽短寿的事。鹭鸶和人类同居一处无疑是一种天然和谐，是鸟类对人类善良天性的信赖和依傍。这两只鹭鸶飞到北岸的哪个村庄里去了呢？在谁家门前或屋后的树上筑巢育雏呢，谁家有幸得此吉兆得此可贵的信赖情愫呢？

我便天天傍晚到河湾里来，等待鹭鸶。连续五六天，不见踪影，我才发现没有鹭鸶的小河黯然失色。我明白自己实际是在重演那个可笑的"守株待兔"的寓言故事，然而还是忍不住要来。鹭鸶的倩影太富于诱惑了。那姿容端的是一种仙骨神韵，一种优雅一种大度一种自然；起飞时悠然翩然，落水里也悠然翩然，看不出得意时的昂扬恣肆，也看不出失意下的气急败坏；即使在水里啄食小虫小虾青叶草芽儿，也不似鸡们鸭们雀们饿不及待的贪馋和贪婪相。二三十年不见鹭鸶，早已不存再见的期冀和奢望，一见便不能抑制和罢休。我随之改变守候而为寻找，隔天沿着河流朝下，隔天又溯流而上，竟是一周的寻寻觅觅而终不得见。

我又决定改变寻找的时间，于是舍弃了一个美好的出活儿的早晨，在黎明的熹微中沿着河水朝上走。大约走出五华里路程，河川骤然开阔起来，河对岸有一大片齐肩高的芦苇，临着流水的芦苇幼林边，那两只鹭鸶正在悠然漫步，刚出山顶的霞光把白色的羽毛染成霓虹。

哦！鹭鸶还在这小河川道里。

哦！鹭鸶对人类的信赖毕竟是可以重新建立的。

我在一块河石上悄然坐下来，隔水眺望那一对圣物，心头便涌出一首脍炙人口的诗歌来：

> 蒹葭苍苍，
> 白露为霜。
> 所谓伊人，
> 在水一方。

1992 年 8 月于西安

拥有一方绿荫

——《我的树》之一

農历十月初一是家乡的鬼节，活着的人要给死去的亲人烧纸送钱，好让他们在冬季到来之前备置防寒的衣物。在这种事情上我一直是处于理智和情感的分离状态，结果却是一次又一次顺从了情感的驱使，便匆匆赶回乡下老家，去为我的那位终身都在为吃饭穿衣愁肠百结的父亲烧一匝纸钱，让他在冥冥之域不再饥寒交困。

转过村里那座濒临倒塌的关帝庙，便瞅见我的家园。那株法桐撑开偌大的三角形树冠，昂昂扬扬侍立在大门前不过十米的街路边。我的树——每一次回归家园第一眼瞅见这株法桐，我的心里就会涌出"我的树"的欣然浩叹。原因再简单不过，这株法桐是我栽的。父亲在世时喜欢栽树，我们家的房前屋后现在还蓬勃着他老先生栽植的树群，场塄上的那株白椿树已经有一搂粗了。然而我每一次回乡看见自己栽下的树都要比看见父亲栽的树更亲切，说穿了不过是栽树的人对那株幼苗当初所寄托的希冀将实现。是的，当我看见自己掘坑栽下的那株不过指头粗细的幼苗终于雄壮起来，倚立在村巷里，在浩渺的天空撑起一片绿盖的时候，我的那种感觉颇近似阅读自己刚刚写完的一部小说。

十二年前的这个月，我调进陕西作协专业创作组。我那时的唯一感觉便是开始进入最理想的人生状态；专业创作对我来说它的实质性含义只有一点，所有时间可以由我自由支配，再不要听命于谁对我的指派了。压力也同时俱来，生活、学习、创作既然全由自己支配，那么再写不出像样的作品，也就没有任何托词可以替自己遮羞了。

我几乎同时决定回归老巢。回归我父亲我爷爷我老太爷一脉相承的家园。不是因为他们都死了需要由我来承继，纯粹是为了图得一个耳根清净的环境，可以平心静气地坐下来读书，思考一些不单是艺术也包括艺术的问题。深知自己知识残缺不全，而生活演进的步伐又如此急骤，好多好多问题太需要沉心静气地想一想了。

住在乡间真是令人心旷神怡，所有的骚扰和诱惑都自然排除。每每在清静到令人寂寞的时候我便走出大门，和村巷里随意相遇的任何一个人拉拉闲话，哪怕逗小孩玩玩也觉得十分快活。夏天暴日当头时，走出门来就招架不住炎炎烈日的烤炙，暴晒后我的头顶和赤臂就生出一层红红的小米粒似的斑点，奇痒难支，医生说那叫日光性皮炎。我便畏惧已构成暴力的太阳，于是便想到应该有一方绿荫做庇护。出得大门站在浓厚而清凉的树荫下和农人闲谝、抽烟那真是太惬意了……便想到栽两株树。

首先是树种的选择。我要栽两株法桐。几近四十年前我读初中，看过一场中国和法国合拍的儿童电影《风筝》，巴黎街道上那高大的街树令我记忆特深，我在家乡没有见过这种树。又过二十年我才知道这种树叫法桐，中国的许多城市的公路两边已经形成风景，家乡的一些农家屋院也栽植起来。

是我动手写作那部长篇小说那年的早春，我托村子里一位青年从庙会上买回两株法桐，一株一块钱。树买到了自然很遂心愿，只是遗憾着它太小太细了，仅仅只有食指那么粗。天哪！想要乘它的阴凉，想要拥有一方绿荫，得等多少年啊！

我仍然毫不犹豫地挖了坑，给坑底垫下土肥，把它栽下了；栽下了它，也就把一种对绿荫的期盼坚定地埋下了。我挂着铁锨把儿抹着脸上的汗水，欣赏着只及我胸脯高的幼株，一缕忧虑产生了，猪可以拱断它，小孩随手可以掐折它，它太弱小了嘛！于是我便扛着镢头上山坡，挖回一捆酸枣棵子，插在幼株周围，把它严严密密地保护起来。

令我失望的是，几乎所有树木的嫩叶都变成了绿叶，我的两株法桐依然叶苞不动。我拨开酸枣棵子在那树干上掐破表皮，发现已经是干死的褐色。我想把它拔起来扔掉，就在我拽住树干准备用力的一瞬，奇迹发生了，挨近地皮的地方露出来一点嫩黄的幼芽，我的心就由惊喜而微微颤抖了。

这是从法桐的根部冒出的新芽，证明树根还活着。树根活着就会发出新的幼芽，生命多么顽强又多么伟大啊！那是一个尚看不出叶形的粗壮的锥形幼芽，刚刚拱破地皮而崭露头角，嫩黄中有淡淡的嫩绿，估计也不只经受过一两回春天阳光的沐浴吧。我久久地蹲在那里而舍不得离开，庆祝一个新的生命的诞生。我把扒掉的酸枣棵子重新插好，这幼芽不仅经不起车碾马踏人踩猪拱，鸡爪子只要一下就会轻而易举地把它刨断把它摧毁。

我一日不下八次地看那幼芽。它蹿起来了。它由嫩黄变成嫩绿了。它终于伸出一片绿叶了。它又抽出一片新叶了。它终于冒过围护着它的酸枣棵子，以一身勃勃的绿叶挺立起来，那么欢实，那么挺拔地向着天空……唯其丝毫不敢松懈，我每年春天挖一捆酸枣棵子加固防护的围障，它依然弱小，依然经不起意外的或有意的伤害。

它长到我的胳膊粗的时候，我终于享受到它的绿荫了。那树荫投射到地面上，有筛子般大小，我站在我的树的阴凉下，接受它的庇护。它的尚不雄壮的枝干和尚不宽厚的绿叶，毕竟具备遮挡烈日烈焰的能力，我想拥有的一方绿荫的愿望实现了。那一年底，我也终于完成了历时四年的长篇小说写作工程，回城里去了。临走之前，我仍然给它的周围加固一层酸枣棵子。

去年夏天我回去，发现那树干已经长到小碗那么粗了。不知哪家的孩子用小刀在树干刻写下我的名字，刻刀的印迹已经愈合，颜色却是褐红色的，在树皮的灰白色中十分显朗。从去年到这次回归，我发现那树干急骤加粗，刻着我名字的那俩字也在长大。树下已经有偌大一片绿荫了。

法桐已经成为一株真正的树挺立在那里，巨大的伞状树冠撑持在天空。父亲在世时给我说过，树冠在天空有多大，树根在地下就会伸延多么远；树干有多粗，树的主根也就有多粗；树枝在空中往上往前伸长一尺一寸，树根在地下也就往下往周围延伸一尺一寸。我至今无法判断父亲这话有多少科学的可靠性，但确凿相信，这树的根已经扎得很深了，即使往坏处想到极点，譬如说突然被过往的汽车撞断了，或者被几十年不遇而在某一天却遇到了雷劈电击，这自然都无法预防，但这根是不会被撞毁劈断的。它会重新冒出新芽，它的生命还会重新开始。真的发生这种情况，我将无怨无悔地再去挖酸枣棵子，重新开始对我的法桐新芽的围护。

我久久伫立在我的法桐树旁，欣赏着那已经变形却依然清晰可辨的我的名字，那刻下我名字的淘气鬼也该和这树一样长高长壮了吧？天空飘落着零星小雨，日头隐没了，虽然看不到树荫，却也毫无遗憾。到明年三伏那燥热难熬的时候，我就回家园，享受暴日烈焰下的我的那一方绿荫。

1995 年于西安

绿 风

—— 《我的树》之三

　　大约是十年前的那个夏天的末尾，即我下决心从都市返归故居的那一年，据说是关中几十年不遇的一个湿夏。这一年的麦子被连绵不断的淫雨浸泡得在麦穗上又发出绿芽来，稀泡泥泞的麦田里，农人无法挥动镰刀收割已经熟透已经发霉已经出芽的麦子。阴雨持续到夏末，满川已是一片绿色的苞谷、谷子和棉花，阴雨还在持续着，往常的百日大旱变成了百日阴雨，农家用石头和土坯垒筑的猪舍和茅厕十有八九都倒塌了，猪们便满村满地乱跑乱拱……

　　那天晚上交过子夜睡得最酣的时刻，一声天崩地裂似的响声震得我从被窝里蹦起来，我坐在炕上足足昏厥了五分钟。天塌了？地震了？我是否还活着？当我肯定并没有发生这样的灾难的时候，也就判断出来后院里可能有小的灾变发生。我打着手电筒出了后门，发现原来是后坡上滑坡了，幸亏滑塌的泥浆土方不大，否则我早已在酣睡中被泥浆葬埋了——我祖居的房根距后坡充其量不过十米。

　　我吓得再也无法入睡，坐等到天明一看，才真正地惊恐了。绿草和树木全部倾覆在后院里，和泥浆石头搅缠在一起。坡上竟是一片白花花的沙石鹅卵石堆积起来的沙坡。我从有智能的年岁起，就记得这后坡上长满了迎春花，每年春天便率先把一片金黄的花色呈现给世界也呈现给父亲。父亲年年都要说一句：迎春花开了！然而父亲也说不清是我们家族的哪一位祖宗栽植的，反正整个后坡上都覆盖着迎春花的厚茸茸的枝条，花丛中长着一些不能成材的枸树榆树和酸枣棵子。现在完了，整个都完了，什么树什么花什么草全都滑塌下来，和泥浆沙砾搅缠堆积在坡根下捂死了。陡坡上也不知被掩盖了几千年乃至几万年的沙砾重新裸露出来，某种史前的原生原始的气韵瞬间使我感觉到一种莫名的畏怯。我联想到被剥掉了衣服刮光了皮肉的一架骷髅，这骷髅确凿又是我们祖先我们家族里男人的骷髅……一种从家族墓穴里透出的幽冷之气直透我的骨髓。

　　我在那一刻便想到了覆盖，似乎不单是覆盖那一片史前的沙砾，而是把家族的早已腐蚀净尽血肉的骷髅覆盖起来。我要栽树，植草，然而须得等到秋后。

　　树叶落光白露成霜的秋末冬初是植树的好时节。我到山坡上挖了十余株野生的洋槐树，很随意地栽下了。所以随意，是我深知洋槐树生存能力特别强，一般树难存活的贫瘠干旱的石山河滩都能繁衍它的族类。然而我也不能太随意，在那很陡峭的沙坡上挖下坑，再给坑里回填上肥沃的一筐黄土，以便它能扎根。我相信，在这一堆黄土里扎下根来，它就可能再把它的根一寸一寸一尺一尺地伸向砂层。

　　当这一批指头粗细的小洋槐绽出绿叶的时候，我又忍不住浮想联翩。一束一束鲜嫩的绿枝绿叶婷婷于沙坡上，一种最悠远的古老和新近的现实联结起来了，骷髅和新生的血脉勾连起来了，生命的苍老和生命的鲜嫩融合起来了……无法推演无法判断家族悠远的历史，是一个从哪儿来的什么样的人在这里落脚或者可能是落草？最先是在山坡上挖洞藏身还是在河滩上搭置茅草棚？活着的最老的一位老汉只记得这个家族出过一位私塾先生，"字写得跟印出来的一样"。这位先生可能是近代以来家族中最伟大的一位，因为后人只记着他和他的字并引以为骄傲……整个家族的历史和记忆全部湮没了，只有一位先生和他写得一手好毛笔字的印象留传，家族没有湮没的竟然只是一个会写字的先生。

洋槐很快就显出了差异，栽在坡根下有黄土的一株独占优势水肥，越往高处的树苗就逐渐生长缓滞了，尤其是最顶头的那一株，在抽出最初的几片叶子之后便停止生长了。直到随之而来的伏旱，我终于惊讶地发现它的叶子蔫了。我想如果再旱下去，不过三五天它就会死亡，便提了半桶水爬上坡顶，那次水倒下去像倒入一个坑洞，然而那叶子就在眼皮下重新支棱起来了……这株长在最高处也是沙层最厚的地方的洋槐苗子，终究无法蓬勃起来。几年过去，最下边的那棵已经粗到可以做椽子了，而它却仍然只有指头粗细。那里没有水，它完全处于饥渴之中。在濒临旱死的危亡时刻，我才浇给它半桶水，而且每次都要累出我一身汗。然而它毕竟活下来了。

活下来就是胜利。它和其他十余棵洋槐苗子并无任何差异，在我从山野把它们挖出来移栽到我家后坡上的时候，它们自身仍然没有任何差异，只是我移栽的生存条件发生了巨大的差别，它们的命运才有了天壤之别。最下边的坡根下完全植根于肥沃土壤的那一株自然很欢实，我也最省事，从来也没给它浇过一滴水。而最上边的那一棵生存最艰难，我甚至感伤无意或者说随意选中它植于这块缺水缺肥几乎没有生存条件的地方真是亏待了它，把它给毁了，它未来也应该有长成一棵大树的生存权利的。然而它也给我以启迪，使我理解到一种生命的不甘灭亡的伟大的顽强。

这个启示是前年初夏又加深了的。那些洋槐已经成为一片林子，它们的各种形态的树冠在空中互相交接，形成一个巨大的绿盖，把那史前沉沙严密地覆盖起来，那沉沙上也逐年落积了一层或薄或厚的黄土，各种耐旱的野草已形成植被，只有少许几坨地方像秃疤裸露。五月初，我的后坡上便爆出一片白雪似的槐花，一串串垂吊着，蜜蜂从早到晚都嗡嗡嘤嘤如同节日庆典。那悠悠的清香随着微微的山风灌进我的旧宅和新屋，灌进大门和窗户，弥漫在枕头床被和书架书桌纸笔以及书卷里。我不想说沉醉。我发觉这种美好的洋槐花的香气可以改变人的心境，使人从一种烦躁进入平和，从一种浮躁进入沉静，从一种黑暗进入光明，从一种龌龊进入洁净，从一种小肚鸡肠的醋意妒气引发的不平衡而进入一种绿野绿山清流的和谐和微笑……尤其是我每每想到这槐香是我栽植培育出来的。

最上边的那一棵没有开花。我根本没有对它寄托花的期望，它能保住生命就很不容易了，它保存生命所付出的艰辛比所有花串儿繁密的同族都要多许多。前年春天我回家去，我惊喜地发现它的朝着东边的那根枝条上缀着两朵白花，两朵距离很大而不能串结成串儿的花。我的心不由得微微悸动了，为了这两朵小小的洋槐花而悸颤不止。它终于完成了作为一种洋槐树的生命的全过程，扎根，绿叶，青枝和开花，一种生命体验的全过程，而且对生存的艰难生存的痛苦的体验最为深刻。我俯身低头亲吻了这两朵小花，其香气不逊于任何别的一树。

每有风起，这片洋槐组成的小森林便欢腾起来，绿色的树冠在空中舞摆，使我总是和那海波海涛联系起来。是的，绿色的波涛汹涌回旋千姿百态风情万种，发出低吟响起长啸以至呐喊，都使我陷入一种温馨一种激励一种亢奋。每有骤雨声和整个村庄的树木群族不可分割地融会在一起。每当风和日丽，我在写作疲惫时便走出后院爬上后坡，手抚着那已经粗糙起来的树干倚靠一会儿，或者背靠大树坐在石头上抽一支烟，便有一种置身森林的气息。旱薄荷依然有薄荷的清香，腐烂的落叶有一股腐霉的气味。我的小森林所形成的绿色的风，给我以生理和心理的调节；而这种调节却是最初的目的里所没有的。

1995 年元旦于西安

告别白鸽

　　老舅到家里来，话题总是离不开退休后的生活内容，谈到他还可以干翻扎麦地这种最重的农活儿，便是很自豪的神情；养着一只大奶羊，早晨起来挤下羊奶煮熟和孙子喝了，孙子去上学，他则牵着羊到坡地里去放牧，又表现出挺诱人的一种惬意的神色；说他还养着一群鸽子，到山坡上放羊时或每月进城领取退休金时，顺路都要放飞自己的鸽子。我禁不住问："有白色的没有？纯白的？"

　　老舅当即明白了我的话意，不无遗憾地说："有倒是有……只有一对。"随之又转换成愉悦的口吻："白鸽马上就要下蛋了，到时候我把小白鸽给你捉来，就不怕它飞跑了。"老舅大约看出我的失望，继续解释说："那一对老白鸽你养不住，咱们两家原上原下几里路，它一放开就飞回老窝里去了。"

　　我就等待着，并不焦急，从产卵到孵化再到幼鸽独立生存，差不多得两个月，急是没有用的。我那时正在远离城市的乡下故园里住着读书写作，七八年了，对那种纯粹的乡村情调和质朴到近乎平庸的生活，早已生出寂寞，尤其是陷入那部长篇小说的写作以来的三年。这三年里我似乎在穿越一条漫长的历史隧道，仍然看不到出口处的亮光，一种劳动过程之中尤其是每一次劳动中止之后的寂寞围裹着我，常常难以诉述难以排解。我想到能有一对白色的鸽子，心里便生出一缕温情一方圣洁。

出乎我意料的是，一周没过，舅舅又来了，而且捉来了一对白鸽。面对我的欣喜和惊讶之情，老舅说："我回去后想了，干脆让白鸽把蛋下到你这里，在你这里孵出小鸽，小鸽就认你这儿为家咧。再说嘛，你一年到头闷在屋里看书呀写字呀，容易烦。我想到这一层就赶紧给你捉来了。"我看着老舅的那双洞达豁朗的眼睛，心不由怦然颤动起来。

我把那对白鸽接到手里时，发现老舅早已扎住了白鸽的几根羽毛，这样被细线捆扎的鸽子只能在房屋附近飞上飞下，而不会飞高飞远。老舅特别叮嘱说，一旦发现雌鸽产下蛋来，就立即解开它翅膀上被捆扎的羽毛，此时无须担心鸽子飞回老窝去，它离不开它的蛋。至于饲养技术，老舅不屑地说："只要每天早晨给它撒一把苞谷粒儿……"

我在祖居的已经完全破败的老屋的后墙上的土坯缝隙里，砸进了两根木棍子，架上一只硬质包装纸箱，纸箱的右下角剪开一个四方小洞，就把这对白鸽放进去了。这幢已无人居住的破落的老屋似乎从此获得了生气，我总是抑制不住对后墙上的那一对活泼泼的白鸽的关切之情，没遍没数儿地跑到后院里，轻轻地撒上一把玉米粒儿。起始，两只白鸽大约听到玉米粒儿落地时特异的声响，挤在纸箱四方洞口探头探脑，像是在辨别我投撒食物的举动是真诚的爱意抑或是诱饵。我于是走开，以便它们可以放心进食。

终于出现奇迹。那天早晨，一个美丽的乡村的早晨，我刚刚走出后门扬起右手的一瞬间，听见扑啦啦一声响，一只白鸽落在我的手臂上，迫不及待地抢夺手心里的玉米粒儿。接着又是扑啦啦一声响，另一只白鸽飞落到我的肩头，旋即又跳弹到手臂上，挤着抢着啄食我手心里的玉米粒儿。四只爪子掐进我的皮肉，有一种痒痒的刺疼。然而听着玉米粒儿从鸽子喉咙滚落下去的撞击的声响，竟然不忍心抖掉鸽子，似乎是一种早就期盼着的信赖终于到来。

又是一个堪称美丽的早晨，飞落到我手臂上啄食玉米的鸽子仅有一只，我随之发现，另外一只静静地卧在纸箱里产卵了。新生命即将诞生的欣喜和某种神秘感，立时就在我的心头漫溢开来。遵照老舅的经验之说，我当即剪除了捆扎鸽子羽毛的绳索，白鸽自由了，那只雌鸽继续钻进纸箱去孵蛋，而那只雄鸽，扑啦啦扑向天空去了。

终于听到了破壳出卵的幼鸽的细嫩的叫声。我站在后院里，先是发现了两只破碎的蛋壳，随之就听到从纸箱里传下来的细嫩的新生命的啼叫声。那声音细弱而又嫩气，如同初生婴儿无意识的本能的啼叫，又是那样令人动心动情。我几乎同时发现，两只白鸽轮番飞进飞出，每一只鸽子的每一次归巢，都使纸箱里欢闹起来，可以推想，父亲或母亲为它们捕捉回来了美味佳肴。

我便在写作的间隙里来到后院，写得拗手时到后院抽一支烟，那哺食的温情和欢乐的声浪会使人的心绪归于清澈和平静，然后重新回到摊着书稿的桌前；写得太顺时我也有意强迫自己停下笔来，到后院里抽一支雪茄，瞅着飞来又飞去的两只忙碌的白鸽，聆听那纸箱里日渐一日愈加喧腾的争夺食物的欢闹，于是我的情绪由亢奋渐渐归于冷静和清醒，自觉调整到最佳写作心态。

这一天，我再也按捺不住神秘的纸箱里小生命的诱惑，端来了木梯，自然是趁着两只白鸽外出采食的间隙。哦！那是两只多么丑陋的小鸽，硕大的脑袋光溜溜的，又长又粗的喙尤其难看，眼睛刚刚睁开，两只肉翅同样光秃秃的，它俩紧紧依偎在一起，静静地等待母亲或父亲归来哺食。我第一次看到了初生形态的鸽子，那丑陋的形态反而使我更急切地期盼蜕变和成长。

我便增加了对白鸽喂食的次数，由每天早晨的一次到早、午、晚三次。我想到白鸽每天从早到晚外出捕捉虫子，不仅活动量大大增加，自身的消耗也自然大大增加，而且把采来的最好的吃食都喂给幼鸽了。

说来挺怪的，我按自己每天三餐的时间给鸽子撒上三次玉米粒儿，然后坐在书桌前与我正在交缠着的作品里的人物对话，心里竟有一种尤为沉静的感觉，白鸽哺育幼鸽的动人的情景，有形无形地渗透到我对作品人物的气性的把握和描述着的文字之中。

又是一个美丽的早晨，我在往地上撒下一把玉米粒儿的时候，两只白鸽先后飞下来，它们显然都瘦了，毛色也有点灰脏有点邋遢。我无意间往墙上的纸箱一瞅，两只幼鸽挤在四方洞口，以惊异稚气的眼睛瞅着正在地上啄食的父亲和母亲。那是怎样漂亮的两只幼鸽哟，雪白的羽毛，让人联想到刚刚挤出的牛乳。幼鸽终于长成了，所有可能发生的意外或不测的担心顿然化解了。

那是一个下午，我准备到河边上去散步，临走之前给白鸽撒一把玉米粒儿，算是晚餐。我打开后门，眼前一亮，后院的土围墙的墙头上，落栖着四只白色的鸽子，竟然给我一种白花花一大堆的错觉。两只老白鸽看见我就飞过来了，落在我的肩头，跳到手臂上抢啄玉米。我把玉米撒到地上，抖掉老白鸽，好专注欣赏墙头上那两只幼鸽。

两只幼鸽在墙头上转来转去，瞅瞅我又瞅瞅在地上啄食的老白鸽，胆怯的眼光如此显明，我不禁笑了。从脑袋到尾巴，一色纯白，没有一根杂毛，牛乳似的柔嫩的白色，像是天宫降临的仙女。是的，那种对世界对自然对人类的陌生和新奇而表现出的胆怯和羞涩，使人顿时生出诸多的联想：刚刚绽开的荷花，含珠带露的梨花，养在深山人未识的俏妹子……最美好最纯净最圣洁的比喻仍然不过是比喻，仍然不及幼鸽自身的本真之美。这种美如此生动，直教我心灵震颤，甚至畏怯。是的，人可以直面威胁，可以蔑视阴谋，可以踩过肮脏的泥泞，可以对叽叽咕咕保持沉默，可以对丑恶闭上眼睛，然而在面对美的精灵时却是一种怯弱。

小白鸽和老白鸽在那幢破烂失修的房脊上亭亭玉立。这幢由家族的创业者修盖的房屋，经历了多少代人的更替而终于墙颓瓦朽了，四只白色的鸽子给这幢风烛残年的老房子平添了生机和灵气，以至幻化出家族兴旺时期的遥远的生气。

夕阳绚烂的光线投射过来，老白鸽和幼白鸽的羽毛红光闪耀。

我扬起双手，拍出很响的掌声，激发它们飞翔。两只老白鸽先后起飞。小白鸽飞起来又落下去，似乎对自己能否翱翔蓝天缺乏自信，也许是第一次飞翔的胆怯。两只老白鸽就绕着房子飞过来旋过去，无疑是在鼓励它们的儿女勇敢地起飞。果然，两只小白鸽起飞了，翅膀扇打出啪啪啪的声响，跟着它们的父母彻底离开了屋脊，转眼就看不见了。

　　我走出屋院站在街道上，树木笼罩的村巷依然遮挡视线，我就走向村庄背靠的原坡，树木和房舍都在我眼底了。我的白鸽正从东边飞翔过来，沐浴着晚霞的橘红。沿着河水流动的方向，翼下是蜿蜒着的河流，如烟如带的杨柳，正在吐絮扬花的麦田。四只白鸽突然折转方向，向北飞去，那儿是骊山的南麓，那座不算太高的山以风景和温泉名扬历史和当今，烽火戏诸侯和捉蒋兵谏的故事就发生在我的对面。两代白鸽掠过气象万千的那一道道山岭，又折回来了，掠过河川，从我的头顶飞过，直飞上白鹿原顶更为开阔的天空。原坡是绿的，梯田和荒沟有麦子和青草覆盖。这是我的家园一年四季中最迷人最令我陶醉的季节，而今又有我养的四只白鸽在山原河川上空飞翔，这一刻，世界对我来说就是白鸽。

　　这一夜我失眠了，脑海里总是有两只白色的精灵在飞翔，早晨也就起来晚了。我猛然发现，屋脊上只有一双幼鸽。老白鸽呢？我不由得瞅瞄天空，不见踪迹，便想到它们大约是捕虫采食去了。直到乡村的早饭已过，仍然不见白鸽回归，我的心里竟然是惶惶不安。这当儿，舅父走进门来了。

　　"白鸽回老家了，天刚明时。"

　　我大为惊讶。昨天傍晚，老白鸽领着儿女初试翅膀飞上蓝天，今日一早就飞回舅舅家去了。这就是说，在它们来到我家产卵孵蛋哺育幼鸽的整整两个多月里，始终也没有忘记老家故巢，或者说整个两个多月孵化哺育幼鸽的行为本身就是为了回归。我被这生灵深深地感动了，也放心了。我舒了一口气："噢哟！回去了好。我还担心被鹰鹞抓去了呢！"

　　留下来的这两只白鸽的籍贯和出生地与我完全一致，我的家园也是它们的家园；它们更亲昵地甚至是随意地落到我的肩头和手臂，不单是为着抢啄玉米粒儿；我扬手发出手势，它们便心领神会从屋脊上起飞，在村庄、河川和原坡的上空，做出种种酣畅淋漓的飞行姿态，山岭、河川、村舍和古原似乎都舞蹈起来了。然而在我，却一次又一次地抑制不住发出吟诵：这才是属于我的白鸽！而那一对老白鸽嘛……毕竟是属于老舅的。我也因此有了一点点体验，你只能拥有你亲自培育的那一部分……

当我行走在历史烟云之中的一个又一个早晨和黄昏，当我陷入某种无端的无聊无端的孤独的时候，眼前忽然会掠过我的白鸽的倩影，淤积着历史尘埃的胸脯里便透进一股活风。

直到惨烈的那一瞬，至今想起依然感到手中的这支笔都在颤抖。那是秋天的一个夕阳灿烂的傍晚，河川和原坡被果实累累的玉米棉花谷子和各种豆类覆盖着，人们也被即将到来的丰盈的收获鼓舞着，村巷和田野里泛溢着愉快喜悦的声浪。我的白鸽从河川上空飞过来，在接近西边邻村的村树时，转过一个大弯儿，就贴着古原的北坡绕向东来。两只白鸽先后停止了扇动着的翅膀，做出一种平行滑动的姿态，恰如两张洁白的纸页飘悠在蓝天上。正当我忘情于最轻松最舒悦的欣赏之中，一只黑色的幽灵从原坡的哪个角落里斜冲过来，直扑白鸽。白鸽惊慌失措地启动翅膀重新疾飞，然而晚了，那只飞在头前的白鸽被黑色幽灵俘掠而去。我眼睁睁地瞅着头顶天空所骤然爆发的这一场弱肉强食、侵略者和被屠杀者的搏杀……只觉眼前一片黑暗。当我再次眺望天空，唯见两根白色的羽毛飘然而落，我在坡地草丛中捡起，羽毛的根子上带着血痕，有一缕血腥气味。

侵略者是鹞子，这是家乡人的称谓，一种形体不大却十分凶残暴戾的鸟。

老屋屋脊上现在只有一只形单影孤的白鸽。它有时原地转圈，发出急切的连续不断的咕咕的叫声；有时飞起来又落下去，刚落下去又飞起来，似乎惊恐又似乎是焦躁不安；我无论怎样抛撒玉米粒儿，它都不屑一顾更不像往昔那样落到我肩上来。它是那只雌鸽，被鹞子残杀的那只是雄鸽。它们是兄妹也是夫妻，它的悲伤和孤清就是双重的了。

过了好多日子，白鸽终于跳落到我的肩头，我的心头竟然一热，立即想到它终于接受了那惨烈的一幕，也接受了痛苦的现实而终于平静了。我把它握在手里，光滑洁白的羽毛使人产生一种神圣的崇拜。然而正是这一刻，我决定把它送给邻家一位同样喜欢鸽子的贤，他养着一大群杂色信鸽，却没有白鸽。让我的白鸽和他那一群鸽子合帮结伙，可能更有利生存；再者，我实在不忍心看见它在屋脊上的那种孤单。

它还比较快地与那一群杂色鸽子合群了。

我看见一群灰鸽子在村庄上空飞翔，一眼就能辨出那只雪白的鸽子，欣慰我的举措的成功。

贤有一天告诉我，那只白鸽产卵了。

贤过了好多天又告诉我，孵出了两只白底黑斑的幼鸽。

我出了一趟远门回来，贤告诉我，那只白鸽丢失了。我立即想到它可能又被鹞子抓去了。贤提出来把那对杂交的白底黑斑的鸽子送我。我谢绝了。

又过了一些日子，失掉我的两只白鸽的情感波澜已经平静，老屋也早已复归平静，对我已不再具任何新奇和诱惑。我在写作的间隙里，到前院浇花除草，后院都不再去了。这一天，我在书桌前继续文字的行程，窗外传来了咕咕咕的鸽子的叫声，便摔下笔，直奔后院。在那根久置未用的木头上，卧着一只白鸽。是我的白鸽。

我走过去，它一动不动。我捉起它来，它的一条腿受伤了，是用细绳子勒伤了的。残留的那段细绳深深地陷进肿胀的流着脓血的腿杆里，我的心里抽搐起来。我找到剪刀剪断了绳子，发觉那条腿实际已经勒断了，只有一缕尚未腐烂的皮连接着。它的羽毛变成灰黄，头上粘着污黑的垢甲，腹部黏结着干涸的鸽粪，翅膀上黑一坨灰一坨，整个儿污脏得难以让人握在手心了。

我自然想到，这只丢失归来的白鸽是被什么人捉去了，不是遭了鹞子。它被人用绳子拴着，给自家的孩子当玩物？或者连他以及什么人都可以摸摸玩玩的？白鸽弄得这样脏兮兮的，不知有多少脏手抚弄过它，却根本不管不顾被细绳勒断了的腿。我在那一刻突然想到，它还不如它的丈夫被鹞子扑杀的结局。

我在太阳下为它洗澡，把由脏手弄到它羽毛上的脏洗濯干净，又给它的腿伤敷了消炎药膏，盼它伤愈，盼它重新发出羽毛的白色。然而它死了，在第二天早晨，在它出生的后墙上的那只纸箱里……

1996 年 8 月 16 日于西安

火晶柿子

　　我喜欢柿树。柿子好吃，这是最主要的因由。柿树不招虫害，任何害虫病菌都难以近身，大约是柿树特有的那种涩味构成了内在的天然抗拒。于是便省去了防虫治病的麻烦，也不担心农药残留的后患。柿树又很坚韧，几乎与榆槐等柴树无异，既不要求肥力和水分，也不需要任何稍微特殊的呵护。庭院里可以栽植，水肥优良的平川地里可以茁壮，土瘠水缺的干旱的山坡上、塄畔上同样蓬蓬勃勃，甚至一般柴树也畏怯的红石坡梁上，柿树仍可长到合抱粗。按照习惯或者说传统，几乎没有给柿树施肥浇水的说法。然而果实柿子却不失其甘美。

　　在柿树家族里，种类颇多。最大个儿的叫虎柿，大到可称出半斤。虎柿必须用慢火温火浸泡，拔去涩味儿，才香甜可口。然慢火的火功和温水的温度要随机变换，极难把握，稍有不当就会温出一锅僵涩的死柿子，甭说上市卖钱，白送人也送不出去。再说这种虎柿还有一个致命的弱点，不能存放，温熟之后即卖即食，隔三天两日尚可，再长就坏了，属于典型的时令性水果。还有一种民间称为义生的柿子，个头也比较大，果实变红时摘下，搁置月余即软化熟透，味道十分香甜。麻烦的是软化后便须尽快出手，或卖钱或送亲友或自家享受，稍长时间便皮儿崩裂柿汁流出，不可收拾，长途运送都是比较难以解决的问题。再有一种名曰火罐的柿子，果实较小，一般不超过半两，尽管味道与火晶柿子无甚差异，却多核儿，成为重大的弹嫌之弊，所以不被钟爱，几乎遭到淘汰而绝种，反正我已多年不见此物了。只有火晶柿子，在柿树家族中逐渐显出优长来，已经成为独秀柿族的王牌品种了。

火晶，真是一个热烈而又令人富于想象的名字。火是这种柿子的色彩，单一的红，红的程度真可以用"文革"中用滥了的词儿"红彤彤"来形容来喻示。我在骊山南麓的岭坡上见到过那种堪称红彤彤的景观，一棵一棵大到合抱粗的柿树，叶子已经落光掉净了，枝枝丫丫上挂满繁密的柿子，红溜溜或红彤彤的，蔚为壮观，像一片自燃的火树。火晶的名字中的火字大约由此而自然产生，晶也就无须阐释或猜想了。把火的色彩与晶字联结起来，便成为民间命名的高雅一种，恐怕只有民间的智者才会创造出这样一个雅俗共赏的柿子的名字来。

火晶柿子比虎柿比义生柿子小，比火罐柿子大，个重两余，无核。在树上长到通体变成橙黄时摘下来，存放月余便软化熟透，尤其耐得存放，保管得法的农户甚至可以保存到春节以后，仍不失其新鲜甘美的原味。食时一手捏把儿，一手轻轻掐破薄皮儿，一撕一揭，那薄皮儿便利索地完整地去掉了，现出鲜红鲜红的肉汁，软如蛋黄，却不流，吞到口里，无丝无核儿，有一缕蜂蜜的香味儿。乡间小贩摆卖火晶柿子的摊位上，常见蜜蜂"嗡嗡"盘绕不去，可见诱惑。

关中盛产柿子，尤以骊山为代表的临潼的火晶柿子最负盛名。一种名果的品质决定于水土，这是无法改变的常识。我家居骊山之南，白鹿原原坡之北，中间流着一条倒淌河灞水，形成一条狭窄的川道，俗称灞川，逆水而上经蓝田约五十里进入王维的辋川。由我祖居的老屋涉过灞水走过平川登上骊山南麓的坡道，大约也就半个小时。水土和气候无大差异，火晶柿子的品质也难分上下，然而形成气候形成品牌的仍然是临潼的柿子。

大约是"文革"后期，诺罗敦·西哈努克亲王携妻引子到西安，在参观兵马俑往来的路上，王子发现路边有农民摆的火晶柿子小摊，问及此果，陪随人员告之。回到西安下榻处，有心的接待人员已经摆放好一盘经过精心挑选的火晶柿子，并说明吃法。王子生长在热带，未见过亦未吃过北方柿子并不足怪，恰是这种中国关中的火晶柿子令其赞赏不绝，直到把一盘火晶柿子吃完，仍然还要，不管斯文且不说了，连陪随人员的劝告（食多伤胃）也任性不顾。果然，塞了满肚子火晶柿子的王子到晚上闹起肚子来，引起各方紧张，直接报告北京有关领导，弄出一场虚惊。王子虽然经历了一个难受的夜晚，离开西安时仍不忘要带走一篮火晶柿子。

这个真实的传闻流传颇广。在关中普通到不能再普通的柿子，竟然上了招待外宾的果盘，而且是高贵的王子，确实令当地人始料不及。想来也不足为奇，向来都是物以稀为贵的。二十世纪八十年代中期，我到与临潼连界的蓝田县查阅县志时发现，清末某年，关中奇冷，柿树竟然死绝了。我得到一个基本常识，柿树原来耐不得严寒的。但那年究竟"奇冷"到怎样的程度，却是无法判断的，那时怕是连一根温度计也没有。到二十世纪九十年代头上，我在原下的祖屋写作《白鹿原》的时候，这年冬天冻死了一批柿树，我至今记得这年冬天的最低温度为零下十四度，持续了大约半月，这是几十年来西安最冷的一个冬天。村子里许多农户刚刚挂果的葡萄统统冻死了，好多柿树到春末夏初还不发芽，人们才惊呼柿树被冻死了。我也便明白，清末冻死柿树的那年冬天"奇冷"的程度，不过是零下十几度而已。

编志人在叙述"奇冷"造成的灾害时，加了一句颇带怜悯情调的话，曰：柿可当食。我便推想，平素被当作水果的柿子，到了饥馑的年月里，就成为养生活命的吃食了。确凿把柿子顶做粮食的事发生在二十世纪六十年代初的"三年困难"时期及十年"文革"之中，临潼山上的山民从生产队分回柿子，五斤顶算一斤粮食。想想吧，作为口舌消遣的柿子是一种调节和品尝，而作为一日三餐的主食，未免就有点残酷。然而，我又胡乱联想起来，被当地山民作为粮食充饥的柿子，在西哈努克王子那里却成为珍果，可见人的舌头原本是没有什么天生贵贱的。想到近年某些弄得一点名堂的人，硬要做派出贵族状，硬要做派出龙种凤胎的不凡气象，我便担心其中说不准会潜伏着类似火晶柿子的滑稽。

我在祖居的屋院里盖起了一幢新房，这是二十世纪八十年代中期的事，当时真有点"李顺大造屋"的感受。又修起了围墙，立了小门楼，街门和新房之间便有了一个小小的庭院。我便想到栽一株柿树，一株可以收获火晶柿子的柿树。

我的左邻右舍及至村子里的家家户户，都有一棵两棵火晶柿树，或院里或院外；每年十月初，由绿色转为橙黄的柿子便从墨绿的树叶中脱颖而出，十分耀眼，不说吃吧，单是在屋院里外撑起的这一方风景就够惹眼了。我找到内侄，让他给我移栽一棵火晶柿子树。内侄慷慨应允，他承包着半条沟的柿园。这样，一株棒槌粗的柿树便植栽于小院东边的前墙根下，这是秋末冬初最好的植树时月里做成的事。

这株柿树栽下以后，整个前院便生动起来。走出屋门，一眼便瞅见高出院墙沐着冬日阳光的树干和树枝，我的心里便有了动感。新芽冒出来，树叶日渐长大了，金黄色的柿花开放了，从小草帽一样的花萼里托出一枚枚小青果，直到缀满枝丫的红灯笼一样的火晶柿子在墙头上显耀……期待和祈祷的心境伴我进入漫长的冬天。

二十世纪五十年代初我读小学时，后屋和厦房之间窄窄的过道里有一株火晶柿树，若小碗口粗，每年都有一树红亮亮的柿子撑在厦房房瓦上空。我于大人不在家时，便用竹竿偷偷打下两三个来，已经变成橙黄的柿子仍然涩涩的，涩味里却有不易舍弃的甜香。母亲总是会发现我的行为，总是一次又一次斥责，你就等不到摘下搁软了熟了吗？直到某一年，我放学回家，突然发现院里的光线有点异样，抬头一看，罩在过道上空的柿树的伞盖没有了，院子里一下子豁亮了。柿树被齐根锯断了。断茬上敷着一层细土。从断茬处渗出的树汁浸湿了那一层细土，像树的泪，也似树的血。我气呼呼地问母亲。母亲也阴郁着脸，告诉我，是一位神汉告诫的。那几年我家灾祸连连，我的一个小妹夭折了，一个小弟也在长到四五岁时夭亡了，又死了一头牛。父亲便请来一个神汉，从前院到后院观察审视一番，最终瞅住过道里的柿树说，把这树去掉。父亲读过许多演义类小说，于这类事比较敏感，不用神汉阐释，便悟出其中玄机——"柿"即"事"。父亲便以一种泰然的口吻对我说，柿树栽在家院里，容易生"事"惹"事"。去掉柿树，也就不会出"事"了。我的心里便怯怯的了，看那锯断的柿树茬子，竟感到了一股鬼气妖氛的恐惧。

没有什么人现在还相信神汉巫师装神弄鬼的事了，起码在"柿"与"事"的咒符是如此。因为我的村子里几乎家家户户的院里门外都有一株或几株柿树。人在灾变连连打击下便联想到神的惩罚和鬼的作祟，这种心理趋势由来已久，也并非只是科学滞后的中国乡村人独有，许多民族，包括科学已很发达的民族也颇类同，神与鬼是人性软弱的不可避免的存在。我在前院栽下这棵柿树，早已驱除了"柿"与"事"的文字游戏式的咒语，而要欣赏红柿出墙的景致了。漫长的冬天过去了。春风日渐一日温暖起来。我栽的柿树迟迟不肯发芽。

直到春末夏初，枝梢上终于努出绿芽来。我兴奋不已，这证明它活着。只要活着就是成功，就有希望。大约两月之后，进入伏天，我终于发觉不妙，那仅仅长到三四寸长的幼芽开始萎缩。无论我怎样浇水，疏松土壤，它还是无可挽回地枯死了。

这是很少有的现象，我喜欢栽树，不敢说百分之百成活，这样的情况确实极少发生。这株火晶柿子树是我尤为用心栽植的一棵树，它却死了。我久久找不出死亡的原因，树根并无大伤害，树的阴阳面也按原来的方向定位，水也及时适度浇过，怎么竟死了呢？问过内侄，他淡淡地说，柿树是很难移栽的，成活率极低。我原是知道这个常识的，却自信土命的我会栽活它。我犯了急功近利轻易求取成功的毛病，急于看到一棵成景的柿树。于是便只好回归到最老实之点，先栽软枣苗子，然后嫁接火晶柿子。

一种被当地人称作软枣的苗子，是各种柿树嫁接的唯一的砧木。软枣生长十分泼势，随便甚至可以说马马虎虎栽下就活了。我便在小院的西北角栽下一株软枣，一年便长到齐墙的高度。第二年夏初，请来一位嫁接果树的巧手用俗称热黏皮的芽接法一次成功，当年冒出的正儿八经的火晶柿子的新枝，同样蹿起一人高。叶子大得超过我的巴掌，新出的绿色的杆竟有食指粗，那蓬勃的劲头真正让我时时感知初生生命的活力。为了防止暴风折断它的尚为绿色的嫩杆，我为它立了一根木杆，绑扶在一起，一旦这嫩杆变成褐黑色，显示它已完全木质化了，就尽可放心了。我于兴奋鼓舞里独自兴叹，看来栽树走捷径还是不行的。这个火晶柿子树的起根发苗的全过程完成了，我也就留下了一棵树的生命的完整印象，至今难以忘怀。

这株火晶柿树后来就没有故事了。没有虫害病菌侵害，在院里也避免了牛马猪羊的骚扰，对水呀肥呀也不讲究，呼呼啦啦就长起来了，分枝分权了，长过墙头了，形成一株青春活力的柿树了。这年冬天到来时，我离开久居的祖屋老院迁进城里去，一年难得回来几次。有一年回来正遇着它开花，四方卷沿的米黄色小花令人心动，我忍不住摘下两朵在嘴里嚼着咽下，一股带涩的甜味儿，竟然回味起背着父母用竹竿偷打下来的生柿子的感觉。

今年春节一过，我终于下定决心回归老家，争取获得一个安静吃草安静回嚼的环境。我的屋檐上时有一对追逐着求偶的"咕咕咕"叫着的斑鸠。小院里的树枝和花丛中常常栖息着一群或一对色彩各异的鸟儿。隔墙能听到乡友们议论天气和庄稼施肥浇水的农声。也有小牛或羊羔蹿进我忘了关闭的大门。看着一个个忙着农事、忙着赶集售物的男人女人毫不注意修饰的衣着，我常常想起那些高级宾馆车水马龙衣冠楚楚口红眼影的景象。这是乡村。那是城市。大家都忙着。大家都在争取自己的明天。

我的柿树已经碗口粗了。我今年才看到了它出芽、开花、坐果到成熟的完整的生命过程。十月初，柿子日渐一日变得黄亮了，从浓密的柿树叶子里显现出来，在我的墙头上方，造成一幅美丽的风景。我此时去了一趟滇西，回来时，妻子已经让人摘卸了柿子。

装在纸箱里的火晶柿子开始软化，眼见得由橙黄日渐一日转变为红亮。有朋自城里来，我便用竹篮盛上，忍不住说明，这是自家树上的产物。多路客人无论长幼无论男女，无不惊叹这火晶柿子的醇香，更兼着一种自家种植收获的乡韵。看着客人吃得快活，我就想起一件有关火晶柿子的逸趣。某年到一个笔会，与一位作家朋友聊天，他说某年到陕西参观兵马俑的路上品尝了火晶柿子，尤感甘美，临走时又特意买了一小篮，带回去给尚未尝过此物的南方籍的夫人。这种软化熟透的火晶柿子稍碰即破，当地农民用剥去了粗皮的柳条编织的小篮儿装着，一层一层倒是避免了挤压。他一路乘坐汽车火车，此物不能装箱，就那么拎着进了家门，便满怀爱心献给了亲爱的夫人。他揭开柳条小篮，取出上边一层红亮亮的柿子，情况顿觉不妙——下边两层却变成了石头。可以想象他的懊丧和生气之状了。事过多年和我相遇聊起此事，仍然大气难抑，末了竟冲我说，人说你们陕西人老实，怎么这样恶劣作假？几个柿子倒不值多少钱，关键是让我几千里路拎着它，却拎回去一篮子石头，你说气人不气人？这在谁也会是懊丧气恼的，然而我却调侃道，假导弹假飞船没准儿都弄出来了，陕西农民给柿篮子里塞几块石头，在造假行业里，只能算是启蒙生或初级水平，你应该为我的乡党的开化而庆祝。朋友也就笑了。我随之自我调侃，你知道我们陕西人总结经济发展滞后的原因是什么吗？不急不躁，不跑不跳，不吵不闹，不叫不到，不给不要，所谓关中人的"十不"特性。所以说，一个兵马俑式的农民用当地称作料僵石（此石特轻）的石头冒充火晶柿子，把诸如我所钦敬的大城市里的名作家哄了骗了涮了一回，多掏了他几枚铜子，真应该庆祝他们脑瓜里开始安上了一根转轴儿，灵动起来了。

　　玩笑说过也就风吹雨打散了。我却总想着那些往柳条编的小篮里塞进冒充火晶柿子的石头的农民乡党，会是怎样一种小小的得意……

2001 年 11 月 20 日于原下

遇合燕子，还有麻雀

燕子来了。

刚一打开门，燕子就飞过来，"唧唧唧唧"吵叫着，在过庭的四周旋飞，自然是寻找可以筑巢的地方。有时候多到十余只，在前屋后屋的过庭和屋檐下旋转。整个屋院里，呈现熙熙攘攘热热闹闹的气氛。无论在南方或在北方，燕子都被平民视为吉祥的美和善的形象，也是春天的象征。尽管寒风依旧刺脸，尽管冰雪封冻枯草遍地，心里却已洋溢着春天的气息了。燕子都来了啊！

拒绝燕子，我便闭了前门，也关了后门，不许燕子到屋内筑巢。我十分喜欢这种洋溢着吉祥洋溢着善良的鸟儿，却又不得不硬着心肠拒绝它们进屋，确是无奈的事。

二十世纪八十年代某一年，小燕子在我刚刚建成的前屋里寻觅栖息之地，最后选定了装着电灯开关的那个圆形木盒子，据此便衔泥筑窝。我和妻子和孩子都怀着一份欣喜，在新屋里添一对喜气洋洋的燕子，于心理上似乎平添了一份令人舒悦的吉祥气氛，都十分珍爱十分欢迎这一对客鸟。很短几天，小燕的窝巢极快地长高着，令我惊讶，曾戏谑简直是深圳速度啊！那时候，深圳建筑业挣脱了中国建筑行当习以为常的慢腾腾，以几天建一层楼房的高速度震惊了中国，被誉为深圳速度，也成为中国经济改革的一个形象化的代名词。我同时也发现了不妙：燕子用泥筑成大半的窝上，夹杂着一枝枝细长的草枝草叶，悬吊在空中，看上去乱糟糟脏兮兮的。印象中燕子是用纯粹的河泥造窝的，怎么会夹杂这么多草枝？问及村人，老者说，燕子有两种，一为瑚燕，用纯粹的河泥筑窝；一为草燕，用杂合着草枝草叶的河泥造窝。我才大开眼界，知道燕子中也有精致和粗糙的类别。

在我新屋里筑巢的这一对燕子，无疑是属于粗糙类的草燕一种了。但终归是燕子，粗糙就粗糙一点吧，我自己其实也不属于精致雅细之人，粗糙的人和粗糙的燕子正好合拍，正好可以为邻为伍，谁也不必嫌谁烦。到得这一对燕子夫妇开始轮换卧巢孵卵的时候，我又发现了不妙。墙上开始出现黑一道黄一道的排泄物。留心观察发现，卧巢孵蛋的燕子后急了，便把屁股撅出窝口，完了事又钻进窝去继续孵蛋，墙上就流下来一道秽物。我就觉得不能容忍，粗糙也不能粗糙到这种程度嘛！然而还是容忍了，主要是因为那窝里正在孵化的两枚蛋，说不定小燕就要破壳而出了呢。家人已多怨言，说没见过这样又懒又脏的燕子。怨归怨，嫌归嫌，只盼小燕尽早出窝离巢。

及至雏燕出壳，及至嫩雏逐渐长大羽丰，食量与日俱增，排泄量也同步增加，整个那一片墙壁，已经被燕粪涂抹得不堪入目，地上也落着脏物。每有客人来，迎面看见这幅景象，总是说把窝捅了，太不像样子了。我忍耐着那份惨不忍睹，承受着那份脏，直到发现雏燕已经出窝试飞，终于下了逐客令……因为实在无法辨别瑚燕和草燕，便闭了门，一律拒绝燕子进屋，有点因噎废食的简单。

拒绝燕子，另有一个更硬的原因。我一个人住在这个祖居老屋里，常有出门的时候，短则一日，长则十天半月，走了就得锁门，燕子苦心巴力筑巢育雏，都会前功尽弃，甚或虐杀幼雏。即使精致的瑚燕，也无法容留。然而心里确实期盼能有一对瑚燕为邻为友，每天"唧唧啾啾"呢喃着，添一分生气和祥和。

真是令人喜出望外的事。早春时节去南方十天，回到原下老家时，我的第一发现，就是有燕子择定了居地。在前屋的后檐下，在那个粗大的挑梁和后墙构成的三角地带，有一个正在建筑着的燕窝。我一眼就看出来，那窝纯粹是用细腻的河泥垒堆的，一根一丝杂草也不见，据此可以断定它们属于精致的瑚燕了。它们选择的地方也太好不过，无论我在家或出外，都不妨碍它们筑窝和将来育雏。

又是深圳速度。两只燕子轮番衔着泥回来，把泥团搭在茬口上，歪着小脑袋左按一下，右按一下，然后就飞走了。我很奇怪，一团一团的河泥里掺着细沙，本是很松散的，比普通黄泥的黏合力差得远了，怎么会黏结得牢靠？似乎村人说过，燕子嘴里自含胶。是说燕子的口腔里分泌一种可以使泥团增强黏结力的液体。无法验证，不得而知，反正那窝与日俱增着，速度极快。我在暗自庆幸遇合了这一对精致的瑚燕的愉快心境里，看着专心致志忙忙碌碌筑巢的燕子，常常浮出幼年的一幅难忘的情景来。

大约是我刚刚入学启蒙，还没有认下几个字的时候。某天放早学回家，看见父亲在后屋明间的脚地上锯一块小小的薄板，比我的课本大不出多少。我便问，锯这板干什么。父亲说给燕子架一个垒窝的台板。他说有一双燕子在屋梁上飞来飞去，有两三天了，估计找不到可以落泥垒窝的台板。叔父在一边不经意地说，等你给燕儿把台板架好了，它又不来了。父亲自顾自做着，在刨光的木板的一面，用毛笔写下四个大字，并问我，你都算是学生了，认不认得这几个字。我丝毫也不觉得难堪，因为父亲其实也明白我不可能认识这四个笔画很繁杂的汉字。他有点扬扬得意地念道，喜燕来朝。他继续以扬扬得意的口吻给我讲说，燕子是吉祥鸟，也是喜鸟善鸟，在谁家垒窝是喜事。我便问"朝"是什么意思。父亲嗯了一声，朝嘛也不敢说朝拜，咱是穷家百姓……叔父已经走开了。他几乎是个文盲，大约不屑看取父亲咬文嚼字的做派。然而父亲随之端来木梯，先在檩木上砸进两枚生铁方钉，再把木板架上去，又用细绳捆扎牢靠。我在梯子旁边瞅着"喜燕来朝"那四个悬在空中的毛笔字，积着灰尘结着隔年蛛网的老房旧梁，似乎顿然有了可期待的灵气了。母亲在催过我和父亲吃饭之后，随口说出几句关于燕子的歌谣：不吃你家米，不脏你家地，只借你家高房垒窝育儿女，也给你家添份喜……

我对燕子最初的认知和记忆，就是这天早晨留下的。父亲精心搭置的木板平台，真的招来了一对燕子。后来怎么垒窝、孵卵、育雏，年代久远，已不甚了了，只是清楚地记得，那对燕子不仅自己不在窝口拉屎，连它们孵出的雏燕的排泄物，也都转移到屋院以外的野地里去了。父亲说，燕子叼着虫回到窝喂小燕，出窝时就把小燕拉的屎叼走了，燕子这鸟比有些人还通灵性。这是事实，在写着"喜燕来朝"的木板上筑成的燕窝下面的脚地上，从来也没见过一次秽物，直到雏燕出窝。几十年后我才知晓，燕子中还有既脏地又脏墙令人生厌的草燕一类。据村人说，现在的燕子比过去多多了，村里好多人家都有燕子垒窝，十之八九都是粗糙的草燕，弄得屋里脏兮兮的，又不忍心赶出门去。瑚燕已经少得不成比例，越显得珍贵，也越难遇合了。我多庆幸啊！

看着最后一团湿泥干涸，再不见有新的湿漉漉的河泥垒加，我就明白燕子的这个建筑物大功告成了。这是怎样奇妙的一幢鸟类的伟大建筑啊：贴着墙的一面逐渐悬吊下去，形成一个小小的兜儿，然后又缓缓地朝前往上垒上去，最后收成一个仅仅只容得燕子出入的小口。我便可以推想，那个悬吊在最下部的兜儿，肯定是为产卵设计的，卵不至于乱滚，雏燕藏在这个兜底，恰如一个四面设围的摇篮，避免了瞎滚瞎爬而掉出来摔死的危险。这个燕窝是倚赖挑梁和墙壁平面屋檐的三角地带垒成的，根本没有像我父亲在屋梁上架设的木板作基础，也没有十余年前那对草燕在前屋电灯开关的木盒上垒窝的依托，难度就很大了。这是一个完全悬空的建筑。这是燕群里的一对建筑大师出神入化的杰作，令我叹为观止。可以断定，这是它们的父母无法教给它们的方法和技巧，也是无法从它们的同类那儿模仿的，因为根本不存在完全相同的垒窝筑巢的环境，一切都得依据具体环境提供的可能性，去构思去设计去施工。由此可以推想每一对燕子的每一次筑巢，都是一次重新开始的全新的创造，无法仿效同类，也无法重复自己。

我察觉新垒的燕窝呈现出一种静谧，只有一只燕子在屋院里偶尔掠过，估计这是那只公燕，母燕静卧新巢产卵了。我无意间也就放轻了脚步，出入后门走过头顶的那个神秘的燕窝时，自然生出一缕拘谨，生怕惊扰了它。想到再过一些时日，那神秘的窝巢里将会传出雏燕争食的声音，该是多么美妙哦。

外出一周回到原下，打开已经积尘的铁锁，首先想看一看前屋后檐下的燕窝，似乎没有任何动静。我便想到，可能正在产卵或孵卵哩，不到饿极或后急，燕子是不会出窝的。几天过去了，我竟然没有发现燕子一次出入其巢，便有些疑惑，担心也就潜生了。后来就站在较远处的后屋前门口耐心等候，许久仍不见燕子出入的踪迹，倒是有两只甚至多只燕子出入前屋和后屋的大门，或在屋院上空旋飞，却不见进出窝口，这是怎么回事呢？又过了许多天，我终于断定，这个燕窝已是一个空巢，心里竟冷寂起来，猜想这对精心设计苦力构建了窝巢的燕子，不可能另择栖地重筑新巢，也不可能是被孩子虐杀，因为即使最捣蛋的孩子，也不会捉燕子的。我唯一能想到的是农药的绝杀。然而这个时节的乡村里，麦子已经接近成熟，早熟的水果都是不再施洒农药的。然而也不敢肯定，说不定什么人在菜园里喷了药汁……无论这种猜测的可靠性几何，结果却是不可改变的残酷，燕子确凿没有了，难得遇合的不脏我家地的瑚燕。

我的心里渐渐平复，在后屋里继续我写字或看书的事。某日中午，我撂下钢笔点燃一支卷烟，透过窗户玻璃无意朝前看去，看到一只麻雀从前屋后檐下飞出来，心里一惊，用水泥板构建的前屋后檐，没有任何鸟雀可以落脚的东西，这麻雀是不是从燕窝里飞出来的？我便走出后屋前门，站在台阶上想看个究竟。待了许久，再也看不到麻雀进出燕窝的奇迹发生，便想到刚才可能恰恰看见了一只从屋檐下掠过的麻雀，怪我多疑了，便又重新拾起钢笔。

当我再次点烟的时候，无意间又看见了从前屋后檐下飞出一只麻雀。这回我没有走出门去，就隐蔽在原位上隔着窗玻璃偷窥，果然，一只麻雀从屋檐上空折转下来，钻进那个燕窝里去了。我几乎脱口而出，雀占燕巢，千古奇观。随之就放声大笑了，笑得我都岔住气了。我读书读到有趣处时哑然失笑，是常有的事，有时候一个人走路想着某些滑稽可笑的事或人，也会暗自发笑。然而像这样的忍俊不禁的大笑，而且是我一个人独居着的偌大空寂的屋院，却是绝无仅有的事。真是不可思议！好你个麻雀兔崽子！任谁都知道鸠占鹊巢的故事，然而恐怕没有谁如我有幸亲眼目击雀占燕巢的滑稽了。那么精美的燕窝里，现在飞出来又钻进去的，竟然是土头灰脑的麻雀。乡村人惊奇这类不可思议的怪事时常说，奇哉怪哉，楸树上结串蒜薹。现在恰好可以套用乡村人的这个句式，奇哉怪哉，燕窝里飞出麻雀。我突然想到那位诡秘奇思的天才作家蒲松龄，他编尽了天下妖魔鬼怪的奇事逸闻，怕是也想不到麻雀竟会占据燕巢。我听说过蛇和老鼠钻进燕窝偷食燕蛋的事，并不为奇，只觉得残忍。然而麻雀怎么可能欺侮燕子呢？

　　在鸟儿的王国里，有益鸟和害鸟之分，这是人类按鸟的习性对自身的利害而做出的划界。如果就鸟儿王国本身而言，有食肉类和以草虫为食物的区分。食肉一类的鸟如鹰、鸠、雕、鹞等，以捕杀各种鸟儿和小型动物营养自己，甚至凶残暴戾到敢于攻击人类，它们是鸟类王国里的希特勒和日本鬼子。以各种植物的叶子和果实或小虫为食物的鸟儿，是鸟类王国里的"各民族人民大众"，在广阔的大地上寻觅自己喜好的嫩叶、种子和虫子，互不干扰互不威胁和平共处。鸠占鹊巢就是鸟类王国里恶对善的欺凌。鸠是嗜血成性的凶鸟，而鹊是被人作为报喜禳灾的喜鸟而钟爱的。我却突发奇想，鸠残忍地捕杀喜鹊一类善鸟可能是时时发生的事，而鸠霸占喜鹊窝巢的事恐怕谁也没有目睹过。我见过无数的喜鹊窝巢，是鸟类中最不讲究最潦草的一种，用比较粗硬的树枝杂乱无章地搭压在一起，疏漏如同罗眼。这样的窝，鸠怕是看不到眼里的。鸠占鹊巢无非是喻示恶对善的欺凌，强武对弱势的霸道，没有谁去考察鸠是否真的霸占过鹊的窝巢。

麻雀却霸占了燕子的窝巢，我已先睹为快。

麻雀在鸟类王国里，无疑属于弱势一族中的弱势，那么小的体形，对任何鸟儿都不会构成威胁。在人类的眼里，不该被视为与人争谷的害鸟而曾被动员起来的六亿人民（一九五八年全国人口）围歼，即使为其平反之后，人们也没有太在乎过它，小孩子们的弹弓首先瞄准的还是麻雀。这个被凶鸟欺压也被人类轻贱着的小小麻雀，却可以欺侮燕子。而燕子在人的眼里和心里，自古都是颇为高贵的可以享受"喜燕来朝"架板的贵宾。如果用人类拳击的规则来度量，麻雀和燕子属于同一个量级，大约都不过零点一公斤的体重吧。然而麻雀却可以以武力霸占燕巢，怕是燕子生性太善也太娇弱了……我这样推测。

我把这个类似"楸树上结了蒜薹"的奇事讲给村里人，听者哈哈一笑便解谜了。村人说，麻雀根本不会和燕子动武。麻雀只要往燕子窝里钻一回，燕子就自动给麻雀把窝腾出来了。为啥？因为麻雀身上的臊气把燕子给熏跑了。燕子太讲究卫生了，闻不得麻雀的臊气。

哦！这又是我料想不到的学问，一个令我惊心的学问。

鸠以武力霸占鹊巢，如同人类历史中大大小小的臭名于世的侵略者，人们恐惧他们的暴力，却不奇怪他们曾经的出现和存在。然而麻雀呢？虽不具备如鸠一样的强力和嗜血成性的残暴，却可以用自身的腥臊气味把太过干净的燕子恶心一番，逼其自动出逃，达到如鸠一样霸占其巢的目的，而且不留鸠的恶。由此类推到自然界，如若蛆虫爬进了蚕箔，蚕肯定会窒息而死，其实蛆对蚕是不具备攻击力的。如若把一株臭蒿子栽到兰花盆里，后果将不言而喻。再推及人类社会生活中的臭与香、丑与美、恶俗与高雅、鸨婆与林黛玉、泼皮无赖和谦谦君子，其实是不必交手结局就分明了。

这倒成为我开心的一大景观。我站在台阶上抽烟，或坐在庭院里喝茶，抬头就能看见出出进进燕窝的麻雀的得意和滑稽，总忍不住想笑。起初，麻雀发现我站着或坐在院里，还在屋檐上或墙头上窥视，尚不敢放心放胆地进入燕窝，一旦我转身进屋，咻溜一声就钻进去了，还有点不好意思的心虚，显现出贼头贼脑的样子。时间一久，大约断定我其实并不介入它占燕巢的劣行，就变得无所顾忌地大胆了，无论我在屋里或檐下，它都自由出入燕窝。我也就对麻雀吟诵：放心地在燕窝里孵蛋，再哺育小麻雀吧！毕竟也还是一种鸟咯！

2002 年 7 月 9 日于原下

两株玉兰树

清明前一日后晌回到老家，到村子背靠的白鹿原北坡上，在父母的坟头烧了一堆被视为阴币的黄纸。尽管明知这是于逝者没有任何补益的事，然而每年此日不仅不能缺少，甚至早早就泛溢着一种甚为急切的情绪。自己心里明白，上坟烧纸和跪拜的行为，无非是为消解对父母恩德亏欠太多的负疚心理，获得一种安慰。

天气很好。温润的风似有若无。西斜的依然明媚的阳光下，原坡和河川满眼都是蓬勃的绿色和黄色，绿的是返青的麦苗，黄的是盛开的油菜花，间有零星散落在坡梁上杏花的粉白。

回到老屋小院，便坐在前院闲聊。许是那种负疚心绪得到消解，许是得了这明媚春色的滋润，竟是一种难得的轻松和平静。记不得是谁颇为惊诧地叫了一声，玉兰树开花了。我便朝大门右侧的玉兰树看去，发现在树梢稍下边的一根分枝上，有两朵白花。我的心微微一颤，惊喜得轻叫一声，从坐着的小凳上站起来，几步走到玉兰树下，久久观赏那两朵玉兰花。那是两朵刚刚绽放的玉兰花，雪白，鲜嫩，纤尘不染，自在而又尽情地展示在细细的一根枝条上，洁白如玉，便想到玉兰花的名字确属恰切。玉兰树尚不见一片叶子，叶芽刚刚在枝条上突出一个个小豆般的苞，花儿却绽放了。我久久地看那两朵花儿，竟然不忍离去。玉兰花在我其实也算不得稀罕，见得也早也多了，之所以发生一缕不寻常的惊喜，是因为这是开在自家屋院里的玉兰花，而且是我栽植的玉兰树苗，便有了一种情结；还有一种非常因素，就是这株玉兰树苗成长过程的障碍性经历，曾经让我颇费过一番心思。

几年前我重回原下小院读书写字，一位在灞河滩苗圃打工的乡党，闲聊中听说我喜欢玉兰花，便给我送来一株不过食指粗的幼苗，我便在大门右侧的围墙根下挖坑栽下了。为了便于浇水和保护，我在玉兰幼苗四周用砖箍了一圈护栏。得到我的用心守护和浇灌，玉兰树苗日见蹿高，分枝，加粗，蓬蓬勃勃，生机盎然，我便期待花苞的出现。恰好盼到玉兰树应该发苞开花的规定期树龄，它不仅没有开花，让我失望且不论，等到叶子成形，我发现了非常的征象，本应是深绿色的叶子，却呈现着浅黄；即使到盛夏烈日暴晒的时月，各种树叶都变得深绿近青的颜色，我的玉兰树叶反而由浅黄变得几乎透亮了。任谁都会看出这是一种病态的表征。村里乡党见了，有说是蛴螬咬了树根，有说是缺肥，有说是化肥施多烧了根，等等。后两种说法不能成立，我栽植时填的是农家粪土，不缺肥更不会发生烧根的事，倒是蛴螬啃食树根有可能发生，却也无可奈何。我曾扒土寻找蛴螬，一只也未见到。我就怀疑大约是玉兰根自身发生了什么病患。

等到第二年，玉兰树仍然是满树病态的黄叶，自然不会开花了。我便有所动摇，这株病态的树会不会自愈？需得几年才能缓解过来？如果等过几年不仅缓解不了反而病情加重以致枯死了，那我就会白等了。我便想挖掉它，重植一株。拿着镢头刨挖的一瞬，却似乎听到一种凄婉的求生的哀音，那一片片透亮的黄叶似乎也幻化成哭相，我便举不起镢头来。突然想到，任它继续存在着，如果真的挨过了病患，当一树健康墨绿的叶子呈现在小院里的时候，我会获得一种别样的欣慰和鼓舞；如果万一病患发展到发生枯死，再换植一株也无妨。这株玉兰树便保存下来。约略记得去年夏天回家，玉兰树的叶子变绿了，尽管仍不像正常的叶子那么深色近青的绿，却不是往年那种透亮的黄色了，我不由得庆幸，它的病情缓解了，更庆幸我握在手里的镢头没有举起来……今年，这株玉兰树开花了。尽管只有两朵，却是一种美的生命的胜利。遭遇过生存劫难之后开放的这两朵洁白如玉的玉兰花，就让我不单是通常对所见的玉兰花的欣赏的愉悦了，多了一缕人生况味的感受。

栽在中院里的一株广玉兰，相对而言似乎简单得多了。这是我离开老屋小院之后一年春天栽下的。大约是我栽植上述这株玉兰幼苗的时候，问过送来玉兰树苗的乡党，苗圃里有没有广玉兰。问过也就不在心了，尤其是返城之后就淡忘了。这年清明回家祭祖时，那位乡党又送来一株广玉兰幼苗。他竟然对我的那句问话经年而不忘，知道我每年清明肯定回老家，便预备下这株我问过的广玉兰树苗，让我颇感动。我就把它栽到中院左侧的北边，避免后屋对阳光的遮蔽。

我之所以喜欢广玉兰，不全在它的各种颜色的花朵，更偏爱它的四季常青的绿叶。多年前到广东见识这种迥异于玉兰树的广玉兰，尽管很喜欢它四季不落的深沉的绿色，却不曾发生拥有的奢望，常识让我难以动心，这种在南方温暖湿润气候环境里生长欢实的好树，难得抵御北方凛冽的寒风和大雪。及至近年间，我在西安看到作为街心路边风景的广玉兰树，才意识到我犯了一个想当然的错误。这种广玉兰树在干燥缺雨的西安依然蓬蓬勃勃，有紫红的花，也有雪白的花；尤其是那浓密的深绿色叶子，在最难熬的冷风刺骨的三九寒冬里，依然蓬勃着一道绿色，为天灰地枯的冬天的西安增添了一种生命的活力。我就在第一眼看见这道风景时，便想给我家屋院栽植一株广玉兰，冬日回到老家，开门进院能看到一株绿树，当会是别一番生动情怀……这株广玉兰的幼苗终于栽到中院了。

我对这株广玉兰的管护，远不及前院那株玉兰树。这是难能补救的事。我居住在城里，偶尔回到乡下老屋，才可能为它浇一桶水，拔除杂草，每到夏天常有的久旱不雨的时月，它就只好忍受干渴了。然而，这株广玉兰生长的欢势简直令我不可思议，每隔二三月回家时，会发现它又冒高了一大截，树干也变粗了许多，且又伸出二三条横枝来。不过二三年，树梢已经高过房檐了，树干也有我的胳膊粗了，我便想到它该开花了。

这株连管护粗疏都说不上的广玉兰，就这样苗壮起来蓬勃起来。春天夏天和秋天且不论，每到山枯水瘦的冬天回到老家时，看到的是白鹿原北坡灰黄的枯草，灞河川道里落光了叶子的果树和杂树，路边上烧荒留下的黑色灰渣。而一旦走进屋院，看到绿色依旧的广玉兰，这古老的祖居的屋院洋溢着生命的活力，心理上便泛起一种鲜活。就在我盼着它开花的期待心绪里，灾难却不期而至。那是三年前的隆冬季节，一场多年少见的大雪降至。雪后多日我回到乡下老屋，便看到一幅惨不忍睹的场景，广玉兰的主干从高处折断了，颇为庞大的枝叶躺在尚未融尽的残雪上。我看着主干折断处白色的断茬，再看看脚旁的断枝，一种隐痛久久难以化释。这是太浓密的树叶上积压的雪所导致的惨象。无论怎样惨不忍睹怎样心疼，却无可如何，我只能弥补，便用水在地上和了一团泥巴，涂抹到白色的断茬上，这是乡村里抚慰断枝的传统技法。当我涂抹着泥巴的时候，心情渐渐缓解了，相信到来年春天，断茬处肯定会发出新芽来，这是我种树的生活经验。

去年夏天回家时，从断茬处长出的主枝，已经和主干浑然一体了，初看竟看不出曾经让我心疼的断折的痕迹，凑近了才能看到重新弥合后的新枝与老干树皮颜色的差异。我便有了灾难之后的完全的欣慰。尤其让我格外惊喜的是，广玉兰开花了。枝叶太过繁密，几朵紫红色的花朵夹在树叶之间，不拨开枝叶竟难以发现。我似乎不大在意这花的色彩，也不甚在意这花朵夹在枝叶之间难得赏心悦目，我栽广玉兰的着意处，原本是为着冬日的小院有一派绿色。

山枯水瘦万木萧条的隆冬季节，回到祖屋小院，我能看到蓬勃的绿树绿叶。

初春的刚刚明媚的阳光里，回到祖屋小院，我可以尽情观赏洁白如玉的玉兰花。

这方久蓄着许多代先人命运的沉重气氛的小院里，平添了绿叶的鲜活和玉兰花的柔媚。我回归的向往便铸成永久。

2011 年 5 月 4 日于二府庄

年年柳色

时令刚刚进入关中的初春季节，冷气却依旧凛冽，冬天御寒的衣服一件也减不下来。某天早晨出门，无意间的一瞥，发现路边的柳树枝条上泛出一片鹅黄的嫩叶，毕竟是春天了，这是瞬间发生的一种本能的心理反应。几乎同时映现于脑际的景致，便是家乡灞河岸边独成一景的柳色，还有回响于心头的李白的词句，"年年柳色，灞陵伤别"……

在灞河岸边生活和工作了大半生，柳色已储成永久的鲜活的记忆，确凿捺不住初春时节那一抹鹅黄色的嫩叶的诱惑。约一二乡友回到灞河滩上，在瞥见那一派柳色的瞬间，我顿生遗憾，不过迟来了三五天，柳树枝条上的叶子已经转换成绿色了。河岸边的柳林，恣意纵横伸张着的粗干和细枝上，都缀满刚刚由鹅黄转换为嫩绿的新叶；没有一丝风，连接成一道绿色浮云似的柳叶纹丝不动，沐浴着午后温柔的阳光。我还是看到了一团夹杂在望不到头的绿叶中的鹅黄色嫩叶，大约是柳树种族中的一株异类，或者类同双胞胎中的那个后生孩儿，却让我感受到鹅黄嫩色的无可替代的诗意。也许明天或后天，那一团鹅黄色的嫩色就转换为绿色，和漫空的绿云融为一体，成为今年的灞桥柳色了。

　　眼前的灞河和河上的桥，以及河边桥头的柳色，既不是李白们千古吟诵的柳色，也不是我记忆里的柳色。我无能想象千古诗家词人眼里所见和笔墨所吟的柳色，却淡漠不了我曾经看惯也依旧鲜活的柳色。二十世纪五十年代末到六十年代初，我在灞桥南头的中学读书，学校的北围墙紧贴灞河河堤的南坡。河堤向水的一面，不过百米便有一道青石垒筑的挡水坝，坝与坝之间全蓬勃着一株株合抱粗的柳树，无疑也是为着减弱洪水对河堤的冲击力。站在灞桥上远眺，柳树的绿叶顺河而上而下绵延三五十里，成为一种令人惊诧又浮泛诗意的独特景象，自然可以理解历朝历代的诗家词人，何以会留下无以数计的吟诵灞河柳色的诗章。而我所亲历的柳树下的风景，是我的同学在河堤上柳荫下读书，或是于微明中在河堤上跑步做早操。却几乎看不到单男独女谈情说爱的场景，其实灞河水畔柳荫之下野草丛中最是卿卿我我的佳地。在我印象最深的是，每逢周六下午回家，出学校后门便跨上河堤，打开我正在阅读着的小说，一路读过去，不用操心脚下的绊磕，更不用担心撞人碰车，那个时代的汽车很少，连拖拉机也是稀罕的机械，偶尔有人骑自行车过往，总是骑车人绕着步行者。这道于 1949 年以前修建的灞河长堤，堤面上可以对开汽车，属于那个国穷民更穷的战乱年代的非凡工程了。照例，周日下午返校时，一踏上河堤，便接着读小说，享受在柳荫里，却几乎全没有感觉了。

　　也有令人痛切的记忆，我在这儿读高中的三年，正遭遇着共和国历史上最不堪的"三年困难"时期，饥饿的感觉是那个时代人的共同体验。每到鹅黄的柳叶刚刚冒出，不仅村里和镇上的居民争相掯取，我和同学也爬树攀枝，很小心地掯下嫩不堪掯的叶片，在一位当地同学的家里煮熟，用温水浸泡一夜，把柳叶里的苦汁排除，再一勺一勺分配给全班每一个同学。作为农村出身的学生，自幼年我就吃惯了多种野菜野果，却从来也没听说过柳树叶子可以当作饭菜吃的事。想来也很自然，寻常那些诸如荠荠菜、灰灰菜和洋槐花儿、构树絮儿、榆钱儿等野生物，早成为饥饿年月的抢手货，被抢挖抢摘一空，人们便把肚子的填充物扩大到柳树枝上的叶子。当我攀枝掯采柳叶以及嚼食变成黑色的柳叶时，完全缺失了"年年柳色"的诗性浪漫，只有肠胃得到填充的满足。

匆匆间二十年过去，交上二十世纪八十年代，我又回到灞桥古镇。曾经读书的母校在灞桥的南桥头，后来供职的文化馆在灞桥北头的古镇上。刚进灞桥古镇不久，便遇上早春河堤上一派鹅黄的柳色，傍晚时分就在河堤上沙滩里散步，眼看着那鹅黄的柳叶一天天变得金黄，变成浅绿，又变成深绿色。有文学朋友来，我便以柳色喧哗，招引他到河堤上散步，无论说正经事无论闲聊，无论是鹅黄的柳叶抑或是绿云般的柳色，都令朋友陶醉。然而，好景不长，到古镇的第二或第三年，我发现柳树的叶子发生了异变，一棵又一棵柳树的叶子由深绿变成一种枯焦的黄色，刚刚入秋便落叶了，第二年就再也吐不出那诱人的鹅黄。每当我周六回家和周日下午返回灞桥，骑着自行车在灞河南岸的长堤上行进时，便看到一种惨不忍睹的景象，死去的柳树已被人齐根锯断，留下一个圆圆的树茬子；一棵又一棵合抱粗的柳树的庞大的树冠上的叶子，呈现着如同肝病患者的枯黄色，不久也该被锯断了。未过三年，灞河南岸北岸的柳树死光灭绝了。这些柳树是二十世纪四十年代筑成这道河堤之后栽下的，三十多年的树龄，又得着灞河水的滋润，棵棵都长到合抱粗的树干，成为守护河堤的天然屏障；庞大的树冠互相连接，构成一道绵延几十里的绿色云雾；壮观而又不失柔美的柳色，年年月月，成为关中地区独有的一道风景。短短的两三年间，灞河的柳色消失了。没有了柳色的灞桥和灞河，如若李白有灵，该会发生怎样的喟叹？我听说柳树受害于某种病毒，也有人说是空气中的有害的工业废气。我似乎凭本能判断偏重于后者，那个时代空气污染还是一个陌生的话题。无论如何，灞桥和灞河的柳色却消失了。

我现在和朋友漫步着的灞河长堤，依旧是那道老堤，面目却全非了。这儿已经被改造被装点成公园了，得着灞河水的滋润，正儿八经被命名为"灞河湿地公园"。河堤内外种植着各种花草树木，其中不乏颇为稀罕的品种；长堤外侧和河堤堤面，是两条笔直规整的通车和行人的大道，多条小径曲里拐弯，从堤外沟通着堤顶，又弯转到内侧的河滩；河边原来的沙滩，也是奇花异草连片相间，栅栏围护的木板小桥通到水边；水边长着密不透风的野生苇子，有水鸟在水中自由自在地浮游。我几乎难以想象，也一时很难从印象里的灞河转换为眼前的景致。

我还是偏重这个时月里的灞河柳色。河堤内侧的滩地上和河水两边的苇丛里，有连片的柳树，还有独撑一方柳色的单株，不像是人为的栽植，而是自然的野生物。我和朋友倚在柳树干上闲话，那一株株柳树已经有半抱粗了，柳叶刚刚从鹅黄转换为嫩绿，散发的清爽之气弥漫在空气中，令我有一种发迷似的陶醉，记忆里缺失的柳色终于得到补偿了……年年又有柳色了。

在灞水岸边柳色之中漫步，和朋友少不得说到李白的词句

"年年柳色，灞陵伤别"。汉唐时期的灞桥是长安城的东大门，迎接贵客好友到此等候，以示敬重；送别也送到灞桥桥头，依依不舍挥手；更有那些冒犯者被贬到远方，亲朋好友送别到灞桥，就不仅是伤心伤情的告别，而是撕心裂肺的生离死别了。可以想见几百年的王朝更迭中，灞河的河水里、石桥上、柳荫下落过多少泪水。

站在柳色中的长堤上，隐约可以眺见灞陵，灞陵里安卧着汉文帝。其陵墓选在白鹿原西端的北坡上，坡根下便是自东向西倒流着的灞水，史称灞陵，白鹿原随后也有了另一种称谓——灞陵原。灞桥距文帝陵不过三四公里，李白不说"灞桥伤别"而说"灞陵伤别"了。《史记》里的灞陵原又称"灞上"，泛指白鹿原以及原下的灞河小河川，灞桥也在其中。

我现在看到的灞河，河水边依依着青春男女，祖孙三代漫步在柳色之中，偶尔碰见多年不见的熟人，握手叙旧，也都是轻松欢悦的腔调，大约谁在这样的柳色里，都不会有撇不开的心事。这里已经没有伤别，依旧着年年柳色。

2012 年 4 月 6 日于二府庄

辑四

白墙无字

生命之雨

————————

　　一个年过五十的人，某天傍晚突然警悟，他的生命中最敏感的竟然是雨。

　　秋日。傍晚。

　　细雨如丝如缕如烟，无穷无尽的前方和已经穷尽的身后都是这种雨丝，飘飘洒洒却无声无息。他沿着家乡的河水在沙滩上走着。一旦有雨或雪降下，他就有一种迎接雨雪的骚动而必须刻不容缓地走向雨雪迷蒙的田野。他的腋下挟着一把黑色雨伞，除非雨点变得粗疾起来才准备打开。

　　沙滩上的野苇子的茸毛已经飘落，蒿草和绿色无可挽救地变得灰黑而苍老了。他看见河的远处有人在涉水过河，辨不清过河的是男人还是女人，雨雾把雄性和雌性的外部特征模糊起来了。走过滩柳丛生的一道沙梁，一个看去和他年龄相仿的女人伫立在沙地上，看守着七八只羊。女人的右手攥着一根新鲜的柳枝，无疑是用来警示她的羊的武器；她的左腋下挟着一只金黄色的草帽，而让头发也淋着雨。她的生命中也敏感雨而渴盼细雨的浇灌和滋润吗？

女人满脸皱纹，皮肤黧黑而粗糙，骨骼粗硬而显示着棱角；她挽着黑色的裤脚，露出小腿如同庄稼汉一样坚硬的筋骨的轮廓。他瞅着她，又瞅着她的羊，瞅过去是七只，倒瞅过来却成了八只；数过了羊又瞅她。他瞅着数着羊是潜意识的行为，避免死呆呆瞅着她而引起反感。瞅了瞅她又去数羊，这回数过去是八只，再数过来又成了七只。

她却只瞅着她的羊，或者根本就没有瞅羊。她也不瞅他。他想，在她说不清是呆滞或是不屑的眼神里，他不过也是一只羊吧？他便走开了，踏上高踞沙滩的河堤。

母亲说生他的时候正是三伏天。母亲强调说他落地的时辰是三伏天的午时。母亲对他落地后的记忆十分清晰，他落地后不过半个时辰全身就潮起了痱子，从头顶到每一根脚指头，都覆盖着一层密密麻麻的热痱子。只有两片嘴唇例外地侥幸，却暴起苞谷粒大的燎泡。母亲说整整一个夏天里，他身上的热痱子一茬尚未完全干壳，新的一茬便迫不及待地又冒了出来，褪掉的干皮每天都可以撕下小半碗。母亲说她在月子里就只是替他从头到脚撕揭干壳了的痱子皮……母亲对已经成年了的他遭遇灾难时便说："你落生的时辰太焦躁了。那天能遇着下雨就好了。"

他后来得知，他与父亲同一个属相：马。这根本不用奇怪，家族中两代人和两代人之中同一属相的现象屡见不鲜完全正常。奇异的是，他和父亲同月同日生，而且时辰都是午时。只是没有人说得清，父亲出生时潮没潮起那么厉害的热痱子，父亲出生时是否侥幸遇到了三伏天的雨。

他便猜疑，在他来到这个世界时便领受到的如煎如煮的酷热焦躁，在父亲来说早已领受过了，从而并不以为有什么了不起。

关于他的父亲，他想写篇小文章来悼念那位如草芥一样无声无响度过一生又悄然死去的农民，然而终于没有形成文字。原因在于，那个念头刚一产生，如潮的记忆便把他齐头盖脑淹没了。他喘息着又合上了钢笔。父亲是一本书，不是一篇小文章。

现在，他只能说一句话，在这个世界上，他最熟悉最了解的是他的父亲，而最难理解的也是他的父亲。他深深地懊悔，直到父亲离开这个世界时，才发觉自己从来也没有太在意过父亲。起初他剖析造成这种懊悔心理的因素，是他既不可能对父亲寄托稍大点儿的依赖，更不可能发现以至研究他有什么伟大和不平凡之处；后来随着生命体验的不断加深，终于有一天醒悟过来，便是从来也没有想到过对父亲的心理设防，是一种绝对的心理安全的天然依赖，反倒不太在意了。

父亲死亡的情景永难忘记。一个自身生长的异物堵死了食道，直到连一滴水也不能通过，那具庞大的躯体日渐一日萎缩成一株干枯的死树……哦！生命中的雨啊！

他一个人坐在家乡的河边，天上洒下旱季里少见的蒙蒙细雨。他刚刚二十岁，开始了永远的没有限期的暑假，从学校走向社会了。他半是豪勇半是惶惑，怀着宏大的文学梦却又怀疑自己是否具备文学的天赋，自信与自卑五十对五十折磨着他，便有了一种孤自散步的欲望，尤其是在雨雾迷茫之中。

这条河不大却闻名于遥远悠久的历史，河有多长，河边的柳林就有多长。骚客文人折柳赠别也抛撒离愁思怨的诗句，成为一代又一代文化人寄托情怀的佳作。他坐在水边，一个琴瑟般的声音不期而至："大哥哥你饿吗？"他转过头就看见了一只小仙鹤，是的，这个大约不过十岁的女孩像河滩草地上偶然降至的仙鹤。

他苦笑一下摇摇头。处于整个国家的大饥饿年代，小孩子看世界的眼睛也是饥饿。他笑笑说："我渴。"河堤上传下来一声笑，他看见那儿站着一位干部，这是一家大企业的领导干部，据说是一位出身富贾而又背叛了自己阶级的老革命，革命胜利了他已成为企业领导，却依然需要下放乡村锻炼改造……他很忠诚，不仅自己老老实实在农民中间生活，而且还利用暑假把小女儿也领到这里来改造了。

几十年后，在一次全国性的文学集会上，有一位中年女人向他走来："你现在是饿还是渴？"

"还是渴。"

"还是渴？"

"是渴……生命之雨。"

她说她后来随父亲到北方一个城市，又转过四五个城市。她现在在一家报纸主持着一个《婚姻与家庭》的专栏。她在年轻男女中名声显赫，几乎家喻户晓，当然是因为她坦率而又真诚地解答过来自全国各地青年男女关于爱的困惑。她因此而很自信："你比我写的书多，我比你写的信多；你只是在文学圈子里有名声，而我却在青年人心中是知音。"她的佐证是多年来收到和回复青年人的书信数以万计。她说她读过他的全部作品，当然不是因为作品好不好，亦不是要研究他的创作，主要是因为在他未成名之前她见过他一面，那时她不足十岁。她说："我至少给青年朋友写过两万多封信，而你的小说最多发行五千册。"

他很尴尬，随之反诘："我也来请你解答一下过去的问题，有一对年轻夫妇在'文革'中分属对立的两派组织，妻子向自己一派的造反队司令报告了丈夫的行踪，丈夫被抓去打断了一条腿。这位现在走路还颠着跛着的丈夫仍然和那位告密的妻子生活在一起。他向你写过信没有？如果他有一天写信给你要求解释困惑，你怎么回答他？"她张了张口却摇摇头笑了，竟是一副不屑回答的神气。

半年以后，他接到她从千里之外的城市打来的长途电话，说她今天收到一封信，信中所表述的精神痛苦使她陷入深沉的无言以对的心境之中，那人的遭遇与他所说的"文革"夫妇的故事大同小异，关键在于他们的故事一直延续到今天而且还有发展，类似于被打断腿的这个跛子丈夫，居然投靠那个抓他施刑的造反队头儿的门庭挣钱去了……她在电话中向他复述了这个故事，情绪很沉静，似乎没有了她写过两万余封回信的那种自信与得意，很真诚地说："上次你讲的那对'文革'夫妇的故事我没有回答，我觉得那是你们上一代人的故事和困惑；你们上一代人所处的那个时代是一个不正常的时代，用今天正常人的思维是无法理解也无法解释的，因为他和她都是不正常生活里的不正常的人所演绎的不正常故事。现在，当他和她在今天正常的社会里继续演绎不正常的故事时，我竟然第一次感觉到我的肤浅，无法回答那个类似告密妻子的新的苦恼……"他反而宽厚地安慰她说："是的，你不可能解除所有痛苦着的心灵的痛苦，也不可能拯救所有沉沦的灵魂。"她说："我总得给她回信呀！情急之下，我用了你的一句话回复了她，就是'生命之雨'。"

他说："这话太……"

她说："我就想起你的这句话……恰不恰当都不管了，天哪！"

蒙蒙细雨依然。依然是如丝如缕如烟。依然是飘飘洒洒无声无响。他已经走到这一段河堤的尽头，河堤朝南拐弯伸展过去，顶头和南岸的山崖接住了；那一段河堤从山崖下开始延伸到雨雾迷茫的无穷无尽的上游。人生其实也类似这河堤，分作一段一段的，这一段到头了，下段又从这儿开始，一直延伸成为一个生命的河流。

河堤拐弯的内堤里，就圈住了好大一片滩地。滩地里有一幢孤零零的土坯房，房子的南墙和西墙上苫着一层长长的稻草，那是防止西风和南边的下山风卷来的骤雨对泥皮土坯的冲刷的，就像一位插秧的农夫身披的蓑衣。房前有一片偌大的打谷场，场角靠近房子的地方有一个黄色的麦秸垛。他猜测这是一个土地承包经营者仓促建筑的房子，从那简陋的建筑判断，主人完全是出于一种临时的考虑，不愿投注更多的钱财给这幢远离村庄的建筑。

一个男人吆着牛拽着犁在翻耕打谷场。打谷场已经完成了夏季打麦秋季打谷的用场，他现在翻耕以恢复土地的疏松和绵软，然后撒下早熟的青稞或者油菜籽，赶明年收割小麦之前先收获了青稞或油菜，再把这块土地碾压瓷实做打谷场。男人悠悠地吆着牛扶着犁，没有戴草帽，一任细雨淋着。一个女人站在麦秸垛下撕扯麦草，撕下一把便弯下腰纳到一只大竹条笼里，动作也是悠悠的不急不忙的样子。只是那一件红色的衣衫像一簇火焰在迷茫的河滩上闪耀。

一男一女一低一高两个小孩在场地上追逐，他们从土屋里奔出来时就是互相追逐着的，大约是男孩抢走了霸占了女孩的吃食或玩具，争执便发生了。女孩追着男孩显然力不从心，在溜滑的打谷场上摔倒了，顺势在场地上打滚而且号啕起来。那女人扔下柴火笼飞跑过去，在滑溜的打麦场上跑起来闪动着两只胳膊，像是一种舞蹈。她没有扶起倒地打滚的女孩，一直冲到男孩跟前，一巴掌抽过去就把男孩打翻在地了。她随后转身走过来抱起女孩，另一胳膊挎上柴火笼走进土屋里去了。

男孩竟然大声喊起来：　"愚蠢！你愚蠢！你是个愚蠢的妈妈！"

男人喝住牛插住犁，慢腾腾走过去抱起男孩，也走进那间土屋里去了。

一头在套的牛站在打麦场上甩着尾巴。

土屋房顶的烟囱有灰色的烟冒出来。

他依然站在河堤上。几十年后，那个扯柴火打男孩抱女孩的愚蠢的女人肯定就变成那个放牧着七八只羊的粗硬的老女人了吧？那个受宠的女孩会不会成长为如那个写过两万多封回信的专栏主持人？

那土屋里暴起激烈的吵闹声，浑厚的男声和尖锐的女声。肯定那是关于应不应该打倒男孩的争执。他忽然想到她，如果把这幢远离人群的河滩土屋里的争论提到她的专栏上，她还会用他的"生命之雨"这话来解释给这一对乡野夫妻吗？

1994 年

五十开始

一

孙康宜教授到西安来，走出机场见着面时开口就感慨："哦！我去年给你说想到西安来，现在真的就来了！"这种感慨随后在从机场开往西安的汽车上又重复说了两次，那神情是连她自己都有点不可置信的惊喜。孙教授是美国耶鲁大学东亚文学系主任，去年四月我在美国东部海岸城市波士顿结识她的。她确凿说过很想到西安来看看，我自然知道她这样的人想到西安来看什么。现在她真的来了，而且驱车行驶在暮色苍茫的咸阳古原上了，我也有某种难以信真的惊讶，甚而至于生出"地球真小"那种中国的地球公民们的伟人意识式的慨叹了。

汽车在气度恢宏地韵沉雄的咸阳原上疾驰，连片的果林和墨绿的禾苗背后，掩映着一个个或大或小或远或近却一律苍老衰败着的皇家墓冢，久远的辉煌和昔日的威仪，终究被历史的风雨剥蚀得精光，只剩下一堆堆荒草盘结的黄土圪垯。孙康宜教授从窗外收回眼光，突然问我："你不再把五十看作是一个危机的年龄了吧?"我不觉一愣,想不到她还记着这个话题,随之也就释然:"去年基本达成共识了嘛!"她依然很直率又很认真地说:"不知你回来以后有无反复?"

这是一个有趣的话题。

去年四月在美国时,孙教授和北美华人作家协会联手在哈佛大学办了一次文学讲座,包括她和我在内共有四人演讲,每人一小时,我被排在头一个。我讲完规定的一个钟点,从讲台上走下来直接走出讲演大厅,站在校园的草坪上抽烟。美国的公众场合和绝大多数家庭都不许抽烟,想过过烟瘾就得走出户外。

我刚点烟吸了两口,有一位留学生从讲演厅溜出来走到我跟前,自我介绍之后就提出他想和我单独聊聊。我说我出来仅仅是想抽口烟,很快就要回讲演厅去,还想听听他们三人的讲演内容,想聊得另约时间。他就笑着告诉我:"孙教授正批判你哪。她上台开讲头一句就批。"我以为他开玩笑,并不在意。他更认真地说:"真的批哪!批你刚才讲的五十危机的观点。"这时又有几位男女留学生相继从讲演厅里溜出来,和我在草坪上交谈,也都通报我挨批的消息。抽完一支烟,我便走回讲演大厅,免得更多的人溜出来影响这个讲座。

讲演全部结束,走在绿茵茵的校园里,孙康宜严肃地对我说:"我刚才批判你一个观点了。"我说我已经知道了。她故作惊讶:"我批你时你不在场呀,怎么会知道?"随之又释然了,"哦哦!有人给你告密了,这么快。"我也开玩笑说:"听说美国人喜欢告密,谁家父母在家里打骂小孩,邻居知道了就要拨电话报警。这些中国留学生受美国人的影响了。"玩笑归玩笑,孙康宜接着认真地问:"你怎么会有五十危机的感觉呢?我简直不可理解。我过五十岁时，整个感觉是我要重新开始了，我觉得过了五十才获得了完全的自由，可以做我想做的事了。"

她告诉我，她从台湾念书念到美国，博士帽戴上了教授也当上了，直到五十岁时，得到了耶鲁大学东亚文学系主任这样一个职位，这个奋斗历程谁都可以想见其中的艰难。正是在五十岁这个重要的年轮上，她有了一种全新的心理感觉，她不仅可以不再为生计忙迫了，而且可以不受别人的支配只按照自己的生存理想来支配自己了；孩子长大了，不再是家庭负累，而是可以获得情感交流和探讨社会的益助了；更重要的是知识的积累已形成了见解的独立，标志着一种成熟，自信能够发出只属于自己感知的声音了。所以在跨越五十年龄大关时，她说她的整个心理感觉是从未有过之好，整个是一种要有大作为的重新开始的良好心态……所以对我的五十危机论就"无法理解无法容忍不能不批"。

这是完全合理的，因此也完全可以理解的心态，尽管我并未询问她所经历的奋斗的全过程或者最关键的细节，却是以为任何成功者都必然兼备的先天的智慧和后天的艰苦卓绝的努力。谁都可以想到，在美国数一数二的耶鲁大学的东亚文学系的主任一职，不仅不可能靠裙带靠后门靠巴结谋权，稍微一点的平庸都是难以指望的。

然而，我的五十危机的谬论又是怎么一回事呢？我想说，我的那种心理感觉也是真实的。

二

五十危机的心理感受产生于四十五岁即一九八七年，亦即我刚刚完成了长篇小说《白鹿原》的基本构思即将开笔起草的时候。按照当时的总体把握，我觉得大约需要三年时间才能完成它的创作，如果预计的这个规划实施顺利，如果这三年中间不发生写作本身以外的各种意外灾变，那么到完成书稿也就挂上五十的虚龄了，而这两个"如果"的可靠性在我感觉里连百分之五十都勉强。

想到此后将一年一年耗过去直熬到五十，心里便有点恐惧。

在我的习惯性意识里，五十是一个很大的年龄区标，是进入老年的生命区段的标志，面对一个五十多岁的老人，我就想到这是一位做了爷爷或奶奶的老汉老婆了。这不单是乡下人的习惯性年龄区段的划分标尺，似乎一些国家的领袖公开祝贺生日就是从五十岁开始的，那么也在一定意义上可以看出五十岁作为生命的老年区段是有国际公例的。我自然就回顾起迷恋文学的坎坷，少小年纪在作文本上写下头一篇小说似乎只是昨天的故事，然而眨眼就要进入老年行列了；至今尚未写出一部起码让自己满意的作品，怎么就晃过了人生最富于创造活力的青壮年时期，而"一不留神"就会变成老头子了。正是早在此前一年的一九八六年春天，为了进一步了解关中的历史演变，我查阅了《蓝田县志》又赶赴长安县城，住在一家旅馆里继续翻阅厚可盈尺的《长安县志》，朋友李下叔晚上来陪我闲聊，以解除那些糟烂的古本浸淫到我肌骨里的幽微阴腐的气息，记得那晚喝了酒，酒酣言畅之际，他很真诚地说："按你的生活功底，写部长篇还下这么大的功夫，有这个必要吗？"我也坦诚相告，下这个笨功夫不是心血来潮，而是已经萌生了的那部长篇小说必须要做的功夫，我想了解我生活着感受着的这一块北方平原的昨天，或者说历史，因为我只能依赖着这些古本县志感知这块土地的昨天究竟发生过什么，我辈以前的父辈爷辈老老老爷辈们以怎样的形态生活着，近代以来剧烈的社会革命历程中，他们的心理秩序经历过怎样的被打乱被粉碎和怎样的重新安排的历程……谈到动情时，便有自信和自卑胶着着的悲凉，少小年纪迷恋文学，几十年过去了，发了为数不少的中、短篇小说，奖也获了多次，但从真实的文学意义上来审视便心虚，因为连一部自己满意的作品还没有。我说："兄弟，想想已经晃过四十四了，万一身体发生不可救治的灾变，死时真的连一本给自己做枕头的书都没有。"这是很真实的当时的心态，因为迷恋文学而不能移情的悲哀，从这一点上说来，是完全的内向内指的生存兴趣的悲哀，也是完全的个人生命意义的自私的悲哀。正是在这种纯粹的个人兴趣的自我指向的悲哀中，我激起了为自己做一本真的要告别世界也告别生命兴趣时可以做枕头的书的自信。

直到完成《白》书以后，我又有了属于自己的创作之外的人生体验，人不可以完全自卑，亦不可以完全自信；处于无法摆脱的自卑状态，是根本不可能进行任何创造性劳动的，这是极易被接受的普通的道理；而一个人（尤其是进行创造性劳动的人）如果永远处于自信状态而从来不发生自卑的心理，这个人的创造智慧将不仅得不到最好的发挥，反而会受到损害，道理也很简单，没有一定的自卑就不会有自省，更不会有刻骨铭心的自我批判，因而就很难找准自己新的创造目标和新的创造的起点。自卑未必不好，只是不要一味地自卑；自信是所有创造理想的前提性心理准备，然而自信也必须是经由反省之后重新树立的新的蜕变之后的自信。

当我在自卑的深谷进行几乎是残酷的自我反省再到自信的重新铸成，《白》的构思已经完成。更切近的对五十岁的感觉的危机，似乎还不在五十以后算不算老头老汉，而在于能否安全抵达五十。三年是一个不短的时间，春夏秋冬寒来暑往萌芽落叶的自然景象交替三次，所可设想的意外事件都可以不予计较，不予理会，包括生计都可以咬牙承受而不吱不声，唯一畏怯的是万一身体发生某种无计祈祷的灾变怎么办？不单是那时的新闻媒体连续报道了几位中年知识分子英年早逝的消息给我造成的心理阴影。平心想来，人的生命里的神秘莫测的灾变的发生只是个常识性的存在，不单是中年知识分子英年夭亡者众，工人农民职员等各种职业的中年人死亡的数字，只是无人认真统计罢了。而五十岁上下属于危险年龄区段，据说是国际医学界的"最新研究成果"，被各类报刊的生活版反复转抄，无论真假都会造成一种心理影响。

我的固执和我的愚蠢既使我受害匪浅，也使我得益匪浅，受害多了也就没有了——道来的兴致，得益就得在可以做到不会发生听见风声便是雨的轻信。然而，危机的心理却是确确实实由此时产生了。我毕竟经历过几十年的创作，几十年的中国当代文学的风雨；也经历过几十年的社会风雨，几十年的属于自己的经验和体验，生活的体验和生命的体验，都警示着某种意外的可能性。这种可能性不只对我，对从事任何职业有着任何兴趣和追求的每一个生命都潜存着，仅仅是有幸与不幸的莫可猜测臆断的事情。每个人都在企盼幸运永驻同时也逃避不幸，然而不幸每日每时都降临到那些熟识的或陌生者的头上。我的危机甚至恐惧心态的产生，便是对那些业已发生的不幸的畏怯，因为我还没有做成不幸突然发生到我身上时能够安慰自己的枕头。

当新的一年的艳丽的太阳把阴坡上的积雪悄悄融化的时候，对生理不幸的畏怯心理完全被汹涌着的创造欲望彻底扫荡了。把那种只属于自己的独特体验倾泻出来展示出来，自信那种生命的和艺术的深沉而又鲜活的体验只属于自己，强烈的创造的欲望既使人心潮澎湃，又使人沉心静气。当我在草拟本上写下第一行字的时候，整个心理感觉已经进入我的父辈爷辈老老老爷辈生活过的这座古原的沉重的历史烟云之中了。这是一九八八年四月一日。

三

北方乡村的冬夜寒冷而又漫长。然而在我即将跨上五十岁的这一年的冬天，最深刻的记忆却是孤清。这是一九九一年的深冬。

我已经在这间小屋里的小圆桌上爬行了四年。冬天里一只火炉夏天里一盆凉水，《白鹿原》上三代人的生的欢乐和死的悲凉都进入最后的归宿。我这四年里穿行过古原半个多世纪的历史的烟云，终于要回到现实的我了。掀开新的一页稿纸，便有一种"倒计时"的怦然。然而当每天的黑夜降临时，心里的孤清简直不可承受。

我的祖居的家园在一个不足百户人家的村子里。老祖宗选择这块南倚白鹿原北临灞河的风水宝地生息繁衍，在以纺车和石磨为生存的基本手段的农业社会是极富于眼光的选择。有坡地有河川水田，只要灞河不发生断流，河川里就不愁绝收，灞河水是滋润先辈血液的从未枯竭的乳汁。这里虽然距西安城区不足一小时的汽车里程，然而却是天然的偏僻，在兵荒马乱的年月倒是得天独厚少了一些骚扰（绝无桃源之境）。然而先祖们缺乏料知几百年后的子孙的生活前景，却因这个偏僻造成进步的滞缓和生活的诸多障碍。每一家的后院都紧紧贴着白鹿原的北坡，横亘百余华里的高耸而又陡峭的原坡遮挡了电视信号，我兴冲冲买来的电视机无论换上怎样灵敏的接收天线都无济于事，只能当作收音机收听每日的《新闻联播》……

即使在冰封大地万木萧瑟的冬天，只要不是漫天飞雪，农民们便不闲着，他们把鸡窝牛棚猪圈羊栏里的粪便挖出来，捣碎了再用独轮小车推到麦地或棉田里去，或者为小麦冬灌，或者为葡萄园松土翻地，或者挑着菜园里的冬菜去赶集，或者为已经成年的儿女选择配偶。忙是忙着，却是一种冬天里的自然的悠闲缓慢的做派，天黑吃罢夜饭就早早歇下了。整个村庄便沉寂下来，偶尔的几声狗吠之后愈加死寂。我在小桌的稿纸上折腾了一天，写作顺畅的欢悦和思绪不顺的忧烦都无法排解；又读不进去任何书，越是临近这部书稿的结束，越是不想读什么书了，也许是我有生以来阅读兴趣最低落的一个冬天。我似乎无法忍受那种挥斥不开的孤清。

我便在无边的孤清中走出屋院，走出沉寂的村庄走向原坡。清冷的月光把柔媚洒遍沟坡，被风雨剥蚀冲刷形成的奇形怪状的沟壑峁梁的丑陋被月光抹平了。我漫无目的地走着，走到一条陡坡下，枯死风干的茅草诱发起我的童趣。我点燃了茅草，由起初的两三点火苗哧溜哧溜向周围蔓延，眨眼就卷起半人高的火焰，迅疾地朝坡上席卷过去，同时又朝着东西两边蔓延；火势骤然腾空而起，翻跃着好高的烈焰；时而骤然降跌下来，柔弱的火苗舔着地皮艰难地流窜，我知道，那是坡地上枯草的薄厚制约着火焰的升跌；遇到茅草尤其厚实的地段，火焰竟然呼啸起来，夹杂着噼噼啪啪的爆响……我在这时候便忘记了一切，周身的血液也涌流起来，舞蹈着的火苗像万千猕猴万千精灵，孤清和寂寞顿然被野火驱逐净了，心里洋溢着畅美和恬静。

我坐在坡地上，点燃一支烟。

书稿就要写完了，最初的对于不幸的畏怯早已烟散了。不是最初设想的三年而是整整四年，因为纯粹的客观的因素而停止了两个冬天的写作，而秋天和冬天恰恰是我写作最适宜的习惯性时月，整个写作计划就拖迟了一年，我的耐性经受了锻炼。

这个时候，文坛上正在热烈地讨论文人要不要"下海"的新鲜话题。

我的眼前，可以辨识这儿那儿的一堆堆老墓和新坟。这个小小的村庄里的一代一代的男女死亡以后，他们的子孙邀集族人和乡党在山坡上挖掘墓坑，再把装殓到棺材的尸体抬上山坡埋进黄土，他们生前日夜煎熬着的事，由他们的儿子和孙子继续熬煎；他们平生累断筋骨力争着的生活理想，也只好交由儿子和孙子继续去力争；坡地上无以数计的老墓新坟里的那些到死也没有争取到生活理想的男女无法得知，他们的一代二代乃至八代子孙依然过着和他们一样的光景，甚至还保不住他们在世时的那两亩田地和两间旧房，时光在这不变的坡上和河川停滞了多久多久……

野火烧到了那面陡坡的坡顶，茅草断绝了，火焰也断断续续熄灭了。我又走下一道坡沟，掏出火柴，这条统直的大沟再次腾起野火的壮观景致。

　　我在沟底坐下来，重新点燃一支烟。火焰照亮了沟坡上孤零零的一株榆树，夜栖在树杈里的什么鸟儿惊慌失措地拍响着翅膀飞逃了。山风把呛人的烟团卷过来，混合着黄蒿、薄荷和野艾燃烧的气味，苦涩中又透出清香。我又一次沉醉在这北方冬夜的山野里了，纷繁的世界和纷繁的文坛似乎远不可及，得意与失意，激昂与颓废，新旗与旧帜，真知与荒谬，谋算与投机，红脸与白脸，似乎都是另一个世界的属于昨天的故事而沉寂为化石了。

　　十年以前的这样的冬天，我有幸作为专业作家调入省作家协会搞专业创作。我办完了包括户籍和粮油供应等所有关系，同时也就决定回归老家；我得到了专业创作的机缘，整个心里感觉就是进入生存理想的最佳境地最可心的状态了；这个机缘于我的全部含义只有一点，往后的时间可以由我自由支配了。

　　我几乎同时决定回归家园，仅仅只是自我判断后的抉择。我的自我判断又基于比较清醒的自省，没有机会接受文学的专业训练，自修所得的文学知识带有很大的实用性和不可避免的残缺性，需要认真读书以弥补先天性不足，需要广泛阅读开阔艺术视野；我在乡村基层工作了整整二十年，我所经历的社会生活和我自己的精神历程，需要冶炼也需要梳理，再也不能容忍自己描摹生活的泡沫而把那些青春和血汗换来的生活积累糟践了。没有拯救作家的神明，也没有点化灵感的仙人，作家只能依赖自己对生活对生命对艺术的独特而又独立的体验去创作，吵吵嚷嚷自我标榜结伙哄吵都无济于事，非文学因素不可能给文学帮任何忙，文学的事情只能依靠文学本身去完成。出于对文学的如此理解和对自己的弱项的解剖，便决定回到故园老家去，寻一方耳根清净之地去读书去练笔。

在祖居的老屋老老实实住下来，连自己也觉得不可思议。自小学五年级开始上寄宿学校到后来参加工作再到这次回归，整整三十年里，只有礼拜天和寒暑假在这个村子度过，三十年后窝居老屋，重新呼吸左邻右舍的弥漫到我的屋院的柴烟，出门便是世居的族人和乡邻的熟识的面孔，听他们抱怨天旱了雨涝了太失公道的什么狗屁事啦……又是十年！到这一年的最后一个月份过去即将跨上一九九二年的元旦，我正好在这地理上的白鹿原北坡下的祖屋里生活了十年，小说由短篇写到中篇再写长篇，费时四年的书稿即将完成的怦然又发生了。哦！上天，我终于把握住了属于自己的十年也拯救了自己的灵魂，迈进五十岁了。

四

孙康宜教授对我说的五十危机的理解显然有点误差。

尽管这样，反倒是这误差给了我一种启迪，关于五十的习惯性认识，老年年轮对人心理的某种威压，毕竟廓清了。我首当想到的是索尔兹伯里这位美国老头，他八十岁时走完了中国工农红军长征之路，而且完成了《长征——前所未闻的故事》一书。这个壮举和这种创造活力，也应该是一个"前所未闻的故事"。八十岁的索氏敏捷的思维，理智而又深刻的论述，捕捉红军壮士个性细节的准确，对复杂的历史事件恰当而入微的剖析，令我感叹不已。应该说，这是我读到的写"长征"的最优秀的一部书，我曾经忍不住发出惊叹，闻名于世的"长征"，怎么让一位美国作家写成了，而且是一位八十高龄的老头。面对索氏，五十算是青年。于是，我对孙教授说："五十开始好。我来写一篇文章，就用这句话作篇名。"孙教授说："写出来一定寄我看看。"

在西安的几天时间里，孙康宜走东线看了秦始皇兵马俑、兵谏亭和杨贵妃的浴池，顺路在半坡参观了仰韶文化遗址；去西线参观法门寺、武则天陵和汉武帝陵园，又在杨贵妃的墓冢前久久伫立。抽空又在西安的大街小巷转悠了感受了。我没有作陪，司机给我说，这个孙教授是他所送往参观的客人中最用心最费时的一位，不停地问着记着。在半坡遗址的村落里，在杨贵妃硕大无朋的浴池旁和她被缢死的马嵬坡，在另一个女人——中国唯一一位女皇高耸的陵墓前，孙教授感受到什么，无须揣测，任何人的任何感受都是合理的独自的。我只是觉得她早出晚归不知疲惫的劲头，整个就注释着她的五十开始的宣言。

最后一个参观景点是黄帝陵，我作陪。汽车驰过渭河，在渐次增高的缓坡上前进。从渭河平原到渭北高原过渡的层次一目了然，一方地域独有的气韵总是给人以独特的历史文化和现实格调的强烈感受，平原上的偌大的村落和高原区一排排窑洞，繁衍着延续着一个民族。从那平原上的村庄和高原上的窑洞里，曾经走出过一个又一个杰出的后生，有的甚至走进他们当时的封建政权的中枢，影响过当时的政局和时局。他们的最杰出的贡献和最生动的逸闻，依然在那些树木掩映泥泞遍地的村巷里流传，成为整个村庄整个县域内的子孙的骄傲，他们的精神和气性也就历经千年百年而依然流贯在乡民之中。我给孙康宜教授介绍说，历史上凡是有能力进入当时政权中心的关中人，祸国殃民的奸佞之徒几乎数不出来，一个个都是坚辞硬嘴不折不摧的丈夫，这块土地滋养壮汉。孙教授说，试举一例。我说，太史公。若举二例，便有牛先生，他是《白》书里朱先生的生活原型。

……

直到最近一次打电话来，孙康宜教授说她还想来西安，上次来时太匆促，短短几天的感受，反倒引发起她更为强烈更为直接的欲望……末了竟然还追问："'五十开始'的文章写出来了吗？"

1997 年 1 月

再说死亡

　　七八年前，伤感于一位正当创作旺期的青年作家的早逝，多年没有写过诗的我写了一首诗：《猜想死亡》。诗里表述了我对死亡的一种猜想，因为人类文明的进步与发展，许多不可知的东西被揭开谜底变为可知，许多不可料知的事也都成为可以预料预防的事了。但迄今为止，人类关于死亡之谜仍然是一个谜，无法阻止无法预测更无法料定，正如民间哲学所归纳的那样，谁再厉害也不知自己该在何时何地以何种方式离开这个世界。所以，对死亡我便做出这样一种猜想：天上可能有一颗专司死亡的星星，它像弹球一样砸向地球，击中了谁谁就倒霉了，而不论这个人是总统是将军或是平民。在那颗灾星击中之前，总统继续施政，将军继续操练士兵，平民继续忙碌自己的柴米油盐，只能如是。因为任何人既不可能长生不老，也无法料知自己被灾星击中的时间、地点和方式。

　　近日读了青年诗人李汉荣的诗，是很富于哲理思索的诗。那些关于生与死，尤其是死的思索，让我颇得以启迪。李汉荣的观点是：生是欢乐，值得敲锣打鼓鸣炮庆祝；死亦为欢乐，也值得以同样的形式庆祝；欢送一个生命离开世界和欢迎一个生命来到这个世界都应该以欢乐的心理和方式庆祝。我大为惊异。对新生命的诞生的欢迎形式早就以多种风俗习惯持续着，而死亡从来不是庆祝，通常用的是哀悼、是痛失、是噩耗，这类凄凄婉婉痛痛切切悲痛欲绝的词语。在生活中，如若谁对谁的死亡说一句"值得庆祝"，准会招骂挨打甚至被看成神经出了问题，因为这话道出了通常习惯和心理。由李汉荣的诗，我又联想到日本大腕导演黑泽明的一组电影短片，其中有约半个小时的《水车村》，这部短片的内容仅仅只是展示了一种丧葬仪式。整个丧葬仪式集中表达的就是欢乐和庆祝。水车村的男女老少穿着彩色的民族服装，用民族乐器奏着优雅的乐曲，跳着欢乐而又优雅的民族舞蹈，送逝者归入山地。中国诗人李汉荣和日本名导黑泽明关于死亡的哲思是如此一致，所以我才感到惊异，惊异他们较之我在这个话题上的思索要深了一层。我仅仅只是猜想了死亡的方式，而没有达到值得欢庆这样一种哲学的高度。

关于生的话题且不论。如果没有死亡，今天的世界会是什么样子？孔子如果活到现在会如何？秦始皇和秦二世活到现在怎么办？即使唐太宗李世民活到今天也是不可想象的事。从人类生命诞生一直繁衍到今天会有多少人，这是一个永远也无法统计的未知数，恐怕世界的各个角落都被摩肩接踵挤得水泄不通了，地球早在多少年以前，就变成了绝杀生命的月球。这样想来，死亡真是应该庆祝的事，应该视作欢乐而不应该视作痛失，因为他或她不可能长生不老。人即使活到百余岁终归要谢世，痛失这词对年轻人的早夭可以通情理，于已经完全苍老而活着等于受罪的老人，确应视为欢乐和庆祝的事。

　　生命的意义首当创造。人从事各类行业的工作各个不同，创造物质财富的多少大小也有差异，然而人类生活和生存的所有物质中的任何一种都是不可或缺的，从事各种劳动的所有生命都是平等的，同样都是应该珍惜的。生命存在的不言而喻的意义还有享受。人在来到这个世界的同时首先开始享受母乳，然后才渐渐获得创造物质的能力。人活着就是创造，劳动和享受生活的甘美和快乐，这些都是尽人皆知的生活常识。问题在于，当人的生命在截至目前尚无法违抗的自然规律的轨道上运行到极限，丧失了劳动和创造的基本能力的同时，甚至连享受生活的甘美欢乐的能力和欲望也都消失的时候，生命的基本价值也就没有了，多活一日与少活一日，多活一年与少活一年，已经没有任何实际的意义，所以死亡（老死）就应该被视为欢乐和值得庆祝的事。

　　欢乐和庆祝的意义在于，对其一生的生命价值的最好的赞颂。他种的麦子，他造的住宅和河桥，他的科学发明给社会给他人带来幸福，他对子女的哺养、对亲人的爱抚、对社会的责任已尽到，他的生命价值在社会的繁荣进步和亲友的欢乐中存在着、延伸着，他的生命值得赞颂和铭记。

　　亲情和友情所引发的伤情伤悲却是千古以来的人之常情，各个种族皆同。因而就会发生于理性上应视为欢乐的死亡，在情感上都表现为伤痛悲哀，属于情感的难以割舍。人于无奈之中，只能寄托于对死去灵魂安息的方式的选择上，尽心尽力做到最好，使活着的亲人也得到情感和心灵的慰藉，把理性的欢乐和情感的悲痛化解为平衡。

　　孙彦玉女士体察并顺应人类的这一普遍心理需求，与西安市殡仪馆合作，创建西殡安灵苑，为逝者创造一个安息灵魂的幽雅、优美的环境，更为生者创造一个慰藉心灵、寄托亲情的场所。创办几年来，环境愈来愈幽雅，管理愈来愈规范，业已形成浓郁的人文氛围。我钦敬的学界泰斗霍松林先生和书界名家吴三大先生亲自为安灵苑撰写楹联，亲笔书写，概出于对已经谢世的每一个生命的敬重和珍爱，对于逝者的亲人的心理和情感的体察和关爱，显示着中国知识分子的人文情怀。他们的行为本身就是对生命的最好的礼赞。

2001 年 11 月

缺失斋号

　　有朋友来我的工作室，闲聊间随意问，你的斋号叫什么。我稍觉意外，随即回应没有斋号。朋友说他看到我的文章末尾所注明的写作时间下边，有"原下""二府庄"等字样，以为是斋号，却又不大像。我便解释，那是写作某篇文章的地点名称，公用的地名算不得斋号。朋友走后，我还想着斋号的话题，不仅现在没有斋号，过去也没有过命名斋号的事，似乎从来就没有动过要取一个斋号的念头。

　　在我的潜意识里，斋号多是古代学富五车的文人雅士标示自己做人作文的追求的形象化符号，从斋号就可以领略其不同于别人的个性化心境和情趣。我虽喜欢写作，却从来缺失古代文人的这种意识和兴致。从客观环境来说，似乎不容我发生自取斋号的任何诱因。我大半生都住着公家的办公室，先是学校后是机关再后是文化行政单位，许多时月里还是两人合用一间办公室，不可能把两个人合用的宿办合一的房间为自己取一个斋号。再从个人心理上说，缺少古代文人自我标示的自信，致命在于没有接受系统的高等教育的机会，依靠自学而获得的文学知识，多是写作的实用性常识，自然是残缺不全的。再说，我的写作学习多为当代文学，阅读也主要是当代作品，且以翻译作品更为偏重，很难发生命名斋号的兴趣。

想来倒是有一次例外，细究起来很难算得斋号。那是二十世纪八十年代中期，我用积攒了七八年的稿酬，在祖居老屋的前院盖起一幢新房，为我隔出半间七八平方米的书房。平生第一次有了一方读书写作的领地，却也未曾动过要取斋号的念头。其实在房子的主体建成后，乡村的建筑师问我，要不要在房子前檐的门框上方雕一方刻字的条形框格。我略有筹思之后告诉他，光秃秃的墙壁应该有件装饰，不过不要搞在前檐，雕在后门上方挺好。我在做出确定答复的同时，便想出刻字的内容：白鹿园。我在当地乡村见惯了屋院门楼上诸如"耕读传家"之类的题款，因其既老又旧难以欣赏，我在此时刚刚开始注目祖居屋院背后倚靠的这座古原，对已经失传的白鹿的名字和关于白鹿神奇的传说开始引发兴趣，便想到把白鹿的吉祥引入这个家园，就取了和"原"谐音的"园"，这是自己的一方小小家园，不是阔大雄奇的白鹿古原。乡村工匠颇为用心地雕塑出由我用毛笔书写的白鹿园三个字。每当在小院里转悠，不经意间就看见后檐墙上涂成红色的白鹿园，尽管书写的某一个笔画看起来有点蹩脚，却遮蔽不住顿然浮现在脑海里的神鹿的风采。后来过了大约一年，用水泥雕塑的那三个字先后脱落，我虽然遗憾，却也没有劳神费事再做弥补。然而，偶尔抬头看到脱落了字体的条形小框，白鹿的逼真的影像依旧会飘浮在眼前。尽管如此，却从来没有发生过把白鹿园作为斋号的意识，无非是在写完一篇或长或短的小说或散文后，附上写作的时间和地点时，用上白鹿园，取代了往常所附的我所祖居的蒋村的字样。后来，多有读者以为我是白鹿原上人，甚至几次发现有人写文章也误传我生活在原上。逢着机会我便纠正，我是自幼生活在白鹿原北坡根下一个小村庄里。由此便自称为"白鹿原下人"，简称"原下人"，再简约为"原下"，仍然算不得斋号，不过标示着我的来路而已。

想到那位朋友把写作地点误认为斋号的事，我却意识到另一个有趣的现象，在我几乎所有的作品末尾所附的写作地点，几乎全部都是一个又一个乡村的名字，其实后来的几处写作地点都在西安城里。二十世纪九十年代初，我从原下祖居的屋院回到城里的作家协会，作协大门在一条商店和单位栉比鳞次的繁华大街上，通往家属院的巷道有一个古旧却纯属城市标记的名字，然而这方地域还有一个乡村色彩的名字——雍村。似乎依着某种潜意识的自然驱使，在写完某篇文章时便附上"于雍村"或"雍村"，没有一次用过街巷或单位的名字。近年间我蜗居在一所高校的住宅院内，周边是日渐加密且增高的楼群，却在院墙外有一个名为"二府庄"的村子。村子里已经见不到一位荷锄挑担的农民，更见不着种植麦子或玉米的土地，然而村子的名字依旧着乡村的标记，我便于文章的末尾附上二府庄的写作地点。梳理新时期以来的写作，文章末尾所附的写作地点，依时间顺序是小寨、灞桥、蒋村、白鹿园、雍村、二府庄、原下等等，竟然没有一次注明城市标志的字样。

直到此刻，我才顿然醒悟，潜意识里依然亲和着乡村；尽管住在城市也有不少年头了，却拒绝把什么街什么路什么巷作为文章末尾的写作地点，乐于附上什么村什么寨什么庄这些乡村的名字；这种亲和和拒绝的意向，却是潜意识更是无意识的自然行为。我由此也明白了，我还是一个乡下人。

2012 年 2 月 21 日于二府庄

六十岁说

　　四十五年前读初中二年级时，我在作文课上写下平生的第一篇短篇小说。这篇大约三千字的小说习作是第一次文学创作，不再属于此前作文的意义。我对文学创作的兴趣由此萌发。这种兴趣持续了四十五年，至今依旧新鲜而恭敬。即使"文革"扫荡一切作品和作家的时候，这种兴趣仍然没有转移或消亡，而是转变为一种隐蔽性的阅读。我说过我的人生的有幸和不幸，正是从在作文本上写作第一篇小说起始的；正是这一次完全出于兴趣性的写作，奠定了文学在我人生历程中的主题词。

　　近年来，多种媒体和多路记者几乎无一不问及我的人生感悟和文学创作的感悟。我也几乎无一例外地首先向他们解释，我不大使用感悟、悟道一类词，我喜欢启示，即人生历程中得到的启示，文学创作中思想和艺术的启示。正是这些启示，提升着我对历史和现实的思想穿透能力，也提升着我对文学和艺术本真的体验，让我完成一次又一次理想创造。在这个漫长的艺术探索过程和人生历程中，有两次自我把握和两次反省成为关键性的选择和转折。

一次是在一九七八年之初，当中国文学复兴的春潮涌动的时候，我正在灞河水利工地任副总指挥。我在完成了家乡的这个工程之后离开了，调入文化馆。我那时候对我的把握是，文学创作可以当作事业来干的时代终于出现了。第二次把握是一九八二年。这一年我从业余写作进入专业写作。我曾在一篇文章中写到过当时的直接的唯一的感觉，即进入我的人生最佳生存状态。我几乎在得到专业创作条件的同时，决定回归老家。一是静下心来回嚼二十年的乡村工作和生活，进入写作；二是基于对自己知识的残缺性的估计，需要广泛读书需要充实更需要不断更新，这都需要一个可以避免纷扰的安静环境来实现。我选择了老家农村。直到《白鹿原》书完成，正好十年。这两次把握，一次是人生轨道的转换，一次纯粹属于自身生存环境的选择。

两次反省。一次是一九七八年秋天。当新时期文学如雨后春笋般从解冻的文坛发生时，我很鼓舞也很冷静。冷静是出于对自身具体情况的判断。我以为排除"文革"中那些极"左"思想不难，而要荡涤自有阅读能力以来所接受的极"左"的非文学的观念不易。我选择了读书，借来了一些世界经典作家的经典作品，以真正的文学来摒弃思维和意识中的非文学观念，目的只有一点——进入文学的本真。这次反省大约持续了四个月，到一九七九年春天，我获得了文学创作和艺术表现的强烈欲望。我把文学当作事业来干的行程开始了。

第二次反省发生在八十年代中后期，即《白鹿原》写作的准备阶段。我那个时候的思维是最活跃的。尤其是文学创作理论中的人物心理结构学说，引发了我对自己以往创作的颠覆。自我的不满意以至自我否定，同时就孕育着膨胀着一种新的艺术创造理想。这种痛苦的反省完全是自发的，发生在《白鹿原》的准备和后来的整个写作过程中，对我来说是一个关键。

多年以后的今天回过头来看，在人生的两个重要阶段上，我把握了自己，主要是以自身的实际做出的选择。在艺术追求的漫长历程中，在两个重要的创作阶段上，进行两次反省，对我不断进入文学本真是关键性的。如果说创作有两次重要突破，首先都是以反省获得的。可以说，我的创作进步的实现，都是从关键阶段的几近残酷的自我否定自我反省中获得了力量。我后来把这个过程称作心灵和艺术体验剥离。没有秘密，也没有神话，创造的理想和创造的力量，都是经过自我反省获取的、完成的。

仅仅在半月之前的一个上午，我完成一篇五千字的散文，在原下老家一个人兴奋不已。仅仅在十天前一个晚上，我读完畅广元教授的一本文化文学批评专著，进入一种最欣慰的愉悦。四天前的那个下午，我写完一篇万余字的短篇小说，竟然兴奋不已。两天前的晚上，在杨凌参加杨凌文联成立的会场里，见到残疾人作家贺绪林，听说他的一部三十万字的长篇即将由人民文学出版社出版，我感动而又感奋，同样愉悦。这样，我几十年来不断重复验证自己，文学创作才是我生存的最佳气场。

直到我走进朋友们营造的这个隆重而又温馨的场合，我依然不能切实理解六十这个年龄的特殊含义，然而六十岁毕竟是人生的一个最重要的年龄区段。按照我们传统文化和传统习俗的意思，是耳顺、是感悟、是悟道、是忆旧的年龄。这也许是前人归纳的生命本身的规律性特征。我不可能违抗生命规律。但我现在最明确的一点是，力戒这些传统和习俗中可能导致平庸乃至消极的东西。我比任何年龄区段上更强烈更清醒的意识是，对新的知识的追问，对正在发生着的生活运动的关注。这既是作为一个作家的生命意义所在，也是我这个具体作家最容易触发心灵中的那根敏感神经的颤动的。

我唯一恳求上天的，是给我一个清醒的大脑。而今天所有前来聚会的朋友和我的亲人，就是怀着上天的意愿来和我握手的。

2002 年 7 月 31 日于原下

舒悦里的亲情和友谊

过年在我的整个意识里，就是亲情和友谊。不寻常之处，是在一种特有的欢乐祥和的气氛里，享受亲人和朋友之间的情谊。

匆匆忙忙从年头奔到年尾，最想做的事最想观的景以及不可或缺的应酬，紧紧张张着，做成一件事高兴了，未做好的事遗憾了，乃至被生活里的垃圾事龌龊着心了，到年尾就意味着一概过去了。过去了就抖搂掉了，都成为"过去"而不含任何意义了，自然是身心俱为轻松舒缓的状态。此时，一种幽幽的情绪浮上心头，便是亲情和友谊的亏缺。

虽然生活在同一座古城里，交通也应快捷，然而常常是一月两月见不了儿子一面。他扛摄像机赶着追着社会镜头，偶尔回家来，我却出门了。如此等等。乡下的亲戚也都为耕庄稼和挣钱的生计各忙各的，无事就舍不得时间进城，进城来家或打电话来，肯定有事需要帮办，或孩子上学就业，乃至生病住院受到冷遇，也不管我能办不能办，反正就指望你这个"名声很大"的亲戚来了。而真正能在没有压力没有闲事的纯粹亲情和友谊的心境对面促膝，说说家道，谈谈儿女和孙辈，聊聊熟人，喝一杯酒，笑三五声，便觉得与过去的生活和曾经交过手的亲戚朋友又浑然一体了。至于儿女，那反而倒简单了，看一眼胖了瘦了黑了白了，接受一声最真实的问候，就看着他们在屋子里走来走去，姊弟间互相说话逗趣，孙子出出进进瞎忙着玩，就足以让心境涨满温馨。这时候吸一支烟，喝一口茶，甚至不说什么话，都是最踏实最平静最美好的心情。

尽管从理智上不想进入回忆，然而情绪总是无法闸断。逝去的父亲和母亲总是在心头徘徊，更多地带着那个时月的艰难，动我心怀的却是慈祥与温情。那种在今天想来不堪承受的艰难里的慈爱与温情，常常在烟雾缭绕和举杯咂饮之间令我心颤。父亲刚刚贴在街门上墨汁未干的对联，门外刚刚点燃的迎接列祖列宗神灵的纸火，扔到半空爆炸的雷子炮，母亲刚刚揭开锅盖的白面包子……尽管距今天的生活已经遥远，那气氛那欢乐那祥和那些难以言说的美好，却一脉相传到现在，以新的方式弥漫在我的这套城市里的小居室里。

难得一年之终结一年之复始之间的这几天轻松和舒缓。生命里不能缺失的温暖的亲情和友谊，滋养我有一个健康健全的心理，继续自己想做的事，面对人生，也面对良知。

2004 年 1 月 15 日于二府庄

老陈与陈老

爬山或上楼梯时，会有好心的年轻朋友搀扶我的胳膊。那手上的温暖和力量同时传导过来一种意思：你老了。我一般不太乐意接受这种好心美意的扶助，便婉言谢绝，尽管知道自己已跨入老年划界，心里却在拒绝。

老朋友或新结识的年轻朋友，见面时偶尔会冒出一句"陈老"的称呼，口吻和态度更见真诚。然而这美好的称谓传导给我的意蕴却也是：你老了。我第一次和第十次听到这个称呼，每一次都有某种惶惶然的惊悚。已经到了可以被称呼"某老"的那种状态了吗？在我的习惯性意识里，一般在姓氏后面加一个"老"字的人，往往都是功德卓著或学富八斗的老者，我自觉底虚内空，惶惶然不敢冒充也不敢领受；二般就纯粹指年龄和生理状况了，多是晚辈对那些老得颤颤抖抖的长者的尊称，而不计较文化水准的高低乃至有无的，乡村人也习惯把年迈的人称"您老"的。我的惊悚的感觉就发端于这一层，还是一种对老的拒绝。

我习惯于被称作"老陈"。我从三十几岁就被人称呼老陈，其实根本谈不上老，实际还是小伙子。我那时候被调到公社（乡政府）工作，乡村民间把政府机关的男女干部，不管年长年轻通称"老某"。机关院内也有称官衔的，却不普遍，多数人和多数时候互相称"老某"。我在区和乡工作20年，乡村农民和机关干部差不多都习惯称我老陈。后来调到作家协会，和我年龄相仿的作家朋友都称呼名字，我也直呼他们的名字，连姓氏都省略了，感到自然和亲切。比我年轻一大截的小伙子称我老陈，倒也自然无奇，有趣的是，一些年龄大过我一轮两轮的老同志，也称呼我老陈，让我就觉得有点心理负荷了。但时日稍长，也就不在意了，在于我渐渐明白，这个作家协会的人际关系，单是称呼一项，就充分体现着群众团体的别致风俗，"老某"成为一种互相之间的代称。参加过"延安文艺座谈会"的文学评论大家胡风，年龄和革命资历以及行政级别都是这个院里的老夫，会议上和私下里都被人称作老胡。最早写出人民解放战争史诗《保卫延安》的杜鹏程和短篇小说神手的王汶石，也都是延安老区过来的离休干部，都是以老杜老王为通用称谓。长时间任作协党政领导的李若冰，年龄虽轻过上述几位几岁，在延安是红小鬼，进城后却是老革命了，又是影响广泛的散文大家，也是被称为老李。因为他人太随和太少架子，有时候还被年轻人直呼其名。在这样的环境气氛里，我被称老陈，比在基层行政机关叫着的老陈还更习惯。我几十年里早已习惯这个称呼了，自己往往也以"老陈"自报家门。

不经意间，老陈变成陈老，两个完全相同的作为我的称呼的汉字调换了排列位置，被谁一旦叫出声来，心里竟有惶惶然的惊悚，甚至如同发生一次内里的小震。

其实，我又何至固执到愚蠢得不承认衰老呢。我在即将60

岁的时候，曾看到朋友推荐的黑泽明的一组据说是经典的短片，名字已忘记了。其中之一演绎的是日本一个山村的老人过世了，村子里的男女盛装打扮，敲锣打鼓弹奏丝竹，唱着悠扬的歌曲跳着舒缓的舞步，从村庄进入田野，送其入土为安。我看到那场景颇为惊异，因为与我所经历过的丧葬的印象截然相反。印象中的葬礼，无论乡村无论城市，都是白色孝衣孝布和白花，还有号啕的哭声和沉痛的悼词。我不知道黑泽明从哪个年代的日本的哪个小山村挖出这个题材，似乎在日本也没有多少普遍性。然而，我在黑泽明的短片里还是得到了关于生命的新的理解，尽管亲属和朋友难以割舍情感，难以摆脱永远的告别所意味着的感情黑洞的悲哀，而终老到死还是应该庆祝的。人不可能永远活在世界上，长生不老的药不仅秦始皇寻找不到，现代科学也研发不出来；如若真找到了或研发出来了，无法想象地球会是怎样一番热闹而又拥挤的情状了。这样从理性常识来说，以鲜艳的盛装让至爱的逝者告别这个世界时有一片热烈的色调，以鼓乐丝竹奏出一路祥和温馨的送别曲，以悠扬的轻歌曼舞颂扬其在世时的建树和美德，给逝者本已悲凉的灵魂添上欢乐的温暖……这个不知朝代的日本小山村的乡民，对待死亡的仪式，不仅更富于理性，也更富于人性的情感。我在那年看过黑泽明的那个短片，对于我以坦然的心态进入60岁这个老年划界，确是一个理性的铺垫，而且有了颇为自然的接受心理。然而遇到好心的搀扶之手和美意的"陈老"的称呼，心理上却又在拒绝，看来我也是在理性和情感之间不断发生混淆的昏俗之人。四年前的60岁生日感言里，我唯一的心愿，是希望上天能给老年的我一个清晰思维的大脑。

其实上天就是自己。要保持一个清醒的大脑，就需接触新的知识新的理念。我清楚老年人的固执，除了生理因素之外，多是在于对一生经验的依赖，以及对新的观念的排斥，容易形成心理和精神的死水，或曰赘肉。我是在看到罗纳尔多被一身赘肉累得施展不开素有的超凡球艺球技时，联想到人的心理赘肉的。人们以空前的热情关注着身体增肥的赘肉如何削减，也应该以同样的意识重视心理赘肉的形成和消解，尤其是如我一样跨入老年的人。

心理无赘肉，思维当会活跃，心里也会清爽，中国古人推崇的"淡泊""明朗"等境界，不仅会抵达，而且会超越。我不太把自己困禁在老年圈内，争取多参加青年人的集会也是想接受一种新思维的活力，一种新鲜气象，一种强烈的创造欲望，借以冲刷荡涤自己心里可能形成的死水和赘肉。

2006 年 6 月 22 日于二府庄

白墙无字

　　熟悉的或初识的朋友到我的工作点来，看着屋子里不挂一纸的干干净净的墙壁，常有好奇者问，你号称文人，墙上却不见墨痕。有的甚至佯装慨叹，真可谓家徒四壁呀！我也不作解释，只说是习惯使然。近日因写有关斋号的短文，引发了这个话题。

　　自进入社会开始工作直到今天，不觉间竟有五十个年头了，无论换过多少单位的办公室，或是乡下和城里的住宅，还有现在工作的房子里，除了几样简单的办公和生活用具，四面墙壁从来都不曾挂一方纸页。想来似乎还不是有意为之，纯粹属于一种无意识的习性驱使下的习惯。二十世纪六十年代初，我高考名落孙山回到原下老家，应聘为本村初级小学的民办教师，同时开始了写作的自修，心诚且意专，很想把当下的心境表述出来，按中国人的传统方式，用毛笔书写一方古人或今人为学的精辟语录置于书桌前的墙壁上，以便时时警示。然而犹豫再三而没有去做，却又于心不甘，最后选择了一个变通的方式，找了一二指宽的硬质纸，把自己喜欢的"不问收获，但问耕耘"的格言写上，贴在墙壁和书桌的接触处。外人进屋不大留意这个小小角落，我在桌前坐着读书或写字时，抬头便会看见这个自己信奉的警句，添一分踏实。由此事开端直到今天的五十年间，无论工作环境和职业发生过多少次变化，所有住过的屋子都不曾张贴一纸笔墨，真可谓积习难改。

确有一次破例的事。那是在"文革"初起时，和"语录"热同时潮起的种种表忠心的社会风气，不胜枚举，其中之一是家家都敬奉一尊毛泽东的石膏塑像，或贴一张标准照，连农民家里都普及了。作为公社农业中学教师的我也不甘落伍，在办公桌上敬奉着一尊毛泽东的半身石膏塑像。大约是中学教师都会写字的方便，大家不约而同都用红纸抄写了一段毛主席语录，贴在办公桌前的墙上。我也趁热写了一张，因为办公桌对着窗户，不能张贴，便贴在卧床上边的墙上，每天早晨醒来睁开眼睛，第一个看到的目击物，就是当时通用的词汇——"最高指示"；每晚上床落枕时最后看到的物象，自然还是这幅写着毛泽东语录的红纸；每天出出进进这间两人合居的宿办合一的房间，便会看到它，已经不是"吾日三省吾身"，而是几十次省身警示了。遗憾的是时过境迁太久太远，敲着脑袋也想不起来那句话的内容了。

新时期伊始，我迁居到古人折柳送别的灞河岸边的灞桥古镇上，有了一间一人独占的办公室，正热衷于刚刚兴起的农村改革题材的写作，墙上仍然不贴一纸。正当灞河岸边的柳絮如雪花漫天飘飞的某一天后晌，我敬仰的大诗人戈壁舟一行四五人不期而至，我屋子里的椅子都不够用了，着急处从隔壁同志那里借来椅子安顿稀客坐下。戈老先生一行趁着关中绝美的春色出游，看过秦始皇兵马俑，接着在广袤的田野踏青，又在杨贵妃洗浴的临潼温泉净了身，回城时路过灞桥，便乘余兴来到我供职的文化馆。

记得他的兴致甚高，满口地道的川腔不时引发大家的笑声，随意所说的话题我已无记，使我完全意料不及的是，他突然从提袋里抽出一幅装裱精美的书法作品来。展开之后，发现是他挥洒的自己的语录，自然是颇富哲理的诗性话语，他的同行和我的同志，纷纷赞赏他的诗句和他的书法，我却更为惊奇他在书法作品上竟然写着赠送给我的字样，可见他在起程之前就确定了要到我的住处。热心的同志找来钉子，当即挂在我的墙上，我每天都可以欣赏他的个性化笔墨和个性化独到语言。大约一年，我又搬家另住，却把戈老的赠书存入书柜，墙上又依旧是四壁皆空。此后的三十多年间，我的乡下和城市的几处工作室，再没有贴挂过一张纸，有朋友赠送书画作品，欣赏之后便存入书柜；更没有自己题写座右铭之类的兴趣了。

想来大约是幼年所受的影响，那是父亲的行为规范。记不清我说了什么轻狂的话，随后父亲在一个恰当的时间对我说，不要先说话后做事，要先做事后说话；想做的事做成了，还可以不说话。他未作解释，我后来约略能够理解说与做的关系，先说要做的事如果做成了做好了，自然再好不过；如果说了要做的事（尤其是大事）而做不成功，就会造成吹牛（当地人说谝大嘴）的负面印象；一个人特别是年轻人，如果总是发生说大话而又总是做不到的事，谁也就不在乎你说的话了，可信度就在乡民中丧失了。如果更有某个说着好话而做着鬼事的人，乡民对其归结有一句俗话：嘴上念佛哩，心里咥活哩。"咥活"是当地方言，多指干坏事，是对某人心口不一的形象化写照。

这种幼年所接受的行为规范，竟然成为一种难以改易的习性，且不说说和做的语言和行为的先后，后来竟形成墙上不贴不挂自己欣赏的做人做事的格言警句，多少还有一点隐蔽着的心理，其实是为自己留着一条后路。格言警句贴在墙上，任谁都能看到，而自己一旦违犯，且不说别人会如何做出鄙夷自己挂羊头卖狗肉的不屑表情，自己的尴尬也难以平复。想做的事和自己认可的行为准则，努力去做努力追寻就可以了，万一实现不了或发生错失，自己总结自我反省，也可以避免吹牛和言行不一的尴尬……我的墙壁依旧空白着。

2012 年 2 月 26 日于二府庄

回家　回家

祖居的屋院在白鹿原北坡根下的一个小村子里，距西安城不过五十华里。得着路程近的方便，有事要做很快就能回到那个小院，无事也常常想回去便回去了。其实，无论有事无事，就是想在那个曾经生活过五十多年的屋院里坐一坐，到门前的灞河沙滩上遛一遛，似乎心理上的某些亏缺就获得了补偿。这种感受只有在这一方小小的地域才会发生，回家走走就成为永无遏止、永无满足的欲念潜存心底。

近日我又回到原坡下祖居的屋院。车子在愈加稠密的高楼之间的公路上行驶，不觉间便驶上浐河大桥。我的心在那一瞬便发生微妙的变化，顿然亢奋起来，这是走世界上任何一条路、过任何一座桥都不曾发生的一种心理和情绪的反应；更为奇异的是，每次回归老家，车子刚刚驶上这座大桥，我的情绪便发生这种亢奋的变化，几乎没有一次例外。我至今说不准这是一种生理反应，抑或是一种心理反应。我唯一能想到的因由，大约在我的潜意识里，这是我回家的桥，或者说是离我家最近的一座桥，过了这座桥，便进入我大半生都跑跑颠颠于其中的一方地域了。

　　这条浐河发源自横亘在关中平原南部的终南山，自南向北从白鹿原西坡根下流过，形成一道最适宜人类生存的河川，新石器时代的一个人类聚居的村庄——"半坡遗址"就在河岸东边；晴朗无霾的天气里，站在浐河岸边，可以看到白鹿原西坡上绿树掩映下的白墙红瓦。过了浐河桥不过三四里地，就进入白鹿原北坡下的灞河川道了，北坡上和河川里排列着如藤叶似的一个个或大或小的村庄。无论作为乡村教师或基层干部，抑或后来有幸成为专业作家，我在浐河、灞河两道河川和白鹿原上整整跑跑颠颠了三十多年，在进入传统习惯所划的老年年龄区段时进入西安城。我在城里待过几年，在新世纪到来的时候，却也难以抑压灞河岸边家园的诱惑，决然一人回到那个祖居的屋院，读书写字，煮一碗妻子在城里擀成藏在冰箱的面条，在日落的霞光里到灞河水边的沙滩上散步，不觉间竟有两年……

　　我后来才意识到，白鹿原西坡根下的浐河和北坡根下的灞河，真是天造地设、鬼斧神工的好水，滋润着一道好原。我有幸出生在这原下且在这里生活过大半生，先是为这里的乡村孩子教授识文断字，后来组织乡民造梯田修河堤，再用笔叙写对这原这川里的历史和现实的体验和感受，这样的人生经历就很难用通常所说的情感纠结来表述了，反倒是每次车上浐河桥的一瞬所发生的那种微妙的亢奋情绪，才是最真实最准确的难以分清生理或心理的本能性反应，这是在任何地方不曾有过的。

　　回到祖居的屋院，烧一壶源自村中深井的自来水，三五下清扫了院中走道上的积尘和落叶，坐在院中喝一口茶，在车过浐河桥时发生且持续到开锁进院时的那种亢奋情绪，顿然消失了，不觉间转换为一种沉静。这种沉静既区别于在城市住室里的沉静，也区别于过去常住这里时的那种沉静，当属重新回归时独有的一种沉静。这种独有的沉静心境也是只有坐在这个小院里才会发生。在城市待得久了，少不得忙忙乱乱，也多有来来去去，有得意也难免懊丧，在走进祖居的屋院坐在小院里抿一口茶的时候，似乎"宠辱"被荡涤得丝毫不留了，任何欲望也都隐退无痕了……这种独有的沉静，就成为回归祖居屋院的诱惑，成为一种永难满足更难得淡化的念想潜存心底。

随意到村子里走走，就会发现变化，这里原本是两间窄小的厦屋和那边撑立了几十年的破旧漏雨的小安间房的房址上，都建起了颇为排场的两层楼房，迎面墙壁都是雪白的瓷片，却依然延续着关中乡村传统建筑的格式，大门门框上方镶嵌一方砖雕刻字的立家宣言，既有传统的"耕读传家"，也有时兴的"满院春光"等等。不觉间村子里全建起了水泥砖瓦结构的房屋，那些还保存着的土坯垒墙的破旧屋院，几乎全是迁居本省和外省的人家留存的空院。我总是会被勾起往时的记忆。在二十世纪六十年代初之前的十几年间，这个村子只有一户人家盖起了三间瓦房，它不仅成为本村人热议羡慕的"高档建筑"，甚至成为连邻村人都纷纷跑来参观的一道景致。这户人家的主人有一个在高寒荒漠做勘探工作的儿子，收入丰厚，这是任何一家农户（公社社员）难以望其项背的。在我能解知人事时所记忆的村子中，竟然没有一户拥有三间瓦房的人家，且不说这个小村庄有几百或千余年的历史，自然可以理解村人对这幢三间瓦房的惊羡情态了。即如我这个有干部身份也有固定工资的人，也是挨到二十世纪八十年代中后期才建起三间新房，也就再不用每到雨天便把盒盒罐罐都搬出来接房顶漏下的雨水了……现在，无论谁家盖房建楼，已经不会引发热议，更不会有惊羡的眼光和议论，在于家家都有宽敞的新房了。

我总是想到村前的灞河边上遛遛。走出家门再下一道小坎，便是村人赖以生存的旱涝保收的田地了。在我幼年的记忆里，河川田地有三道灌渠，引灞河水自流浇灌禾苗，如果不是百年一遇的一年两年滴雨不下及至灞水断流的特大旱灾，这方地域的庄稼总有收成。然而，现在的河川里几乎看不到麦子和苞谷苗了，已整体变成樱桃园。村子背倚的白鹿原北坡，凡是可以植栽树木的梯田和坡地，也满是樱桃树了。如果清明前后回家，沿路满眼看到的都是粉白的樱桃花；再过一个月到五月初，坡原河川的樱桃树上都挂满紫红的淡黄的樱桃，西安城里的居民，或扶老携幼或搭帮结伙到原上原下和原坡来摘樱桃，车拥人挤，盛况持续大半月。乡民喜不自胜地说，城里人给乡下人送钱来了……那一幢幢装潢讲究的两层住宅楼的开销，绝大多数是从樱桃树上获得的收益。无论在村巷无论在河川，碰到一位乡党，拉起闲话便说到樱桃，两棵樱桃树的收入超过一亩地麦子的价值。用乡党的结实话说，只要不是瓜（傻）子，谁都会算这笔账，自然就不种麦子苞谷全种樱桃了……我几乎每年五月都会上原摘樱桃，既为品尝这北方第一料成熟的鲜果，更为看那些乡党往钱袋里塞钱时生动的喜悦脸色……

这是冬天，我又漫步在灞河边上，冷风飕飕，河水清透见底，我的心里愈加沉静。我走过一些名山大河，多是以观赏的眼光去看的，新鲜的惊喜是自然发生的，也曾把那种感受诉诸文字。然而，那些感受完全区别于面向眼前这条灞河的沉静心态。

这是家园。回归家园所发生的沉静心态，是在家园之外的别处不曾有过的。

哦，我的家园。

2013 年 1 月 20 日于二府庄

辑五

文学无封闭

收获与耕耘

　　二十岁，是人生进入成年期的标志。

　　这是一个令人心魄悸颤的年纪。我发觉，当一个人跨入成年的时候，许多人生的重要课题都涌集而至了，而冲锋在前的最重大的问题，就是人生道路的抉择。

　　我二十岁那年，正好高中毕业了。摆在我面前的极为严峻的选择就是：要么进入大学继续深造，要么回到乡村去务庄稼。尽管学校对毕业生的政治思想工作做得相当周密，共青团组织为此举办过形式多样的活动，然而无法从根本上消除这两种选择结果上的巨大差别，说成天壤之别也许不算夸张。如果我们排除掉虚伪的掩饰而认真地面对现实，一个大学生和一个穷乡僻壤的农民之间的差别是有目共睹的。

　　我十三四岁的时候，对文学发生了兴趣。那时的中学语文课分作汉语和文学两部分，在文学课本里，那些反映当代农村生活的作品，唤醒了我心中有限的乡村生活的记忆，使我的浅薄的生活经验第一次在铅印的文字里得到验证，使我欣喜，使我惊诧，使我激动不已。是的，第一次在文学作品中验证自己的生活经验，在我无疑具有石破天惊豁然开朗的震动和发现。

我喜欢文学了，开始憧憬自己在文学上的希望了。我做过五彩缤纷的好梦，甚至想入非非，然而都不过是梦罢了，从来也没有因为梦想而感到紧迫和压力。只有跨上二十岁的时候，当这种选择像交叉十字道路摆到脚下的时候，惶惑、犹豫、自信与自卑交织着的复杂感情，使我感到了这个人生重要关口选择时的全部艰难。人生的第一个至关重要的驿站啊！

不管怎样，生活老人的脚步不乱。当生活把我这一拨同龄人推过第一个驿站的时候，似乎丝毫也不理会谁得了，谁失了；谁哭了，谁笑了；谁得意甚至忘形了，谁又沮丧以至沉沦了。而我面对的现实是高考落第，没有得也没有笑，没有得意更不可能忘形，我属于失去机会者，或者干脆透彻一点说是失败者。然而我没有哭，也没有沮丧或沉沦，深知这些情绪对我都毫无益处。我要用奋斗来改变这一切。

应该感谢生活。

生活老人的脚步不乱，脸孔也一直严峻，似乎并不有意宠爱某一个而又故意冷漠另一个，抱怨生活的不公正只能是弱者的一种本能。生活没有给我厚爱。我自小割草拾柴，直到高中毕业时为了照一张体面的毕业照片才第一次穿上了洋布制服。中学时代我一直从家里背馍上学，背一周的馍馍步行到五十多里远的西安去读书。夏天馍长毛，冬天又冻成冰疙瘩。我当时似乎并不以为太苦，而且觉得能进城念书，即使背馍，也比我的父亲幸福得多了，他压根儿没有这种进城念书的可能。因此，我十分热爱共产党，是共产党使我成为我们村子里的第一个高中毕业生。

第一个高中毕业生回乡当农民，很使一些供给孩子念书的人心里攒了劲儿。我的压力又添了许多，我成为一个念书无用的活标本。

回到乡间，除了当农民种庄稼，似乎别无选择。在这种别无选择的状况下，我选择了一条文学创作的路，这实际上无异于冒险。我阅读过一些中外作家成长道路的文章，给我的总体感觉是，在文学上有重要建树的人当中，幸运儿比不幸的人要少得多。想要比常人多所建树，多所成就，首先比常人要付出多倍的劳动，要忍受常人难以忍受的艰辛甚至是痛苦的折磨。有了这种从旁人身上得到的生活经验，我比较切实地确定了自己的道路，消除了过去太多的轻易获得成功的侥幸心理，这就是静下心来，努力自修，或者说自我奋斗。

我给自己订下了一条规程：自学四年，练习基本功，争取四年后发表第一篇作品，就算在"我的大学"领到毕业证了。

我主要在两方面进行努力，一是读书，一是练习写作。书是无选择地读，能找到什么就读什么，阅读中自己感觉特别合口味的就背。无选择的读书状况继续了好几年，那原因在于我既没有选择读书的可能，也没有什么人指点我读书的迷津，反正是凡能拿到手的古今中外的文学书，就读了。于今想来，这样倒有一个好处，开阔了视野，进行了艺术的初步熏陶，但这只是歪打正着罢了。另一方面，不断地写，写完整的作品较少，大量地记生活笔记，每天都有，或长或短，不受拘束，或描一景，或状一物，或写一人一相，日日不断，自由随便。

我几乎在每次换取一个新的生活记事本的时候，开篇都先要冠之一个我很喜欢的座右铭："不问收获，但问耕耘。"这信条里所蕴含的埋头苦干实干的哲理令我信服，也适宜我的心性。这条座右铭排除人时时可能产生的侥幸心理，也抑制那种自卑心理的蔓延，这两种不好的心理情绪是对我当时威胁最大的因素。

在此信条下，我日复一日年复一年地对自己进行最基本的文学修养的锻炼。大量阅读优秀的文学作品，对我特别感兴趣的篇章进行分析和解剖，学习结构和表现的艺术手段。坚持写生活笔记已形成习惯，一本一本写下去，锻炼了文字的表达能力也锻炼了观察现实生活的眼力。我的心境基本上是稳定踏实的。

我的家庭本来就不富裕，如在三年经济困难时期，饱肚成为最大的问题。我没有电灯照明，也没有钟表计时，晚上控制不住时间，第二天就累得难以起床。我只好用一只小墨水瓶改做的煤油灯照明，被烧焦了头发又熏黑了鼻孔。每晚熬干这一小瓶煤油，即上炕睡觉，大约为夜里十二点钟，控制了时间。长此而成习惯，至今竟不能早眠。

春秋时节，气候宜人，而冬夏两季，就有点难以忍耐。我常常面对冻成冰碴的笔尖而一筹莫展，也常常在夏暑的酷热当中头晕眼花，没有任何取暖和制冷的手段。蚊虫成为天敌，用臭蒿熏死一批，待烟散之后，又从椽眼儿和窗孔钻进来一批。我就在这"轮番轰炸"的伴奏下，继续我的奋斗。

三伏酷暑，蚊虫逞威，燥热难受。乡间的农民，一家人在场头迎风处铺一张苇席睡觉，我却躲在小厦屋里，只穿一条短裤，汗流浃背地写写画画。母亲怕我沤死在屋子里，硬拉我到场边去乘凉。我丢不下正在素描着的一个肖像，趁空儿又溜回小厦屋去了。

为了避免太多的讽刺和嘲笑对我平白无故带来的心理上的伤害，我使自己的学习处于秘密状态，与一般不搞文学的人绝口不谈文学创作的事，每被问及，只是淡然回避，或转移话题。即使我的父亲，也不例外。他常常忍不住问我整夜钻在屋里"成啥精？"我说"谝闲传！"于是他就不再问。

我虽然稳着心在耕耘，然而总期待收获。

我终于得到了第一次收获的喜悦。哪怕是一支又瘦又小的麦穗，毕竟是我亲手培育出来的啊！

我的第一篇散文在《西安晚报》发表了。它给我的喜悦是不言而喻的，然而更重要的是对我的信心的验证。我第一次经过自己的独立的实践使自己相信：没有天才或天分甚微的人，通过不息的奋斗，可以从偏心眼儿的上帝那儿争得他少赋予我的那一份天资。整个在此前一段漫长的苦斗期——从开始爱好到矢志钻研文学，我一直在自信与自卑的折磨中滚爬。现在，自信第一次击败了自卑，成为我心理因素和情绪中的主导方面。我验证了"不问收获，但问耕耘"这条谚语，进而愈加确信它对我是适用的。直到一九八一年，历遭劫难之后，我编完第一本短篇小说集《乡村》的时候，竟然抑制不住如潮的心绪，在《后记》里写下这样的话：

　　农民总是在总结了当年收成的丰歉的原因之后，又满怀希望和信心地去争取下一料庄稼的丰产与优质了，从不因一料收成的多寡而忘乎所以。从这个意义上讲，我争取在尔后的学习创作生活中，耕得匀一点、细一点、深一点，争取有更多更好的收获。

这里所流露出的情绪，仍然首先是耕耘。

没有耕耘就没有收获。出大力气耕耘，流大汗水耕耘，用大力气和大汗水耕耘深一些、匀一些，才可能有丰裕的收获，才可能获得较大一点的创作成果。用小力气和点滴汗水所能指望得到的，必是小小的收获或是小小的作品。不想花费苦力和根本不想流汗或是没有足够的耐心进行耕耘，就不会有什么收获可指待，也就不会有创作。

现在，当我能写一点作品奉之于世，当我受到社会和喜欢我的作品的读者的较多关心的时候，心理压力反而愈来愈重了。社会正走向开放，生活也日趋复杂；旧的陈腐的一些观念被淘汰，而人对生活的一些基本的信仰却不能变。我希望在自己的心田里继续保持"不问收获，但问耕耘"这样一种情绪，"不以物喜，不以己悲"，做自己尚要做下去的事；更不能张狂，一旦张牙舞爪起来，就破坏了这种情绪，就泄掉底气了。我原本就是一个农村人，生活把我造就成一个像我父亲那样只会刨挖土地以获得生命延续的农民，完全是顺理成章的事。我在新社会得到读书的机会，获得文化知识以后又使我滋生了一种想成一点文学事业的奢望，而且有了一点小小的建树，我已意识到自己的责任，社会的和生活的责任，反倒泛不起个人的太多的得意或失意的情绪了。

感谢生活磨炼了我。生活对于我，设置下太多的艰辛和波折，反而使我增加了认识生活的机会，增强了承受压力的负载能力。在这种甚为漫长的人生的第一、第二和第三驿站的艰难行程中，"不问收获，但问耕耘"这条生活哲理给了我多少好处！反过来又使我更深地理解了这个被许多人实践并且证实了的科学箴言。

世界在变化，生活在变化中发展，文学不得不变，不变就会被人民所冷漠。我也要变化，这当然是另一个命题了，然而进行这种变化的我的基本立足点，依然是重在耕耘。

1986 年 12 月

别路遥

我们不得不接受这样的事实，无论这个事实多么残酷以致至今仍不能被理智所接纳，这就是：

一颗璀璨的星从中国文学的天宇陨落了！

一颗智慧的头颅中止了异常活跃、异常深刻也异常痛苦的思维。

这是路遥。

他曾经是我们引以为豪的文学大省里的一员主将，又是我们这个号称陕西作家群的群体中的小兄弟；他的猝然离队将使这个整齐的队列出现一个大位置的空缺，也使这个生机勃勃的群体呈现寂寞。当我们——比他小的小弟和比他年长点的大哥以及更多的关注他成长的文学前辈们看着他突然离队并为他送行，诸多痛楚因素中，最难以承受的是物伤其类的本能的悲哀。

路遥从中国西北的一个自然环境最恶劣也最贫穷的县的山村走出来，为中国当代文学的繁荣创造了绚烂的篇章。这不单是路遥个人的凯歌，它至少给我们以这样的启迪，我们这个民族潜存义无反顾的进取精神和旺盛而又强大的艺术创造力量。路遥已经形成开阔宏大的视野，深沉睿智的穿射历史和现实的思想，成就大事业者的强大的气魄，朝着创造的目标，实现创造理想时必备的坚韧不拔的意志和艰苦卓绝的耐力，充分显示出这个古老而又优秀的民族的最优秀的品质。

路遥热切地关注着生活演进的艰难的进程，热切地关注着整个民族摆脱沉疴复兴复壮的历史性变迁，以及由此而产生的巨大痛苦和巨大欢乐。路遥并不在意个人的有幸与不幸，得了或失了，甚至包括伴随着他的整个童年时期的饥饿在内的艰辛历程。这是作为一个深刻的作家的路遥与平庸文人的最本质区别。正是在这一点上，路遥才成为具有独立思维和艺术品格的路遥。

路遥短暂的"人生"历程中，躁动着炽烈的追求光明追求美好健全社会的愿望，他没有一味地沉默也不屑于呻吟，而是挤在同代人们中间又高瞻于他们之上，向整个社会和整个世界揭示这块古老土地上的青春男女的心灵的期待，因此而获得了无以数计的青春男女的欢呼和信赖。他走进他们心中。

路遥的精神世界是由普通劳动者构建的"平凡的世界"。他在中国当代作家中最能深刻地理解这个平凡世界里的人们对中国意味着什么。他本身就是这个平凡世界里并不特别经意而产生的一个，却成了这个世界人们的精神上的执言者。他的智慧集合了这个世界里的全部精华，又剔除了母胎带给他的所有腥秽，从而使他的精神一次又一次裂变和升华。他的情感却是与之无法剥离的血肉情感。这样，我们才能破译长篇小说《平凡的世界》里那深刻的现代理性和动人心魄的真血真情。路遥在创造那些普通人生存形态的平凡世界里，不仅不能容忍任何对这个世界的过去和现在、历史和现实的解释的随意性，甚至连一句一词的描绘中的矫情娇气也绝不容忍。他有深切的感知和清醒的理智，以为那些随意的解释和矫情娇气的描绘，不过是作家自身心理不健全的表现，并不属于那个平凡世界里的人们。路遥因此获得了这个平凡世界里数以亿计的普通人的尊敬和崇拜，他沟通了这个世界里的人们和地球人类的情感。这是作为独立思维的作家路遥最难仿效的本领。

我们无以排解的悲痛发自最深切的惋惜。四十三岁，一个刚刚走向成熟的作家的死亡意味着什么。本来，我们完全可以自信地期待，属于路遥的真正辉煌的历程才刚刚开始。我们深沉的惋惜正是出自对一个文学大省、一个国家和民族的文学事业的无法弥补的损失。

一切已不能挽回于万一。所有期待即使是自信的有把握的，也都在五天前的那个早晨被彻底粉碎了。然而我们就路遥截止到一九九二年十一月十七日早晨八时二十分的整个生命历程来估价，完全可以说，他不仅在我们这个群体，在更广泛的中国当代青年作家中，也是相当出色相当杰出的一个。就生命的历程而言，路遥是短暂的；就生命的质量而言，路遥是辉煌的。能在如此短暂的生命历程中创造出如此辉煌如此有声有色的生命的高质量，路遥是无愧于他的整个人生的，无愧于哺育他的土地和人民的。

以路遥的名义，陕西作协寄望于这个群体的每一个年轻或年长的弟兄，努力创造，为中国文学的全面繁荣而奋争。只是在奋争的同时，千万不可太马虎了自己，这肯定也是路遥的遗训。

路遥同志，你走完了短暂而又光辉的"人生"之旅，愿你的灵魂在"平凡的世界"里的普通劳动者中间和他们赖以生存的土地上得到安息！

1992 年 11 月 21 日在告别仪式上

文学无封闭

　　自从前年，陕西的长篇小说形成某种影响以来，我不止一次听到这样的疑问，说陕西经济发展步子不大，尤其是比之沿海那些省份就更显得落后，而陕西的文学创作为什么如此繁荣？我在一些座谈会上听到过这样的话题，这在接受记者采访和与中文系大学生对话时几乎无一例外地都成为热门话题，尤其是从南方那些经济发达地区来的报纸、刊物、电台、电视台的编采记者，甚至做出这样的反诘：文学创作是否只有在相对落后贫穷相对闭塞的地方才能获得发展？因为经济发达商业活跃相对富裕的诸如深圳、广州等地的作家已经耐不住写作的清贫而躁动于商事活动了……我几乎无一例外地坚持说这种看法是一种错觉，是对文学创作这种劳动的一种理解上的误区。我说，文学不存在封闭。

　　文学创作和经济发展不可类比，也不存在一个文学发展与经济发展成正比或成反比的必然性规律。内陆省份经济发展普遍赶不上沿海省份经济发展的速度，这是业已形成的一种经济格局。一个地区的经济发展除了受那里的领导的决策的眼光和魄力等重要因素外，还要受地理位置、地理环境的制约，还有气候、交通、文化教育等等因素的影响，这是常识。

上述制约经济发展的因素都不能对文学创作构成危害或约束。对文学构成危害和制约的最大因素是人为的极"左"的瞎指挥。比如十年"文革"期间那种"左"到极端愚蠢极端可笑的瞎指挥。那样的瞎指挥扼杀的不单是陕西或某一个地区的文学创作，而是整个中国的现当代文学都被彻底扫荡到片纸无存。在今天的正常的文学环境和文学气候里，任何地区任何地域的中国作家所获得的发挥自己创作的条件，在根本上或者说在最重要之点上是平等的相同的。经济发达商品活跃地区的作家可能比经济落后地区的作家收入丰厚一些，生活条件优越一些。然而文学创作不是靠物质所能推动的，物质的优裕和钞票的多多益善只是作家进行创作劳动时的生活给养而已；首先得作家"肚子里有蛋"，无蛋空怀的人哪怕住在五星级宾馆里也是难得作为的。作品的高低并不决定于你写字的手指上是否戴有金戒指，好像也不决定于写作者吃的是牛奶咖啡还是吃的搅团儿。

作家进行文学创作唯一依赖的是一种双重性的体验，由生活体验进而发展到生命体验，由艺术学习发展到艺术体验，这种双重体验所形成的某个作家的独特体验，决定着作家全部的艺术个性。作家的每一部（篇）重要的认真的而不是应酬之作，都无可掩饰地标志着他在那一段时期的那个独特体验的形态，这种形态的展示也就赤裸裸地标志着作家关于生命和艺术所体验的一切。

这是我关于创作这种劳动截至目前的最简捷的理解。既如此，作家从艺术学习到艺术体验的整个过程所能借助的只有阅读。他想尽可能多地通览古今，也想尽可能多地学贯中西。他一方面要从古人今人国人洋人那里吸收一切有利有益于发展强大自己艺术能力的东西；另一方面就是以广泛的阅读来开阔自己的艺术视野，见识见识那个艺术殿堂里所荟萃着的异彩纷呈的风姿；还有一面就是看看前人和当代人已经跨过了思想和艺术的怎样的标高，从而确定自己探索的方向。作家对于艺术的学习和体验不受任何约束，全靠自己的艺术兴趣和艺术悟性，并不因作家居住在经济发达的南方或相对落后的北方或西部而构成影响，也不因作家住在京城或住在乡村而影响阅读的效果，住在豪华都市和住在乡间的作家同在阅读《红楼梦》《百年孤独》，各自得到的关于艺术的体味和启示不会因谁在什么地方而决定深浅的。如此说来，相对闭塞的西部作家在艺术的学习上不存在封闭，因为古今的文学名著这里的人都可以见到，即使比沿海比京城晚读半年一年也无关宏旨，艺术的学习和体验不是一朝一夕所能起作用的，不像科学技术军事尖端技术信息急迫到要争夺一天一时一分一秒，而是靠那种多少有点神秘感的心灵的体验和一种艺术修炼的基本功力。

生命体验由生活体验发展而来，生活体验脱不出体验生活的基本内涵。生活体验或体验生活对于任何艺术流派艺术兴趣的作家都是不可或缺的，这是无须做任何辩证的。普遍的通常的情况是，一般的规律作家总是经由生活体验进入生命体验阶段的；并不是所有作家都能经由生活体验而进入生命体验的，甚至可以说进入生命体验的作家只是一个少数；即使进入了生命体验的作家也不是每一部作品都属于生命体验的作品。譬如写出过属于生命体验之作的《百年孤独》的马尔克斯，随后写出的《霍乱时期的爱情》，我凭阅读感觉以为是属于生活体验的作品。而昆德拉在《生命中不能承受之轻》之前的几部长篇，尽管艺术风姿各异，我觉得仍然属于生活体验之作，只有《生命中不能承受之轻》才是进入一种生命体验的艺术精品。

　　凭生活体验产生过许多不朽之作，然而生活体验也容易产生许多相似的雷同的作品，诸如批判现实主义的大量的小说，更诸如五六十年代大量的写农业合作化的作品，甚至还有大批的写新时期农村改革的作品。这种现象产生的原因，在于作家顺着一种公用的通行的理论思维去概括生活，尽管南方北方东方西方的中国农村生活差异很大，在这一批作品中也仅仅使读者感受领略到风俗的差异和方言的差异以及故事情节的大同小异，几乎一律都是农民在合作化集体合作社里生活困苦、娶不下老婆等等，责任田一推行，农民吃饱了穿暖了，敢于和村干部对抗了，也要追寻真正的爱情了。这样如一个模子翻制出来的小说有多少数目啊！包括我的一些作品也不能摆脱这样的窠臼。生命体验首先也是以生活为基础的，生命体验不单是以普通的理性理论去解剖生活，而是以作家个人独立的关于历史关于现实关于人的生存的一种难以用理性言论做表述而只适宜诉诸形象的感受或者说体验。这种体验因作家的包括哲学思维个人气性等等方面的因素而产生，所以永远不会重复也不会雷同。

　　既然创作活动属于作家的双重体验，那么什么东西能制约呢？没有。什么东西能造成封闭呢？没有。翻转来说，这种双重的体验更不可能靠物质的钞票的东西来促进或推动。不能产生这种双重体验的作家即使坐高级轿车住高级宾馆也无济于事，不能产生这种体验的作家即使关闭在任何闭塞的穷乡僻壤头悬梁锥刺股也同样无济于事；能够产生那种独特体验的作家无论坐轿车或骑自行车都会产生的。产生了，就要展示，就要诉之于文学，就要倾泻，就渴望把自以为是独特的体验尽可能充分尽可能快地与读者进行交流，小说就是实现交流和沟通的媒体。

文学无封闭——也许是我的偏见。

1995 年 1 月 22 日

兴趣与体验①

一

到五十岁才捅破一层纸，文学仅仅只是一种个人兴趣。

为什么读了头一本小说就无法抑制，就产生了一种想把中学图书馆的小说都挨个读一遍的强烈欲望，现在想来就只能归于兴趣。人的兴趣是多种多样的，兴趣在小小的年纪就呈现出来，有的喜欢画画，有的精于算计，有的敏于乐感，有的巧于魔术变幻……文学只是人群中千奇百怪的兴趣中的一种。

首先是阅读直接诱发我对文学的兴趣。上初中时我阅读的头一本小说是《三里湾》，这也是我平生阅读的第一本小说。赵树理对我来说是陌生的，而三里湾的农民和农村生活对我来说却是熟识不过的。这本书把我有关农村的生活记忆复活了，也使我第一次验证了自己关于乡村关于农民的印象和体验，如同看到自己

① 本文为《陈忠实小说自选集》序。

和熟识的乡邻旧时生活的照片。这种复活和验证在幼稚的心灵引起的惊讶、欣喜和浮动是带有本能性的。我随之便把赵树理已经出版的小说全部借来阅读了，这时候的赵树理在我心中已经是中国最伟大的作家；我人生历程中所发生的第一次崇拜就在这时候，他是赵树理。

也就在阅读赵树理小说的浓厚兴趣里，我写下了平生的第一篇小说《桃园风波》，是在初中二年级的一次自选题作文课上写下的。记得老师给了我前所未有的大篇幅的评语，得分为"5$^+$"……我这一生的全部有幸和不幸，就是从阅读《三里湾》和这篇小说的写作开始的。

时光已经流逝了整整四十年。四十年前写作那篇小说时的我，根本不会想到也无法料知今天的我的这一番模样。平静说来，那篇小说本不是当作小说写的，更不是为了出版为了发表为了挣稿费为了什么什么，仅仅只是为了完成一次语文老师布置的自拟选题的作文……当我今天编选这一套三卷本的小说选集的时候，无法湮灭的记忆很自然地又活跃起来，真是感慨系之。

兴趣不衰，热爱之情便不泯。于是就想通了那些被文学这个魔鬼缠住的人之所以经历那么多磨难而不改不悔的全部缘由。面对在我之先的上两代经历过阴阳两界巨大痛苦的作家，我从来不敢把自己追求文学所招致的小小灾难当作灾难，更不敢把它当作某种资本去争取文学以外的价值。所有对文学情有独钟的人都经历了那个过程，一个不可跨越无计逃遁的火与冰的过程，灾难和痛苦只分深浅或者说轻重，而不是有无。完全得意于那个过程的人是另一种形态或另一种意义上的作家。我在四十年的文学历程中的灾难属于轻的一种，痛苦也属于浅的一类，但毕竟都一一经历了，于是我就有了属于自己的最真切也最牢靠的关于生命和艺术的体验。我常想，那些刚刚走出牢门结束了流放的作家，之所以还能摊开稿纸拧开钢笔，恐怕不是为了出名为了发财抑或还为了什么什么吧？我想只是兴趣。

兴趣是会转移的，不是所有人都会受一种兴趣的支配而在文学这条路上从天明走到天黑。如果他对文学的兴趣转移了，可能转移到制造导弹保卫疆域，也可能转移到耍猴变魔术玩杂技博取观众的喝彩去了。兴趣转移是人类的正常行为，许多人的兴趣从文学转移到其他领域而且做出了卓越的创造，也有许多人的兴趣从另一样事业转移到文学上来同样写出了辉煌篇章。从这个最简单的本质意义上说，关于文人下海的讨论没有多少实际意义。

文学是个魔鬼。然而能使人历经九死不悔不改初衷而痴情矢志终生，她确实又是一个美丽而又神圣的魔鬼。

二

到五十岁时还捅破了一层纸，创作实际上也不过是一种体验的展示。

体验包括生命体验和艺术体验而形成的一种独特体验。千姿百态的文学作品是由作家那种独特体验的巨大差异决定的。出于对创作这项劳动的如此理解，我觉得作家之间和作品之间只有互相宽容百花齐放，因为谁也改变不了谁的那种独特体验，谁也代替不了谁的那种独特体验。红花没有必要嘲讽白花，黄花也无必要笑傲紫花，家花更代替不了野花，洋花鄙视土花并不能以此显示尊贵。所有红花白花黄花紫花家花野花洋花土花，应该不断完善自身以期更加完美，应该互相鼓励以求更加扩大差异，才会百花齐放争奇斗艳万姿纷呈；要么互相杂交取优汰劣生出一种或几种土洋结合家野合璧的杂种新种，可能不失为一种创造。

总之，不要互相敌视互相撕咬互相消灭，作家毕竟又不是某一种花，他的那个独特体验是消灭不了的；任何一种花的生存，应该靠自身的姿色，也只能依赖自己的姿色去生存，作家是用作品和这个世界对话的；企望依靠非花（即非文学的因素）去达到花（即文学）的目的，肯定说是不可能的，文学史上无论在中国和外国在这方面都没有得手的先例；应该消灭的不是任何一种花，而只能是罂粟毒株。

生命体验由生活体验发展过来。生活体验脱不出体验生活的基本内含。生活体验或体验生活对于任何艺术流派艺术兴趣的作家都是不可或缺的。普遍的通常的规律，作家总是由生活体验进入生命体验的，然而并不是所有作家都能由生活体验进入生命体验，甚至可以进入生命体验的只是一个少数；即使进入了生命体验的作家也不是每一部作品都属于生命体验的作品，这是我通过阅读所看到的中外文坛上的基本的现状。

出于对创作的这样的理解，新时期以来我基本没有参与文坛的种种争论，也不想把自己归结于某一种新潮"主义"的旗帜下。因为在我看来，任何一种流派任何一个"主义"的产生，都是作家的独特体验孕育的结果，不是硬学的，硬学是学不来的，模仿的结果只能是画虎类猫。但艺术毕竟是相通的，可以互相影响，可能用一种流派的长处弥补另一种"主义"的短处，可以加深扩展自己对艺术的体验。

新时期中国当代文学的全面复兴，我是经历了一个全过程，这套选集里的长、中、短篇小说全部选自我一九七八年截至一九九二年初的作品。我在编选时已经惊讶起初几年的一些短篇的单薄和艺术上的拘谨，再显明不过地展示出我艺术探索的笔迹。无须掩丑更不要尴尬，那是一个真实的探索过程，如同不必为自己曾经穿过开裆裤而尴尬一样。《白鹿原》出版后，我基本没有再写小说。我想读书，我想通过广泛的阅读进一步体验艺术。我不追求著作等身，只要在有生之年能多出一本两本聊以自慰死后可以垫棺做枕的书，就算我的兴趣得到了报偿。

生命体验是可以信赖的。它不是听命于旁人的指示也不是按某本教科书去阐释生活，而是以自己的心灵和生命所体验到的人类生命的伟大和生命的龌龊、生命的痛苦和生命的欢乐、生命的顽强和生命的脆弱、生命的崇高和生命的卑鄙等难以用准确的理性语言来概括而只适宜于用小说来表述来展示的那种自以为是独特的感觉。

三

刚刚交上知天命的五十岁时，写完了《白鹿原》。写完这部长篇，关于文学和创作的两层纸才捅透打破了，也发觉自己完全固执于独特体验的己见。

许是因了这部长篇的连锁反应，在此之前的中篇和短篇也不断地被出版社组装出版，印数之大仅仅在此前两年是做梦都不敢想的。很简单，读者恐怕也是出于我当初读《三里湾》之后的那种心理，便想读我的其他小说，这很正常。我当然很高兴，读者多了，作家与读者交流沟通的渠道也就拓宽了，这是任何形态的艺术创造的本意。艺术创造就是为了沟通，小说不过是作家的双重体验和读者沟通的媒体。文学作品沟通古人和当代人，沟通不同肤色不同语系的东方人和西方人，沟通心灵。一部作品能够广泛地完成那个沟通，作家创造的全部目的就算实现，再无须多说一句话，只任人去说。

长篇小说《白鹿原》从发表到现在接近两年，我收到过数以千计的读者来信，许多信读罢常常使我陷入沉默无言只想喝酒。"我想写出这本书的人不累死也得吐血……不知你是否活着还能看到我的信吗？"这是石家庄一位医生或护士写来的信中的一句话。我想借着为这套选集出版作序的机缘，向这位读者和所有关心关注我的朋友致以真诚的谢意，我活得依然沉静如初，也还基本健康。

当然，我更应该告诉读者朋友，这套小说选集包括一九九二年以前的主要作品，小说领域里的长、中、短的形式都算实践过了。明天，我肯定还要展示我的新的体验，绝不会重复自己；重复别人是悲哀，重复自己更为悲哀；重复的直接后果是艺术创造的萎缩。

创造者是心地踏实的。

1995 年 3 月 18 日

心灵独白^①

这应该是我的第四本散文集。

第一本散文集是《生命之雨》，陕西教育出版社一九九六年夏天出版。编辑王喆是我的小乡党，她正在中学念书时，曾到我所供职的灞桥区文化馆找过我。记得是一帮喜好文学的中学生，叽叽喳喳地问个没完没了。多年以后她以一个出版社编辑的姿态寻访我的时候，我没有想到这就是那一帮喜好文学的中学生中的一位。她腼腼腆腆地向我说明来意，希望能经她的手为我出一本书。我不好意思把过去已经出过书的小说再重新组合出版，尤其是面对这个小乡党腼腼腆腆纯洁真诚的眼睛。我便向她提出出散文集的申求。

关于散文，也是我很喜欢的一种文体。我的处女作发表的首先是散文，那是"文化大革命"前一年多时间的事，而第一个短篇小说的写作和发表却是八年以后的事了。新时期文艺复兴以来，我以小说写作为主，其间也抽空写一些散文。八十年代中期以前，我在乡村基层工作岗位上，散文选材多是面对急骤变化的

---

① 本文为《陈忠实散文精选》序。

生活而抒发一点感触，或者记取一点人与事的变迁，形式不自觉地就类似特写的形式。八十年代中期以后的散文，且不说它像不像散文，却是脱离了特写的模式。还有几篇篇幅较长的报告文学，尽管有的篇章曾获过国家大奖，但在中国文学关于散文意义限定很窄的大环境下，把这些东西结集出版，我自己首先不大自信，主要是担心书的发行数量。这类书读者会感兴趣吗？让出版社赔钱出书，我就有了诸多的心理障碍。出版社属于企业性质，不仅要上缴利税，而且要给职工发工资奖金，要造住宅楼，要买汽车，等等。尤其是让小王乡党约我出版的第一本书就赔钱，想来真是既不好说出口更不好拿出手。既然已经说出口了，便把如上的诸多不自信的障碍因素都和盘托出。小王似乎比我自信，说她的出版社老总根本不凭这类书赚钱，赚钱的书有别的渠道，出这类书纯粹是对文学事业尽一点心意，据说他们老总陈绪万本身就是一位文人、作家。

这样，我便编成了第一本散文集《生命之雨》。我最关心的仍然是征订数量，得知有六千余册，我才暂告安慰，这个数字的印行量起码可以不赔钱。不赚不赔，我也就可以不再有亏欠别人的块垒了。

第二本散文集《告别白鸽》，是湖南文艺出版社出的。我在《生命之雨》中严格挑选，把只属于散文的篇章挑拣出来，把那些特写和报告文学悉数舍弃，再编入后来未曾入选过的新写的一些散文。虽然字数不多，书本也不够厚，但也不能动摇我的入选准则。这本散文设计淡雅精当，拿起来便有点不忍释手，且不顾"敝帚自珍"的客套。每有朋友索要书时，自我推荐的便是这本《告别白鸽》；自己想给新朋老友送点礼物时，仍然想到的还是这一本散文集。

　　还有一本名为《走出白鹿原》的散文集，是陕西旅游出版社编辑出版，集中收编了我几次走出国门的见闻和感慨，且不细述。

　　华夏出版社出的这本散文集，当是第四本。编辑要求八万字，我便在原有的散文文本里面再度挑选，又加入几篇新写的短文。这几本散文集出版的过程，我不自觉地都经历了一次又一次的挑选和舍弃的过程，便有了一点感受。这感受属于一种自生的反省心理，还是不能写得太多，更不能见什么写什么，尤其是感受平平甚至感受无聊的时候更不能写。

　　散文是什么？这个话题至今还在探讨着、争论着，虽然仍无一个大家都能信服的条律或定义，然而每个写着散文的人，心里都有自己关于散文的理解，都在创造着自己的散文的形态，都在培育着自鸣得意的散文的百草园，似乎任何人在写任何一篇散文时都很难想起关于散文的定义来。

　　就我自己而言，散文就是一种心灵的独白。心灵对于现实对于历史的一种感悟，需要抒发，需要强辩，需要呜咽，有时候也需要无言的抽泣。感天感地感时感世感人感物，总而言之在于一个"感"，有感触有感想有感慨有感悟而需要独白，需要交流，需要……于是就想写散文了。至于散文不应该写什么，或者说读者最讨厌过去的什么样的散文和时下的什么样的散文，且不赘言，让生活和文学那个无形的又是铁硬的法则去作用为好。

　　我喜欢散文，自然既指阅读，也指写作；我企盼读到别人的精美的散文，也努力地去创造自己的起码不要让读者骂声"扯淡"的货色。

　　　　　　　　　　　　　　　　　1998 年 8 月 17 日

家之脉

女儿和女婿在墙壁上贴着几张识字图画，不满三岁的小外孙按图索文，给我表演：白菜、茄子、汽车、火车、解放军、农民……

一九五〇年春节过后的一天晚上，在那盏祖传的清油灯下，父亲把一支毛笔和一沓黄色仿纸交到我手里："你明日早起去上学。"我拔掉竹筒笔帽儿，里面是一撮黑里透黄的动物毛做成的笔头。父亲又说："你跟你哥合用一只砚台。"

我的三个孩子的上学日，是我们家的庆典日。在我看来，孩子走进学校的第一步，认识的第一个字，用铅笔写成的汉字第一画，才是孩子生命中光明的开启。他们从这一刻开始告别黑暗，走向智慧人类的途程。

我们家木楼上有一只破旧的大木箱，乱扔着一堆书。我看着那些发黄的纸页和一行行栗子大的字问父亲："是你读过的书吗？"父亲说是他读过的，随之加重语气解释说："那是你爷爷用毛笔抄写的。"我大为惊讶，原以为是石印的，毛笔字怎么会写得和我的课本上的字一样规矩呢？父亲说："你爷爷是先生，当先生先得写好字，字是人的门脸。"在我出生之前已谢世的爷爷会写一手好字，我最初的崇拜产生了。

父亲的毛笔字显然比不得爷爷，然而父亲会写字。大年三十的后晌，村人夹着一卷红纸走进院来，父亲磨墨、裁纸，为乡亲写好一副副新春对联，摊在明厅里的地上晾干。我瞅着那些大字不识一个的村人围观父亲舞笔弄墨的情景，隐隐感到了一种难以言说的自豪。

多年以后，我从城市躲回祖居的老屋，在准备和写作《白鹿原》的六年时间里，每到春节的前一天后晌，为村人继续写迎春对联。每当造房上大梁或办婚丧大事，村人就来找我写对联。这当儿我就想起父亲写春联的情景，也想到爷爷手抄给父亲的那一厚册课本。

我的儿女都读过大学，学历比我高了，更比我的父亲和爷爷高了（他们都没有任何文凭，我仅只有高中毕业）。然而儿女唯一不及父辈和爷辈的便是写字，他们一律提不起毛笔来。村人们再不会夹着红纸走进我家屋院了。

礼拜五晚上一场大雪，足足下了一尺厚。第二天上课心里都在发慌：怎么回家去背馍呢？五十余里路程，步行，我十三岁。最后一节课上完，我走出教室门时就愣住了，父亲披一身一头的雪迎着我走过来，肩头扛着一口袋馍馍，笑吟吟地说："我给你把干粮送来了，这个星期你不要回家了，你走不动，雪太厚了……"

二女儿因为误读俄语，只好赶到高陵县一所开设俄语班的中学去补习。每到周日下午，我用自行车带着女儿走七八里土路赶到汽车站，一同乘公共汽车到西安东郊的纺织城，再换乘通高陵县的公共汽车。看着女儿坐好位子随车而去，我再原路返回蒋村——正在写作《白》书的祖屋。我没有劳累的感觉，反而感觉到了时代的进步和生活的幸福，比我父亲冒雪步行五十里为我送干粮方便得多了。

我不止一次劝告女儿和女婿："别太着急了，孩子三岁还不到，你教他认什么字吗！他现在就应该吃饭、玩耍甚至捣蛋，才符合天性。"女儿和女婿便说现在人对孩子智商如何如何开发，及至胎儿。我便把我赌上去："你爸爸八岁才上学识字，现在不光写小说当作家，写毛笔字偶尔还赚点润笔费哩！"

父亲是一位地道的农民，比村子里的农民多了会写字会打算盘的本事，在下雨天不能下地劳作的空闲里，他会躺在祖屋的炕上读古典小说和秦腔戏本。他注重孩子念书学文化，他卖粮卖树卖柴，供给我和哥哥读中学，这至今依然在家乡传为佳话。

我供给三个孩子上学的过程虽然也颇不轻松，然而比父亲当年的艰难却相去甚远。从私塾先生爷爷到我的孙儿这五代人中，父亲是最艰难的。他已经没有了私塾先生爷爷的地位和经济，而且作为一个农民也失去了对土地和牲畜的创造权利，而且心强气盛地要拼死供给两个儿子读书。他的耐劳他的勤俭他的耿直和左邻右舍的村人并无多大差别，他的文化意识才是我们家里最可称道的东西，却绝非书香门第之类。

这才是我们家几代人传承不断的脉。

1999 年 8 月

文学的信念与理想

我的文学信念形成的时间很漫长，是从不自觉到自觉的过程，也有去伪存真的问题。最初的很长一段时间里，单就个人的因素看，写作确实就是一种兴趣和爱好。它的萌发是一种兴趣，包括已经能发表很多作品的时候，在很大程度上还是一种个人的创作兴趣，一旦沾染上了文学，发表了些作品，同时也就产生了名利之心。再后来，把文学创作当作一种生活目标来追求的时候，毫不讳言，具体到个人出路的非常实际的问题时，我还是从自身考虑得多。尽管在陕西省已成为有影响的一个作家了，社会要求你的写作是要为革命，自然要附着一些当时流行的社会政治口号，把你的创作归列到那上面去。但具体到我写作的真实心理，仍然是兴趣。最初的兴趣是在中学读书时引发起来的，不自觉地连续练习写作。到高中毕业时，处在国家"困难时期"的非常重要的关头，是我人生最重要的转折点，也是我人生最困难的、最苦恼的一段时期。后来我回忆当时，不能进大学学习，对一个青年无论从个人出路、发展，还是从报效祖国、服务人民，即从公与私的角度，所有的路一下子都被堵死了，在一切都不可能的时候，我很自然地把自己的精神集中到文学爱好上来。这也是我当时唯一能选择的道路。这样，反而排除了一些轻易能够进入社会，包括谋一个好的工作这样侥幸的心理，反而归于一种死心塌地的沉静。进入这种自修状态，我的目标很明确，自修四年发表第一篇作品，就是我的大学学历完成的标志。那是我从最基本的文学修养开始练习，摸索写作的道路。在这一时期，最重要的是文字修炼，虽然也是在任何冠冕堂皇的场合都要讲是为革命写作，其实是以文学创作为寻找自己的人生出路，尽管如此，选择文学的动力还是对文学的兴趣。回忆那一段时间，我总以为，一种虽然时间不长却极度的恐慌和痛苦过去以后，我才进入学习的最好的沉静状态，开始了文学创作的准备。最初是广泛阅读，包括背诵，记日记，写读书笔记、生活笔记，这些笔记不仅锻炼了文字功力，而且锻炼了我观察生活的敏锐性。我很清醒，如果文字功力不足，想把发生、发展的事情表达出来，实现自己的人生理想，想当作家是不可能的。

到能发表一些作品，并在社会上产生比较多的影响的时候，文学创作仅仅作为个人生存的目的，反而淡化了，退居次位了，不是主要矛盾了。社会承认你是一个作家，你就要对自己创作的进一步发展提出更高的目标。这大约应该是到了二十世纪八十年代中期。我清醒地意识到，社会承认你作为一个人的创造价值，但社会同时也强迫你必须认识到它承认的是什么样的作家。换句话说，你要做一个什么样的作家才能与社会的发展趋势相一致，否则，你即使成了作家也难以获得一个作家的安慰和自信。这个意识在写《白鹿原》之前的八十年代中期已经非常强烈了。在这个时期，我的创作已经在社会上有一些影响，短篇小说在全国获过奖，也出了几本中短篇作品集。后来出书的兴奋感渐渐地淡化了，我强烈地意识到一种压力，作为一个作家，在陕西和在中国当代文学中，自己给自己打一下分，掂量一下自己的分量，就明白自己达到了什么程度，包括生命年轮，五十岁都成为我很大的心理压力。这时候，文学信念开始形成，新的创作欲望膨胀起来，想在文学这个事业上形成属于自己的、应该不为人淡忘的东西，也就是努力为自己在文学的领域里占一席之地的想法强烈了。我同时也产生着另一面的心理危机，如果当代读者把我的全部作品淡忘了，这个作家存在的意义恐怕只剩下"活着"了。

原来我只有一句豪言壮语：应该在中国的图书馆里挤进一本书，哪怕是一篇文章也好。因为图书馆不是任何人、任何书都能挤进去的。一方面，这个时候的创作欲望，不再是在重要刊物上发表作品并获奖，也不是为了获得评论家给予的表扬，这些都很难再激起我的创作；另一方面，与此相辅相成，关于对文学创作的理解也产生新的欲望。创作心态正是在这一时期发生了重大转折。八十年代中期，文学创作和理论都非常活跃，所有新鲜理论不论是中国的还是外国的都对我产生了很大的影响，尤其是关于创作的人物心理结构学说、文化心理结构学说。过去很长一段时间里，到接触这个理论以前，接受并尊崇的是塑造人物典型理论，它一直是我所遵循和实践着的理论，我也很尊重这个理论。你怎么能写活人物、写透人物、塑造出典型来？文化心理结构学说给我一个重要的启示，就是要进入你要塑造的人物的心理结构并解析，而解析的钥匙是文化。这以后，我比较自觉地思考中国人的文化心理，从几千年的民族历史上对这个民族产生最重要的影响的儒家文化，看当代中国人心理结构的内在形态和外在特征，以某种新奇而又神秘的感觉从这个角度探视我所要塑造和表现的人物。最明确的作品是《四妹子》《蓝袍先生》，这是我的创作实验的两部作品。

特别是《蓝袍先生》发表后的反应，诱发了我强烈的创作欲望，鼓舞我进一步在更大的层面上深层次解析民族的文化心理结构，《白鹿原》就是在这样的创作思路下开始构想的。它展现的不仅是两个个别的、具体的、家庭的文化心理结构，而且是整个民族的精神和心理结构。从这一点上看，《白鹿原》里的各类人物，他们彼此间的诸多纠葛和命运的冲撞，其实仅是个载体。抓住对人物文化心理结构的解析，一条新的创作思路便在我的眼前敞开。我曾说过，我当时的思路和精神状态，是最活跃的，充满了新鲜感，好像进入一种新的精神天地、思想天地、艺术天地，整个形成了对思想和艺术世界极大的兴奋感和探秘感。到了这时，我才有信心完成《白鹿原》这部作品。由于有这些东西的引导，我感觉到了一个全新的境界，创作欲望和思想激情自然就达到了一个我从未有过的高涨状态。由于是个人生命体验性的东西，对人的鼓舞和心理自信的强化，就显得非常内在，不是谁轻易可以摧毁的。

作家探索的勇气和艺术创造的新鲜感所形成的文学信念是无法比拟的，我感觉好像要实现一个重要的创造理想，但是，也有达不到目的的担心存在。一个作家关键的东西是自我把握，自我把脉太重要了，不能简单地不加分析地听任社会上一些人对你的"褒"和"贬"。如果久久得意于对自己的一时表扬，目光也会短浅起来，无法把才智发挥到极致。重要的是使自己不断跨越已有的成就，对自己不断提出更高的新目标和新要求。

关于"文学依然神圣"这个话题，主要是有感于现实而发的。九十年代中期，我们的商品经济进入最初的活跃阶段，社会生活形态、人际关系受到猛烈的冲击和颠覆。颠覆未必是坏事，我们原有的观念太陈旧了，这个颠覆的过程把那些陈腐的东西颠覆掉，但也未必产生的都是全新的、正确的、科学的生活观念。颠覆本身具有二重性，尤其是这个过程让原来比较神圣的一些东西和情感，也都被轻蔑了。所谓"造导弹的不如卖茶叶蛋的"，从事文学事业的作家也像造导弹的专家一样被贬值了，社会真正看重的是卖茶叶蛋的实际收入，而轻视造导弹或搞创作人的创造性的社会价值，人们普遍关注的不是劳动的意义，而是物质性的结果。这个结果甚至简单到单指个人收入。被中国人一贯认为神圣的文学，包括受敬重的作家头衔，在这个时候也不那么神圣了，这种精神劳动在普通人眼里未必能胜过卖茶叶蛋的，这是那个时段里最为形象的比喻。重要的是我们作家群体里包括文化界，也有一种无奈的自我调侃乃至对市侩观念的认可，这对创作的发展造成了影响。"文学依然神圣"的口号是我在炎黄优秀编辑颁奖会上讲的，它虽然被社会传播了，但仍然有人怀疑：难道文学真的依然神圣吗？根据现时代的生活特征，文学果真还能神圣下去吗？作家、科学家都已经被边缘化了，挣钱的人神圣了，是否确实把自己变成当代的堂吉诃德了？生活实际上运转得也很快，我感觉从二〇〇二年的今天回头看五六年以前的生活，这中间的变化不小，应该说人们现在对文学的看法比以前要冷静和正常，这是重新经过选择、思考和鉴别的结果。

　　让人忧虑的是创作上的浮躁、快速化、平面化和理论上的平庸或者说庸俗化。这不是某一个作家、评论家或某一个地区的现象，而是带有普遍性的，整个文坛都在议论这个话题，各类报刊都在从不同的角度讨论这一问题。创作现在到了最快速化的时代了，一年生产的长篇小说（不说中短篇）近千部，是过去"十七年"的总和的几倍，远远超过"大跃进"时代了。这个快速创作量、出版量固然呈现出了繁荣的局面，但读者对文学界本身的不满足并没有因此而有所缓和。人们依然关注的是提高作品质量的问题，那种一般化的写以及媒体不着边际的"炒作"，严重地倒了广大读者文学阅读的胃口。这样一个局面，当然与浮躁的生活环境所产生的急功近利的浮躁心态有关，但从一个作家创作的角度讲，最致命的东西还不是这个，而是作家的能力、解析当代社会和历史生活的思想穿透力，关键还在这方面。现在大量历史题材的小说、皇帝小说（也没看很多，从电视上看），大多局限在权力的诉说之中，甚至有一种对封建权力的崇拜和阴谋权力的某种兴趣，这种东西展开的故事往往很热闹，斗争很激烈，观众兴趣很大。但是，作为一个作家，我只问他的思想和立场是什么？作家有没有透视历史宫闱的力量？从历史发展的角度看，封建制度确有它辉煌的一面，但其作为人类历史发展过程的一段，毕竟是一个非常落后的社会制度，回头看看历史，我觉得作家首先要有穿透封建权力的思想和对独裁制度批判的力量，但是现在看不到，全部是把历史当作对有所作为的皇帝的歌颂，甚至在歌颂有所作为的那一面的同时，把其对老百姓非常残忍的一面或隐而不提，或全部抹杀了。作家的思想穿透力远远没有达到"五四"时代新文化先行者对于历史认识的力度。对现实生活的表现和揭示，也还停留在对当代的清官与贪官的浅层次辨析上，很难进入一种对人的心灵的关照，难以进入在这个时代中人民心灵的欢畅和痛苦的那种本质上的关照，而这恰恰是文学作品应该全力关注的东西。平面化和浅层化对此既难以发现就只好绕着走，似乎没有高招解决这一问题。但我相信许多作家都在做着各种努力。做努力是一方面，时间又是一方面，因为这是无法回避的。作家创作要提升档次，有文字表现能力包括一些新的表现手法、艺术形式等，对许多作家来说都不成问题，那还剩下什么制约着作家不能登上一个新的创作台阶？就是思想和境界。如果思想无法穿透生活深度，不能超出普通人很多，那么，作品怎会有思想的力度和深度的东西，自然不会引起读者的兴趣了。

作为一个作家的文学理想，当然是要创造出思想内涵包括文学形式上的一种全新的形态，一个作家如果没有属于自己思想和艺术形态上的一种全新的、有异于所有人的作品形态的作品，那么，这个作家是立不住的。各国的文坛都是这样残酷。作家希望创造出属于自己独有的艺术世界、艺术形态，但作品发表出来的结果却是属于人民的、民族的。一个作家的文学理想不能不涉及为民族精神的更新和发展提供点什么。每一个作品对作家来讲都是不一样的，作品的形成过程，体验的方式和结果都不一样，体验决定着作家的精神状态，也制约着艺术形态。体验是独特的、个性化的，表现它的艺术形式也是独特的、唯一的，这才有可能形成作家独特的创作风格，而最为关键的是作家本身不能削弱也不能淡忘自己对新的艺术形态的探索和追求，不能满足于已经取得的由相当成熟的艺术实践经验支撑的创作成就，这才有可能不重复自己也不重复他人。再就是要不断磨砺自己的思想，面对你所感兴趣的生活，不论是现实的还是历史的，必须有能力穿透到一个新的层面上才会有新的发现。应该说艺术和思想是互为交融的，一个新的艺术形态不会孤立地从天而降，它是与那种新的思想在穿透历史的过程中同步发现、同步酝酿、同步创造而成的。这需要不断更新相关的观念，尤其是像我这个年龄的作家，由于过去接受非文学的东西太多，不排除非文学的意识，就很难接近本真的文学，排除快解禁快，排除得越彻底接近本真文学的意识越纯，才能进行真正意义上的艺术创作。至于作品，不管其大小，哪怕是一个短篇，只要这些东西具备了，对一个民族建树自己的文化都是有益的。

作家应该留下你所描写的民族精神风貌给后人。不管是历史的还是现实的人生，一经作家用自己的生命所感受的体验后，表现出来的就应是这个民族在特定历史时段整个精神层面的一种比较准确的、具有普遍性的东西。我们从阅读国外作家的优秀作品中，常能对某个国家的某个时段里人的精神状态，包括人的快乐和痛苦，感受到有一种虽异样却颇深刻的体悟。作为一个作家也应该肩负起这样的责任，在这个国家和民族发展的历史上留下你的真实描绘，把这个时代人的精神形态和心理秩序艺术地告诉给后人，让他们从这些已经成为过去的现象里把握那个时代人的精神脉搏，并引发出有益的启示。在西方文化大量涌现的今天，作家们理应提供一个又一个优秀的文学文本，不是消极地保护民族文化，而是以创造优秀作品来丰富、更新、发展民族文化。有了真正优秀的作品，才能长民族文化的自信心，并在国际文化、文学的交流中赢得我们应有的平等地位。目前，并不具备这种文化平等交流、交换的条件，这不能简单地以经济发展做后盾，也不能用政治上的平等来取代，没有一定数量的优秀作品，交流、交换很自然地就形成了强弱之势，怎么能平等呢！这需要一代一代作家来完成。当然，作为一种社会责任，社会应该尊重和爱护作家，但作家的文学理想却必须把为民族创造优秀作品作为坚定不移的奋斗目标。如果我们没有这样的理想、意志和雄心，必然完成不了文化上平等的交流，甚至连一点回流的力量都没有。想一想看，就我们的出版而言，我们翻译出版了多少欧美国家以及日本、拉美的作品，包括古典的和现代的作家作品，而国外翻译出版中国的作品却是微乎其微，根本构不成一个比例。面对这种情况，说我们不具备与世界文学进行对等交流的条件，显然是一个不争的事实。文学和电影的状况一样，是西方向中国倾入之势，起码在目前尚无法改变，只能靠一定的政策来制约。把争取在多少年后达到一种平等的交流作为文学理想的一个重要的内容，我看是应该的。

没有优秀的文学文本，要改变外来文化的颠覆是不可能的，这种看法应该让作家普遍地深刻认识到。真意识到这一点了他就有"天降大任于斯人"之感，他也许就能静下心来，不再浮躁；也就不会满足于一些小小的荣誉，小有成就就欢呼雀跃。说到底还是对文学创作这种劳动的意义的理解。这个问题本来不难解决，你只要往图书馆书架下一站，你只要抽出几本经典的作品来，认真读一下就会明白真正的文学是什么，就会意识到自己取得的某些成绩，虽然对个人而言是值得庆贺的事情，但你马上就会明白不应该耽搁太久，离高峰还很远，只能把这当作攀向另一个高峰的台阶，争取获得实现另一次突破的途径和力量，而不应沉醉太久而耽误了行程。常看到有人在很低的台阶上取得了很小的成绩时，以为就攀上最高峰了，尤其对那些具有潜在能力的作家来说，因为对文学的理解不足和艺术视野的狭窄，往往把他的天才和智慧浪费了。

我的创作原则没有变，"未有体验不谋篇"。尽管这一个时期没有写小说，但是写了很多的散文，对于文学的思考自觉不自觉地从来没有间断过。创作新欲望的产生，从我感觉上讲，也是从创作过渡到另一种理解的自然过程。我的习作是从短篇开始的，现在重新开始短篇小说写作，仍然很新鲜。就我而言，七十年代末到八十年代中期的写作，我感觉还是不断接近文学本身的过程，直到完成《白鹿原》，这个过程当为一个阶段的完成，也就是说完全接近文学的本身。现在我对短篇写作探索兴趣很大，短篇题材天地非常广阔，作家怎么写都探索不尽，尽管前人（中国人和外国人）创造了无以计数的短篇，但仍然留给我们很大的创造余地，谁也不挤（影响）谁。现在才发现，我仍然是对关中现实生活的敏感程度远远超出对历史题材的兴趣和敏感性，《白鹿原》应该说是一个例外。我过去一直关注的都是现实题材，却突然写了一个《白鹿原》这样的历史题材，现在又重新面对我最容易触发心灵和神经敏感的现实生活，包括阅读报纸和感受运动着的生活。最近的五六个短篇都是这种题材的作品。我已经形成了这样的写作习惯，即使写短篇小说，也必须是一个短篇与一个短篇绝不应雷同，不能形成一个似曾相识的稳态模式。在我的创作感觉里，因为每一次体验到的内容不一样，就不可能用一种艺术形态甚至语言的色彩来表现它。每一个短篇都要找到一个新的适宜于表述这体验的艺术形式，它们各有姿态，包括语言姿态。这样的创作发展到以后会是怎么个样子我也不好把握。我的创作是靠感受，感受和体验不是按计划发生的，所以以后的状态真的不知道。

2002 年 8 月 12 日于原下

《白鹿原》创作散谈

一

一九八二年陕西省作家协会决定把我吸收为专业作家，从那以后我的创作历程发生了重要的转折，这个转折带来的一个重要的问题就是：这个专业作家怎么当？之前做业余作者的时候一年能写多少写多少，写得好写得差，评价高评价低，虽然自己也很关注，但总有一个"我是业余作者"的借口可以作为逃遁之路。做了专业作家之后，浮现在我眼前的，国内国外以前的经典作家不要说，近处就有柳青、王汶石、杜鹏程、魏钢焰等小说家、诗人，无论长篇、短篇、诗歌，在当时都是让我仰头相看的。跟他们站在一块儿，我的自信心无疑将面临巨大的威胁。那我应该怎么做呢？也就在那前后，陕西省作协先后调进几个专业作家，他们先后都搬进了作协刚建好的一幢小住宅楼，我在这个时候的选择却是回到乡下，回到我的老家。当时我在区文化馆工作，是周六回去，周日晚上返回机关单位，做所谓"一头沉"干部——最沉的那一头在农村。做这样选择的主要原因有两点。我离开学校进入乡村社会，先当小学教师再到公社和区上的区县机关，整整二十年，有了很多生活积累。成为专业作家对我的意义，就是时间可以完全由自己来支配了，可以全身心投入创作和学习上来了，回嚼我的生活。我希望找一个更安静、更少干扰的地方，因此就决定回到乡下。第二个回归老家的原因是我对自身的判断。四十岁的我和当时陕西起来的那一茬很有影响的青年作家们相比，年龄属于中等偏上，比我更年轻的像路遥、贾平凹等。尽管也有几位比我年龄大的，但更多的感觉还是年龄的压力和紧迫感，我已经四十岁，再也耽搁不起。我想充分利用这个时间把之前的农村生活积累提炼出来，形成一些作品。回到乡下去，离城市远一点，和文坛保持一种若即若离的关系，既可保持文坛信息的畅通，又可避免某些文坛上的是是非非，省得被一些闲话搞得心情不愉快，影响到作品构思和对生活的思考。当时想，一生的专业作家生活就在乡下度过了，没有做过进城的打算，心态很坦荡。作协分给我的四十平方米房子，我只支了一张床，连个桌子都没放。回到乡下除了正常的工资外还有稿费收入，虽然很低，但对我来说也够了，于是我就把三十、五十的稿费积攒下来盖房。就像高晓声的《李顺大造屋》，这个我是深有体会，李顺大怎么造屋我就怎么造，一根椽子、一块水泥板都要去讲价。我是我们村里较早几个盖新房子的户主，农民都说我的房子盖得阔气。其实不过就是砖头搭的水泥板。当时花了七千块钱，欠了三千块钱的债。家里面夫人和孩子的户口都迁到西安了，我建这个房就是打算永远在祖居宅院里生存下去。从筹备到盖起这个房的过程也是我创作最活跃的时期。

二十世纪八十年代初期、中期，我的短篇小说和中篇小说写得兴趣很足、劲头很大。写作短篇小说的意识还不太明确，就是有什么感觉、有什么体验赶紧把它写成一个短篇。到后来以中篇小说写作为主的时候，就略作调整，不是盲目随意去写，每一部的结构都不能重复前一部。我记得当时引发我的创作发生重大变化的是《蓝袍先生》。这个中篇小说开始时涉及一九四九年以前的乡村生活，好像突然打开我的生活记忆中从来没有触及过的一块。蓝袍先生的父亲从小施加给他的乡村传统文化的规范和教育，对他的个性产生了重要影响。这一下子触发了我的很多生活记忆，由此而波及乡村社会里很多人和事给我留下的最初印象。但这些印象性的生活包容不进我要写的那个中篇小说《蓝袍先生》里去，因为这部小说在艺术结构上没有大的情节，是以人的心理和精神经历来建构的，和由此激发起的生活记忆、生活积累完全是两码事。长篇小说写作的欲念发生了。这个中篇小说发表后也引起过一些反响。然后我就开始长篇小说创作的准备，记得那是一九八五年年末的事。一九八五年春夏之交，陕西省作协的老领导为了促进陕西省中青年作家长篇小说的创作，专门在延安召开了"陕西长篇小说创作促进会"。此前连续两届"茅盾文学奖"评奖，让各省的作协推荐作品时陕西都拿不出来，因为没有出版一部长篇小说，全部陷在中短篇写作的热潮之中。省作协领导经过认真分析论证，认为一部分青年作家已经进入了艺术的成熟期，可以开始长篇小说的创作了，所以就开了这个"促进会"。这个会我也参加了，开会时让大家谈写作长篇小说的计划。我记得我发言没超过两分钟，很坦率也很真诚，说我现在还没有写作长篇小说的考虑，因为我还需要以短、中篇小说的写作继续对文字功力、叙事能力做基本的训练。我当时的心态和意识里，长篇写作是一个很庄严的，甚至令人敬畏的事情，不是随意轻举妄动的事。始料不及的是，那年十一月左右写完《蓝袍先生》，写作长篇小说的欲念突然被激发出来了。

二

创作长篇的想法激发了我想了解自己生存的这块土地的欲望，我顿然觉得之前一些生活经历太肤浅了。一九八六年春天，春节一过，我就离家去蓝田县查阅县志，当时计划查阅包围着西安这个古老城市的三个县的县志：蓝田、长安和咸宁（辛亥革命后撤销归并给长安县，但县志还在）。这些县志和后来各级党委以及人大、政协编的那些地方党史、回忆录等，让我对我生活的那块土地有了意想不到的更真实更贴切的了解。由于关中很大，我常说我是关中人，实际上是关中地区边沿的白鹿原下的一个小山村中的人。西安城在关中平原的东南角，整个平原部分是朝西朝北铺展开来的。我选择这三个县有一个基本考虑，就是它们紧紧包围着西安。应该说城市从古以来无论任何一个历史时期都是政治、经济、文化的中心，首先辐射到距离它最近的土地上。通过查阅县志了解这片土地近代以来受到的辐射和影响，让我有种震撼的感觉。我举个例子，一九二七年农民运动席卷中国一些省份的时候，我们都知道湖南农民运动闹得很凶，因为有毛泽东的《湖南农民运动考察报告》，恐怕很少有人知道陕西关中的农民运动普及到什么地步：仅蓝田一个县就有八百多个村子建立了农会组织。我当时看到这个历史资料后就感慨了一句："陕西要是有个毛泽东写个《陕西农民运动考察报告》，那么造成整个农民运动影响的可能就不是湖南而是关中了。"这里就有个很尖锐很直接的问题让人深思，关中是我们这个民族和国家封建文明发展最早的地区，也是经济形态落后、心理背负的历史沉积最沉重的地方，人很守旧，新思想很难传播，那它如何爆发出如此普遍的现代农民运动呢？在县志和相关资料的搜集过程中，有一些记忆是很令人震撼的。我在蓝田查阅县志时有个意料不到的收获，就是一九四九年前蓝田县志的最后一个版本，这个版本是蓝田县的一位举人牛兆濂编的。这二十多卷县志中，有四五卷全部是用来记载蓝田县有文字记载以来的贞妇烈女的事迹和名字的，我记得大概内容就是某某乡、某某村、某某氏，没有这个女人的真实名字，前面是她夫家的姓，后面是娘家的姓。比如一个女人姓王嫁给一个姓刘的，那就是刘王氏，这就是她的姓名。这个刘王氏十五岁出嫁、十六岁生孩子、十七岁丧夫，然后抚养孩子、伺候公婆，终老都没有改嫁，死时乡人给挂了个贞节牌匾。我记得大约就是这些内容，她成了贞妇烈女卷第一页的一个典型，第二第三个人大体与此类似。后面几卷没有记载任何事迹，把贞妇烈女们的名字一个个编进去，我没耐心再看下去，在要推开的一瞬，突然心里产生了一种感觉：这些女人用她们整个一生的生命就只挣得了县志上几厘米长的一块位置。悲哀的是牛先生把这些人载入县志，像我这样专程来查阅县志还想来寻找点什么的后代作家都没有耐心去翻阅它，那么还有谁去翻阅呢？这时有一种说不清什么样的感觉促使我拿着它一页页地翻、一页页地看，把它整个翻了一遍，我想由我来向这些在封建道德、封建婚姻之下的屈死鬼们行一个注目礼吧。也就在这一刻，我萌生了要写田小娥这么一个人物的念头，一个不是受了现代思潮的影响，也不是受任何主义的启迪，只是作为一个人，尤其是一个女人，按人的生存、生命的本质去追求她所应该获得的。这是给我印象很深的一件事。第二件事就是通过翻阅资料，我心里最早冒出来的一个人物，就是后来小说中的朱先生，获得了活力。朱先生的原型就是县志的主编牛兆濂，清末的最后一茬举人。他的家离我家大概只有八华里远，隔着条灞河，他在灞河北岸我在灞河南岸。我还没有上学时，晚上父亲叫我继续剥玉米的时候，就会讲牛先生的种种传闻故事。当地人都叫他牛才子，因为这个人从小就很聪明，考了秀才又考了举人，传说很多。在一个文盲充斥的乡村社会，对一个富有文化知识的人的理解，最后全部演绎为神秘的卜筮问卦的传说。我听我父亲讲，谁家丢了牛，找他一问，他说牛在什么地方，然后去一找，牛就找着了。这样的传说很多，我也很想把他写到作品中去，但最没有把握，或者说压力最大的也是这个人，因为这个人在整个关中地区的影响很大。他在蓝田开设的芸阁学舍相当于现在的书院，关中很多学子都投到他的门下，在二十世纪初还有韩国留学生。关于他的民间传说很多，反倒形成了创作这个人物的巨大压力。你要稍微写得不恰当，知情的读者就会说："陈忠实写的这个人不像牛才子。"他在编县志时严格恪守史家笔法，尤其对近代以来蓝田县发生的重大事变，不加任何个人观点，精确客观地叙述，都用很简练的文字一一记载下来。他写了一些类似于今天编者按的批注，表达了自己的观点。正是从那七八块编者按中，我感觉我把握到了这个老先生的心脉和气质，感觉到有把握写这个老先生了。这是查阅县志的一大收获，却是始料不及的。

在酝酿这部小说时，受到一个很重要的影响，一位作家写的理论文章，大致叫作"文化心理结构说"。估计也是从国外解读过来的，但这个给我很大启发，对于我正在构思的这部长篇小说具有很重要的启示意义。之前我一直遵循现实主义创作的基本手段，刻画人物，尤其注意肖像描写、行为描写、语言个性化等等。这个"文化心理结构说"给我揭开了另一条塑造、刻画人物的途径，就是探究你所要写的人物内心的心理形态。不同的人的心理各有不同的结构形态，这个心理结构形态有多种结构与支撑点，是他的价值观、道德观、文化观等等。接受这个理念以后，我在构思人物的时候，尤其是对从清末民初一直到一九四九年以前这段时间的乡村社会的人物的把握上，受到了很大的启示。特别是对几个作为我们传统文化的人物的心理形态的解析，为了准确把握他们的心理结构，我决定对人物不做肖像描写，这和我以前的中短篇写作截然不同。除了对白家、鹿家两个家族象征性的特点做了一个相应的点示以外，其他人物都没有个人肖像描写。由牛先生演绎过来的朱先生，也没有肖像描写。我想试试看能否不经过肖像描写，通过把握心理结构及其裂变过程写活一个人物。另外我要说的是关于小说的语言。最初构思的时候想到这么多的人物类型、这么多的内容、那样长的时间跨度，估计得写两三部书才可能充分展示。到二十世纪八十年代中期偏后那两年，即我要动笔之前，文坛上开始出现一种危机感。新时期文学一路繁荣昌盛，第一次危机感就是文学书籍出现滞销，连名家大家的集子也没有订数，由此引发"文人要不要下海"的争论。我对这个话题有个简单化理解，想下的就下，不想下的就继续写。除文人下海话题之外，一种不容简单化理解的危机感，就是一九八七至一九九〇年这段时间，新时期以来长篇小说出版第一次遭遇市场的冷遇，这是我记忆很深刻的一件事。报纸上登过某某大作家新作仅征订八百册，一部长篇小说或一部中短篇小说集印数一两千册是普遍的，对于任何一个正在写作的作家都是一种巨大的威胁，起码对我是一种巨大的威胁。这个威胁直接影响到我正在构思的这部小说的篇幅问题。我原想写两三部，面对这样的图书市场环境，我决定压缩，一部完成，哪怕这部多写点字，也不要弄成两部三部。这个篇幅规模的大小直接影响到我的文字叙述。如果用以往白描的写法篇幅肯定拉得很长，我唯一能想到的就是以叙述语言统贯全篇，把繁杂的描写凝结到形象化的叙述里面去。这个叙述难就难在必须是形象化的叙述，就是人物叙述的形象化。作为写作者，我知道难度很大，当时自己心里没有底。在开始长篇写作之前，我先写了两三个短篇试验一下，我记得最清楚的是《轱辘子客》。这个短篇写了农村的一个赌徒，带有政治赌博的一个赌徒。写这个短篇就是要试验一种叙述语言。这篇一万字的小说从开篇到结束不用一句对话，把对话压到叙述语言里头去完成，以形象化叙述完成肖像描写和人的行为细节。作为试验的几个短篇，我感觉还可以，发表以后给周围的评论家看，他们都说与我以前的写作风格很不相同，最直接的感觉就是语言叙述上的变化。我感觉这种形象化叙述是缩短篇幅、减少字数、达到语言凝练效果的途径。还有一点我觉得印象深的就是关于这部作品的结构。这部作品时间跨度比较长，事件比较多，人物也比较多，结构就成为一个很棘手也很重要的问题。当时，西北大学有一个比较关注我写作的老师蒙万夫教授，我把长篇小说的构思第一个透露给他，他用一句话很真诚地指导我说："长篇的艺术就是一个结构的艺术。"我当时正担心结构问题，老教授就直接点到要害上了。这个结构该怎么结构呢？我静下心来读了十来部国外、国内比较有名的长篇，发现没有一部跟另一部结构是类似的。倒给我以最切实的启示，优秀的长篇、好的长篇都是根据题材和作家体验下的人物、事件来决定结构的，最恰当的结构就只有自己来创造。作家创造的意义可能是重要的一点。

三

原来计划用三年完成的小说，实际上仅草稿就写了四十多万字，写作草稿的用意主要是把人物、事件和框架搭起来，把结构初步确定下来。草稿只写了八个月，接下来打算用两年时间写完正式稿。草稿我是用大笔记本子写的，写得很从容，不坐桌子，坐在沙发上把笔记本放在膝盖上，写得很舒服，一点也不急。正式稿打算两年完成，很认真，因为几十万字，那时又没有复印机，不可能写了再抄一遍，所以我争取一遍作数，不要再修改、再抄第二遍了。写正式稿的时候心里很踏实，因为草稿在那儿放着，写得还比较顺利，本来应该两年写完，不料此间发生了一些意想不到的事，影响了我，不得不停写了两个半年。一九八九年四月到八月正式稿就写了十二章，这书一共才三十四章。但过了八月就拿不起笔来了。而等再提起笔时，我基本把前面写的都忘了，还得再看一遍，重新熟悉，让白嘉轩们再回来，我就把之前写成的十二章又温习了一遍。春节前后写了几章，刚到夏天的时候，写作又中断了，到春节前又重新温习重新接上写。一九九一年从年头到年尾除了高考期间为孩子上学耽误了一两个月，这一年干了一年实活，到春节前四五天画上最后一个标点符号。如果没有那两个耽误掉的半年，应该在一九九〇年末就完成了。写作的大体经过就是这样的。

后来我接受采访时常说三句话，一句话是说写这部小说的时候我基本处于一种"蒸锅"的状态。那几年中篇基本不写了，写长篇的空当插空写个短篇。大家都能猜到陈忠实可能在写长篇，不是我玩什么高深，完全出于我个人的写作习惯。作家的写作习惯都不一样，各人有各人的特点。我在西安的一些作家朋友，有人心里刚有个构思就要找人交流，希望得到一点补充的东西，思路也会受到启发。我恰恰相反，我想到什么就不断地去想，一般不敢给人说。不敢给人说不是害怕别人把这个东西抢先写了，而是我正在兴趣盎然地酝酿着的构思，如果给谁一说，就如同把气撒掉了，兴趣减弱到甚至都不想写了。《白鹿原》完成的过程也是这种状态，别人问我，我说这个写作过程就跟蒸馍一样，不能撒气。我不知道南方人蒸不蒸馍，不蒸馍就蒸米饭啊，不管蒸馍还是蒸米饭都必须把气聚足，不能跑气，跑了气馍蒸不熟，米饭也蒸不熟，夹生。我的创作习惯，包括长篇和前面的中短篇都是这样的，从开始写作到完成要把这口气聚住。这是一种写作习惯，无论好坏，反正对我适用。

另一句就是"给自己死的时候做枕头"的这句话。这是我在长安县查县志的时候，和一个比我年轻的作家朋友说的。那些县志都是很珍贵的版本，无论是县图书馆还是文史馆借给你的时候，只肯借一到两本，你看完两本还回去再给你换两本来，一套县志往往是几十本啊。我住在八块钱一晚的旅馆里，拿着本子把县志里重要的东西一条条抄下来，抄完了再去换。抄一天这种东西比写作要累，写作有激情，干起来没有抄写这么累。到晚上那个长安县的作家朋友赶来和我喝酒。酒喝多了人就有点张狂，我也是。他问："你在农村几十年的生活体验和积累还不够吗？到底要写个什么东西，还把你难到跑上好几个县查阅资料。你到底想干什么？"我在农村工作了二十年，还不包括幼年青年上学时期，在农村生活积累上我比柳青深入得更多。柳青在长安县兼职副书记，兼了两年就不兼了，我在公社乡镇里头整整干了十年，搞工程，学大寨，那个期间的积累是最实在的。尽管当时没有创作的打算了，"文革"中间已经没有任何文学创作希望了，只把工作当工作干，然而生活积累和体验却存储着。想到这些，我随口说了一句："老弟，我想弄一个死了可以放在棺材里垫头的书。"当时喝得有点高，却没醉，说过以后就忘了。事隔两三年，我有幸参加中共十三大，需要在《陕西日报》上发一篇宣传基层党代表的文章，由长安那位朋友写了一篇，标题大致就是我酒后说的那句垫棺做枕的话。文章发了以后，影响不大，很快就过去了，并没有引起人在意。到《白鹿原》小说出版了以后，这句话才开始流行起来，到处都在说。后来我反省这句话似乎有点狂，但不是乱说狂话，完全是指向自己，我要为自己死的时候做一个枕头，与别人没有关系，完全是出于我对文学创作的热爱，以至我个人的生命意义和心理满足。从初中二年级在作文本上开始写小说，经历了二十世纪五六十年代极左政治的风风雨雨，我仍然不能舍弃创作。按当年的写作计划，完成这部小说我就四十九或者五十岁了，在我习惯性的意识里，即村子里农民的习惯意识里，过了五十岁就是老汉了，人的生命中最具活力的时期就过去了。那么，我到五十岁的时候写的这个长篇小说，如果仍然不能完成一种自我心理满足，肯定很失落、很空虚，到死都要留下遗憾。出于这种心理，我说弄一本死的时候可以放在棺材里做枕头、让我安安心心离开这个世界的书。这是第二句话。

我再说第三句话。这部小说从萌生到写成历时六年，从草稿到正式稿两稿，大概一百万字。写完的那一天下午，往事历历在目，想起来都有点后怕的感觉。历时六年，孩子从中学念到大学，我的夫人跟我在乡下坚守，给我做饭。年近八十的母亲陪着大孩子到西安去念书，直到一九九一年的最后几个月，母亲腿不行了，孩子和她都需要人照顾，于是夫人也进城去照顾她们了。祖居的空院子就剩下我一个人坚守写作。夫人在城里把馍蒸好送回乡下，最后一次离过年不到一个月了，我说这些馍吃完进城过年的时候，书肯定就写完了。腊月二十五的下午写完，我在沙发上呆坐半天，自己都不敢确信真的写完了，有一种眩晕的感觉。这四年时间，从早上开始写作到下午停止写作，按我们正常工作就应该休息下来了，但我的脑子根本休息不下来，手不写了，那些人物依旧在我脑子里头活跃着，过去写作从没有如此强烈的真实体验。我便想，必须把白嘉轩、田小娥等从我的脑子里驱赶出去，晚上才能睡好。作品中的主要人物结局都是悲剧性的，对我自己的情感来说，纠结得很厉害。要把这些人物情节排除和忘记，我开始采取的方法是散步，时间稍长就不灵了，这个时候学会了喝酒。喝酒以后，我脑子好像就能放松，那些人物才能驱赶出去，然后好好睡一夜觉，第二天才能继续写。到腊月二十五写完以后，情绪好像一下子缓不过劲来，我在沙发上坐了好长时间，抽着烟，情感总是控制不住。傍晚的时候，我就到河滩上散步去了，一直走到河堤尽头。冬天的西北风很冷，我坐在那儿抽烟，直到腿脚冻得麻木、我也有了一点恐惧感才往回走。在家的小屋子里写了整整四年，突然对家产生了恐惧感，不想回去，好像意犹未尽。我又坐在河堤的堤头上抽烟，突然做了一个荒唐的举动，用火柴把河堤内侧的干草点着了。风顺着河堤从西往东吹过去，整个河堤内侧的干草哗啦啦烧过去，在这一刻我似乎感觉到了一种释放。然后走下了河堤回家。回家以后，我把包括厕所灯在内的屋里所有灯都打开，整个院子都是亮的。村子里的乡亲以为家里出了什么事呢，连着跑来几个人问。我说没什么事，就是晚上图个亮，实际是为了心里那种释放感。第二天一早我就进城了，夫人说："你来了我就知道你写完了。"到吃饭的时候她问："你这个写完了要是发表不了、出版不了咋办？"我说："如果发表不了、出版不了，我就回来养鸡。"这是真话，我当时真是有这种打算。为什么呢？你投入了这么多的精力和心思的作品不要说出版不了，就是反应平平，都接受不了，我就决定不再当这个专业作家，重新把写作倒成业余，专业应该是养鸡。因为四年期间没有稿费收入，生活很艰难，有一年，三个孩子相继上高中、上大学，暑假我拿不出三个孩子的学费钱，曾经跟我在乡下一块搞过文学的人闻讯送来了两千块钱，他搞了一家乡办企业赚了钱。我当时真是感觉到，农民企业家很厉害，两千块钱就给你摔在桌子上，多豪壮啊。后来我很踏实地对夫人说："这个小说要是能出版，肯定会有点反响。"因为我清楚作品里写的是什么。但是我在这里很坦率地跟大家讲，这本书出版后引起那么强烈的反响我从来就没有设想到，再给我十个雄心壮志我都料想不到。

<h2 style="text-align:center">四</h2>

这个书的出版过程也有点意思。书稿为什么给人民文学出版社，这完全是一种朋友间的友情和信赖。我在"文革"期间发表了第一个短篇小说，尽管国家还处在动荡之中，但已经开始恢复刊物，逐步恢复文艺创作、培养文学新人，人民文学出版社也开始恢复出版。该社的一个编辑何启治到陕西来，找了几位老作家，有人就说陈忠实写了一个短篇小说，大家都反映不错。我当时正在郊区区委开什么生产会，这个编辑就到区上来找到我，他对我说："你这个短篇我已经看了，再一扩展就是二十万字的长篇。"我当时给他吓得几乎不敢说什么了，能发表一个短篇我当时就很欣慰了。但这个何启治的动人之处就是由此坚持不懈。回到北京以后，他不断给我写信，鼓励我写长篇。半年之后，我被派到南泥湾五七干校接受劳动锻炼半年，几乎同时他也被派到西藏去做援藏干部，但我们还保持着书信联系。他虽然已经不在岗位上，但还鼓励我写长篇。新时期以后，何启治跟我有一次相遇时说："我现在再不逼你写长篇了，但咱们约定一点，你的第一个长篇，你任何时候写成，你给我。"我就答应了。所以《白鹿原》写完之前，几家出版社闻讯我有长篇，先后来找我，我都说已经答应给别人了。写完以后一个月我就给何启治写了信，按我说的时间来了两个编辑。这两个人来西安以后还等了两天，我把最后两章梳理完，把改好的长篇稿交给他们以后，他们下午就离开了，要到四川开个什么会，然后再回北京。因为当时出版程序不像今天，一个礼拜就可以印刷出一部长篇小说来，我预计最少

得两个月以后才会有消息，心里倒很坦然。出乎预料的是，大概不到二十天，我从乡下再回到城里就见到了人民文学出版社的回信。我当时以为肯定不会有什么结论，打开一看，我几乎都不敢相信，大叫一声就跌坐在沙发上了。我夫人从灶房里跑过来，吓得脸都青了，我躺在那儿一句话都说不出来。这两个人从西安把稿子拿上以后，在去四川的火车上就看完了。他们回到北京就给我写了这封信，评价之好之高，大出我的意料，让我心里一下子就踏实下来，觉得出版肯定没有问题。对一部五十万字的长篇小说表态如此之快，在我看来是非常少有的。在此之前也有一件让我感觉欣喜的事。我曾把《白鹿原》的复印稿给作家协会的一位年轻评论家李星看过，让他给我把握一下。他跟我是同代人，是朋友。我从乡下回到作家协会，在院子里撞见李星，问他看过了没有，他说看完了。我说："我都不敢问你感觉如何。"李星拽着我的手说："到我家里去说。"刚一进他家的门，李星转过身就跳起来说："这么大的事，咋叫咱们给弄成了！"我听完了以后也愣在那儿。后来我调侃李星，我说："李星第一次用非文学语言评价文学作品。"

2007 年 4 月 13 日讲于南京
2007 年 6 月 6 日修订于二府庄